ハヤカワ・ミステリ文庫

〈HM⑤⑬-1〉

誰も悲しまない殺人

キャット・ローゼンフィールド

大谷瑠璃子訳

早川書房

9015

NO ONE WILL MISS HER
by
Kat Rosenfield

Translated by
Ruriko Otani
First published 2023 in Japan by
HAYAKAWA PUBLISHING, INC.
This book is published in Japan by
arrangement with
WILLIAM MORROW,
an imprint of HARPERCOLLINS PUBLISHERS
through JAPAN UNI AGENCY, INC., TOKYO.

悪くないアイディアだと思ってくれたノアに

誰も悲しまない殺人

登場人物

リジー・ウーレット……………………カッパーフォールズの嫌われ者
ドウェイン・クリーヴス…………リジーの夫
エイドリアン・リチャーズ………インフルエンサー
イーサン・リチャーズ……………エイドリアンの夫
イアン・バード………………………メイン州警察の刑事
アール・ウーレット…………………リジーの父
デニス・ライアン……………………カッパーフォールズの保安官
マイルズ・ジョンソン
アダム・ラインズ
}…………カッパーフォールズの保安官補
ブレイディ……………………………バードの上司
リチャード・ポリターノ…………エイドリアンのファイナンシャル・アドバイザー
カート・ゲラー………………………エイドリアンの弁護士
ジェニファー・ウェルストウッド……カッパーフォールズの住人。美容師
ローリー・リヒター…………………35年前の未解決事件の被害者
ジョージ・プーレン…………………35年前の未解決事件の証人

プロローグ

私の名前はリジー・ウーレット。あなたがこれを読んでいる今、私はもう死んでいる。

そう、死んでいる。あの世へ行き、永遠に帰らぬ人となっている。生まれたての天使となってイエスの腕に抱かれている——あなたがそういうものを信じているなら。あるいは信じていないなら、蛆虫《うじむし》どもの真新しい餌食《えじき》になっている。自分が何を信じているのか、私にはわからないけど。

自分がなぜ驚いているのかもわからない。

私はただ、死にたくない——いや、なかったのだ。とりわけあんなふうには。さっきまで生きていたのに、次の瞬間もうこの世にいない。消されてしまった。跡形もなく。一撃で。うめき声をあげる間《ま》もなく。

ともかく、そうなってしまったのだ。私が望まなかった多くの出来事同様。

おかしなことに、当然の報いだと言う人もいるだろう。そういう人たちは多くを語りはしないかもしれない。公然と語りはしないかもしれない。それでも時間をおいてみるといい。待ってみるといい。そのうちいずれ、一カ月かそこらが経つころに、誰かが言い放つだろう。〈ストラングラーズ〉で、酔って気が大きくなる魔法の時間帯に。バドワイザーのネオンサインが消えて閉店を告げ、蛍光灯がぎらりと店内の惨状を照らしだし、バーテンダーがべとべとの床にモップをかけるまえに。古参の客のひとりが、五杯目だか七杯目だか十七杯目だかのビールの残りを飲み干し、ふらつきながら立ち上がり、ずり下がったズボンを腹の下の定位置に引き上げてから言うだろう。「死んじまった人間を悪く言うのは好かねえが、かまうもんか――おれはせいせいしたね！」

それから男はげっぷを放ち、よろめきながらトイレに向かい、小便器への狙いをはずしてそこらじゅうに尿を撒《ま》き散らすだろう。そうして、両手がまる一日分の埃や砂や垢《あか》で汚れきっているにもかかわらず、手洗いのシンクをちらとも見ないで出ていくだろう。染みだらけのズボン、泥の詰まった爪、イチゴ鼻にクモの巣状の血管が広がった赤ら顔。年老いた男の家には、黄ばんだあざが目のまわりに残る老妻がいるかもしれない。一週間前に夫に殴られたから——もちろん、そんな彼こそが社会の腐敗を防ぐ〝地の塩〟だ。地元の英雄だ。カッパーフォールズの脈打つ心臓だ。

そしてリジー・ウーレット、廃品置き場《ジャンクヤード》で生まれ、三十年と経たないうちに棺桶送りになった女は？　私はゴミだ。この町がとうの昔に始末しておくべきだったゴミくずだ。

それが現実。この場所では。いつだってそれが現実なのだ。

だからひとたび充分な時間が経てば、町の連中は私のことを悪《あ》しざまに言うだろう。私が土の中で冷たくなったとわかれば。あるいは灰になって風に撒かれたとわかれば。私がいかに凄惨《せいさん》で悲劇的な死を遂《と》げようと、古い慣習はそう簡単になくならない。連中は手加減こそすれ、攻撃自体をやめはしない。とりわけ相手がお気に入りの獲物であれば——その獲物がすでに動かなくなっていても。

とはいえ、攻撃が始まるのはもっとあとの話だ。

当面のあいだ、人々はいくらか優しくなるだろう。いくらか手心を加えるだろう。そして、いくらか慎重になるだろう。カッパーフォールズに死人が出たなら、よそ者たちがやってくるから。誰が聞き耳を立てているかわからないのに、本音を漏らすわけにはいかない。だからあの人たちは両手の指を組み合わせ、首を振って言うだろう。「かわいそうに、あの娘《こ》は生まれつき災難に見舞われてたからな」とかなんとか、さも憐《あわ》れんだ口調で言うだろう。まるで私に言い分があるかのように。まるで私が胎児のころに呼び寄せた災難が子宮の外で待ち受けていて、この世に転がり出た私にねばねばと絡《から》みついて決して離さなかったとでもいうように。

まるで、そうやって舌打ちして私の災難だらけの人生をはかなんでいる自分たちには、私の苦しみをどうしてやることもできなかったかのように。自分たちがほんの少しの思いやり、ほんの少しのお情けをかけていれば、廃品置き場で育った哀《あわ》れな女の苦しみを軽くしてやれたかもしれないのに。

けれど言わせておけばいい。私は真実を知っている。そして今度ばかりは、その真実を語らずにおく理由はない。こうなった以上は。地下二メートルで、ようやく平安が訪れた今となっては。私は聖人君子じゃなかったけれど、死はとかく人を正直にさせる。だからこれが私の、あの世からのメッセージ。あなたに憶えていてほしいメッセージだ。これは大切なことだから。私は嘘をつきたくはないから。

町の連中はみんな、こうなって当然だと思っていた。

私のような人間は死んだほうがましだと思っていた。

そして真実は――あの最後の恐ろしい発砲の瞬間、私が悟った真実は――これだけ。

あの人たちは正しかった。

第一部

第一章　湖畔

火曜日の朝十時少し前、オールド・ラッド・ロードの廃品置き場から昇った煙は東に流れはじめた。廃品置き場はもう何時間もまえから燃えつづけていた。火の手は止まらず、悪臭を放つ黒い煙の柱がもくもくと立ち昇るのが何キロも手前から見えていた――が、今、その柱は強まる風に押され、前線となって広がっていた。うっすらと漂う有毒の指先が道を這《は》い進み、木立を抜けて湖へ、湖岸の一帯へと向かっていた。そこでデニス・ライアン保安官が、その一帯の住人を避難させるために、保安官補のマイルズ・ジョンソンを送りこんだのだった。むろんこの時期、湖畔の家はすべて無人に決まっていたが。九月初めの労働者の日《レイバー・デイ》とともにお粗末な観光シーズンが終わりを告げ、それからすでに一カ月経っていた。夜が長く、寒くなり、そろそろ早霜《はやじも》が降りはじめる頃合いだ。観光客がいた最後の週末には、肌寒い夜に彼らが小さな焚《た》き火を囲み、薪《まき》から上がる煙がほわほわと家の上を漂う光景が見られたものだった。

湖畔はひっそりしていた。モーターのうなりも、子供の騒ぐ声も聞こえない。聞こえるのは風のざわめきと、桟橋《さんばし》の下をちろちろ流れる水の音、遠くのほうで響く水鳥の鳴き声だけだった。ジョンソン保安官補はその朝、六軒の家のドアを叩いた。六軒とも無人でドアは施錠されており、ドライヴウェイも空《から》だった。避難勧告のために用意していた台詞《せりふ》は使われることなく、彼の頭の中で死に絶えた。残るは二軒のみ。十三番地の家のまえで車を駐め、郵便箱にスプレーペイントされた名前を横目で見た瞬間、彼は思った——この家は抜かしてやろうか。アール・ウーレットの廃品置き場の全焼を手堅い滑《すべ》りだしとするなら、やつの娘がその煙で窒息死するのは最高のフィニッシュだ。もちろん、そんなことを思ったのはほんの一瞬だった。のちに自分にそう言い聞かせることになる。その日の終わりにジェムソンのウィスキーをしこたま飲んで、自分が目にした恐ろしい光景の記憶をぼやかそうとしながら。あれはほんの一瞬のことだと。あんなものは心のレーダーをよぎったひとつの輝点にすぎず、ものの数にも入りやしないのだと。リジーの身に起こったことは、おれが湖岸の道に車を走らせる何時間もまえに起こっていたのだ。おまえのせいだと脳裏《のうり》の小声がいくら責めつづけたところで、おれのせいではありえない。ドアを叩く以前に、彼女はとっくに死んでいたのだ、と。

ともかく、彼はドアを叩いた。ちゃんとノックした。彼は自分の仕事に、保安官補のバッジに誇りを持っていた。ウーレットの家を抜かしてやれと思ったのはただの衝動にすぎない。過去のわだかまりが根強く残っているだけで、実際にそんな衝動に身を委ねたりはしない。それに、リジーの旦那のドウェインのことも考えなきゃと、郵便箱を見つめながら思ったのだった。リジーはひとりじゃないかもしれない——あるいは、そもそもここにはいないのかもしれない。あの夫婦はたまに、季節はずれの観光客を泊まらせることがある。たまにどころか、しょっちゅうだ。シーズンが過ぎても取れる金を取ろうと、慣習を無視して客を入れる人間がいるとすれば、リジー・ウーレットだけだ。となると、有毒な煙を肺いっぱいに吸いこむのは高額な弁護士がついた都会の連中である可能性が高く、万一そんなことになれば、自分も含め全員がドツボにはまる。

だから彼はレイクサイド・ドライヴ十三番地の空《から》のドライヴウェイに車を駐め、足元で芳香を放つ松葉の厚い絨毯の上に踏み出した。もう一度頭の中に〝火事〟〝危険〟〝避難〟の言葉を呼び起こし、ドアを叩いた——次の瞬間、はっと後ずさった。最初のノックでドアが内側に開いたのだ。鍵も掛け金もかかっていなかった。

オフシーズン中によそ者に家を貸すのは、いかにもリジー・ウーレットらしい。

が、家のドアを開けたままにしておくのは、彼女らしくない。

ジョンソンは腰に手を当て、親指で銃の安全装置をはずしながら、戸口をまたいだ。のちに彼は〈ストラングラーズ〉にたむろした連中に語ることになる。一歩足を踏み入れた瞬間、何かがおかしいと感づいたと——まるで第六感が働いたとでもいうように。しかし実のところ、誰であっても気づいただろう。家の中のにおいが明らかにおかしかった。のけぞるほどの悪臭というわけではないが、うっすらと鼻をつく、何かが腐りはじめたような饐《す》えた不快なにおい。それだけではなかった。血が目に映った。彼の足からほんの数センチのところ、節《ふし》だらけの松材の床に、ぽってりと丸い血の痕《あと》が散っていた。まだ濡れて光っている深紅の飛沫《ひまつ》が、鋳鉄《ちゅうてつ》製の薪ストーブの角に飛び散り、キッチンカウンターの上に点々と滴《したた》り、ステンレスのシンクの端ではかすれた染みになっていた。

彼は魅入られたように近づいた。

それが最初の過ちだった。

いったん踏みとどまるべきだった。キッチンのシンクで途絶えた血痕をたどれば大変なものが見つかるにちがいないと、たどりはじめるまえに考えるべきだった。異状があるとわかったのだから、通報して次の指示を待つべきだと。それまではいっさい、現場に手を触れるべきではないと。

けれどもマイルズ・ジョンソンという男は昔から好奇心が先に立ち、用心は二の次になりがちだった。彼の人生において、この性質はもっぱらよい方向に働いた。十八年前、この町に引っ越してきたばかりの子供だった彼は、カッパーブルック湖の北の森で度胸試しをやってのけ、たちまち仲間の尊敬を一身に集めた。吊り下がったぼろぼろのターザンロープにつかまり、途中でプツンといかないかとほかの子らが息を詰めて見守るなか、なんのためらいもなく宙を飛んでみせたのだった。家の床下の狭い空間にもぐりこんで、そこに棲《す》みついたオポッサムの一家を追跡したり、郵便局にいる年老いた係員のところへ行って、なぜ片方の目がないのかと尋ねたりするのも彼だった。マイルズ・ジョンソンは危険をものともせず、どんな暗がりをも探索する――恐れを知らない彼が踏みとどまる理由はなかった。その朝はまだ。その朝、湖畔の家に足を踏み入れた若き保安官補は、大胆で好奇心旺盛なだけでなく、いまだ楽観的な男でもあった。このおれに悪いことなど起こりっこない、これまで起こったためしがないのだから。そんな無意識の確信に支えられていた。

それにあのつややかな血のしずく、シンクの端の不吉な染み。これほど興味をそそる謎から手を引くことなどできない。彼は床に散った血をよけながら前進した。シンクの中のひどい汚れに視線を据えて――そう、そこはひどく汚れていた。端の染みなど汚れのうちに入らないほどに。近づくにつれ、見えてきた。血だけではない。肉だ。小さな塊《かたまり》やかけらや筋が飛び散っていた。ぬるりとして筋っぽいピンク色の果肉のようなものが生ゴミ処理機の黒い穴からのぞいていて、血なまぐさいにおいがした。ジョンソンが目を凝らし、それに手を伸ばしかけたとき、彼の中で初めてかすかに嫌な予感が湧き起こり、まったく聞き覚えのない囁《ささや》き声がした。〝やめておけ〟

けれども彼は手を伸ばした。

それがふたつ目の過ちだった。なぜそんなことをしたのか、誰にもうまく説明できなかった。保安官にも、州警察の鑑識にも、その後数週間どれだけ手をこすり洗いしても触れさせてくれなかった自分の妻にも――なぜそんなことをしたのか、自分でもよくわからなかった。どう説明すればいい？　シンクの中の物体を浚《さら》おうとしたその最後の瞬間ですら、自分は探検家の本能に従っていただけなのだと。それでいつもうまくいっていたのだと。単に好奇心に駆られていただけで、悪いことになるはずはないと思いこんでいたのだと。実際、それまでは何もなかったのだから。

ピンクの果肉のような物体がシンクの中できらりと光った。奥に見える寝室で、闖入者《ちんにゅうしゃ》に邪魔された蠅《はえ》の群れがいったん宙を飛び交い、すぐまた獲物に取りついた――ぐっしょりと真っ赤に染まったベッドカバーに覆われた、床の上のじっと動かない何かに。家の中のかすかな腐敗臭がいくらか増したようだった。そうしてその火曜日の午前十一時少し前、燃えつづける廃品置き場から流れる煙がカッパーブルック湖最西の入り江の家々に忍びこみはじめたころ、マイルズ・ジョンソン保安官補は生ゴミ処理機の中に二本の指を突っこみ、リジー・ウーレットの鼻の残骸をつまみ出したのだった。

第二章　湖畔

　カッパーブルック湖を囲む森はかつて、伐採業者の一団の拠点だった。経営破綻によって拠点は三十年前に唐突に閉鎖され、今も残っているのは崩れかかった何軒もの廃屋《はいおく》の骨組みと、捨ておかれ錆びついてブラックベリーやツリフネソウの茂みに呑みこまれた鋸《のこぎり》の刃だけだった。伐《き》り倒された丸太が積み上げられていた空き地は徐々に森に奪い返され、低木の藪《やぶ》や若木がまばらに生い茂る土地となって、轍《わだち》だらけの泥道の終わりに広がっていた。

　イアン・バードはこの地の出身ではなかった。泥の道で二度も曲がる場所をまちがえ、行き止まりに突き当たって悪態をついたあと、ようやく湖岸の道に出ることができた。十三番地の郵便箱のまえで車を路肩に寄せ、鑑識チームのヴァンのうしろに駐めた。彼と同じく、鑑識も州警察の指示で駆けつけていた。可及的すみやかに——といっても、どうせもう手遅れだと、裏では愚痴《ぐち》をこぼし合っていたが。地元の警官どもが現場を踏み荒らし、素手でそこらじゅうを触りまくり、証拠を台なしにするに決まっていると。

あの生ゴミ処理機の一件のように。まったく。バードは思い出しながらうなり声をあげた。あれは最悪なたぐいの過失だが、やってのけた阿呆《あほう》には同情を禁じえない。まさに素手だったというのだから。

切断された鼻がシンクの中で見つかったという特報は、バードが現場へ向かう途中に無線で伝わっていた。つまり、今ごろはもう、無線を傍受したどこかのおせっかい野郎が郡じゅうに広めているということだ。だからどうということでもないが。こういう田舎では、この手の事件の詳細は漏れるものと決まっている。バードはカッパーフォールズに来るのは初めてだったが、似たような町での捜査経験は豊富にあり、どんな仕組みかはわかっていた。都市の警官は飢えたメディアから情報を守るために闘う。一方ここでは、もっとはるかに原始的なものを相手にしなければならない。こういう田舎の人々は、互いの問題に細胞レベルで関わり合い、ある種の集合意識でもって秘密を共有し、ひとつの巣に帰属するるミツバチさながら、直接シナプスからシナプスへと情報を伝達しているように思える。そしてニュースに旨味《うまみ》があるほど、広がるのも速い。今回の一件は瞬く間《ま》に湖岸の道を駆けめぐり、町の隅々まで知れ渡ったはずだ。バードが最初に曲がる道をまちがえるより先に。

もっとも、それでよかったのかもしれないが。リジー・ウーレット殺害事件の身の毛もよだつ詳細が広がれば広がるほど、夫が隠れるのは難しくなる。たとえ友人や身内であっても、妻の鼻を切り落とすような男を匿《かくま》うのはためらわれるだろう……彼がやったとしての話だが、もちろん。まだ決めつけるには早く、あらゆる可能性を探らなければならない——が、この事件はとてつもなく深い個人の事情が絡んだ家庭内紛争の特徴をすべて備えていた。パズルのどこが欠けているのかが問題だった。侵入の形跡もなければ、貴重品が盗まれたわけでもない。そして言うまでもなく、女の顔が無残に損なわれたという問題がある。バードはかつて一度だけ、似たような凄惨な場面を目にしていた。ただ、そのときは遺体がふたつ——夫と妻が並んでの無理心中だった。男のほうが妻を斧《おの》で殺害し、銃で自殺したのだ。当人はまんまときれいに死んだが、捜査チームにしてみれば腹に据えかねる惨状だった。彼らは何週間も友人知人や親類縁者や隣近所に話を聴きまわり、いったいなぜそんなことになったのかを突き止めようとした。誰もが同じことしか言わなかった。ふたりは幸せそうに見えた、あるいはそれなりに幸せそうだったと。

リジー・ウーレットとドウェイン・クリーヴスもそれなりに幸せそうだったのだろうか。運がよければ、早々にクリーヴスをつかまえて聴取できるだろう。

そんなことを思いながら、バードはコーヒーの残りを飲み干し、カップをコンソールに戻して、車の外に出た。しばらくまえに風向きが変わり、燃える廃品置き場から流れる煙を湖の北へと押しやっていたが、わずかな刺激臭がまだ空気中を漂っていた。彼はゆっくりと時間をかけてドライヴウェイを歩き、周囲の景色を眺めた――最後のカーブを曲がると、松林に囲まれた家が見えてきた。その向こうで湖水がきらめき、風に揺れていた。木々のざわめきに交じって、桟橋の底面にざぶんざぶんと打ち寄せるかすかな波の音が聞こえていた。ここでは音がよく通る。静かな夜に悲鳴をあげれば、湖の対岸まで聞こえるかもしれない。そこに人がいれば。けれども、昨夜は悲鳴が届く範囲の家には誰もいなかった。目撃者はなし。つまり、犯人はとことん運がよかったか、とことん地元の人間だということだ。

そのどちらかに賭《か》けるとするなら、バードの答えは決まっていた。

家のすぐ外に、マイルズ・ジョンソンが青い顔をして立っていた。バードの身分証を見るなり、脇にどいて廊下を指差してみせた。そこでは五、六人が寝室のドアの外に集まっていた。彼らの不安げな表情から、地元の警官たちだとわかった――この状況は自分たちの手に負えないが、さりとて部外者に入られるのもおもしろくないというわけだ。

リジー・ウーレットの亡骸《なきがら》はベッドの傍《かたわ》らの床に横たわっていた。バードがドアのところからのぞくと、鑑識のひとりが体をどかし、遺体の様子が見てとれた。赤いビキニボトトムを穿《は》いた腰の片側が突き出し、腰骨のまわりの生地がぴんと張っている。Tシャツが脇に引っ張られて肩がむき出しになり、髪が血で固まっている。大量の血――全身の素肌にも飛び散った痕があり、下のカーペットに大きな染みが広がっている。蝿が飛びまわっているが、蛆虫は湧いていない。今はまだ。死んでからさほど時間は経っていないということだ。

バードはベッドの周囲をざっと見まわし、床の上でくしゃくしゃになったキルトのベッドカバーに気づいた。さらなる血。ベッドカバーは血に染まっていたが、湿ってはいなかった。

「そいつが遺体にかぶさってたんです」背後からの声に振り返ると、彼を家の中にうながした例の若い保安官補が立っていた。がっしりした幅広の肩が狭い廊下の両側の壁にこすれそうになっている。男は両手で布巾をきつく握りしめ、ぎりぎりとねじっていた。

素手で鼻を拾った男。

「あんたが遺体を見つけたってことか?」

「ええ、まあ。てか、そいつを剝《は》いだときはまだわかってなくて。おれはてっきり、彼女がその、生きてるか、あるいは……」

「生きてる、ねえ」バードは言った。「それはあんたがシンクで彼女の鼻を見つけたあとだろ？　鼻はまだそこにあるのか？」

ジョンソンが首を振ると同時に、鑑識のひとりが寝室から出てきて、通りすぎざまに廊下の先を指差した。

「この人が落っことして」彼女は言った。「私たちが証拠品袋に入れた。そんなに大したもんじゃないわよ」

バードはジョンソンに向きなおった。

「大丈夫だ、保安官補。気にするな。遺体を見つけたときのことを教えてくれ」

ジョンソンは顔をしかめた。「血痕をたどっていったんです。キッチンから続いてたから……あれを見つけたあと。で、血のついたベッドカバーが見えて、誰かが下にいるのがわかって。剝いでみたら彼女がいた、ってだけです。それ以上は何も──だって、見た瞬間にもう、死んでるのがわかったんで」

バードはうなずいた。「つまり、彼が遺体を覆ったわけだ。逃げるまえに」

「彼？　それって──」ジョンソンは憤然と首を振り、布巾を握りしめて言った。「まさか、ありえない。ドウェインはそんなこと──」

突然飛び出した夫のファーストネームに、バードは怪訝《けげん》な眼差しを向けた。「ほう？　だったら、ドウェインはどこにいる？　本人にメッセージを送ってみたのか？　返信はあったのか？」

　ジョンソンの顔に血がのぼるのを見て、バードは瞬時に小さな満足感を覚えた。メッセージについてはかまをかけただけだが、どうやら図星だったようだ。ジョンソンと故人の夫はファーストネームで呼び合う仲というだけではない。友人同士なのだ。

　このやりとりを壁にもたれて聞いていたライアン保安官が、ここでまえに踏み出し、ジョンソンの肩に手を置いて言った。

「刑事さんよ、ここは小さな田舎町だ。おれたちはみんなドウェインのことをよく知ってる。ガキのころから付き合いのあるやつだっている。それでも、誰もあんたらの邪魔をしようとは思っちゃいない。この場の全員、目的は一緒だ。おれの部下はみんな州警察に協力を惜しまない。すでにドウェインとリジーの町なかの自宅に車をやって調べさせたが、誰もいなかった。リジーのトヨタは裏に駐まってる。あの夫婦はもう一台、ピックアップトラックを持ってるが——ここにはないから、おそらくドウェインが乗っていったんだろう。車種やナンバーは手配済みだ。そのへんで走ってたら、遅かれ早かれ見つかるはずだ」

　バードはうなずいて尋ねた。「町なかに自宅があるってことは、この家はなんです、別荘？」

「ここはアールの――リジーの父親の――別荘だった。当初は。そのうちリジーが引き継いだらしく、こぎれいに整えて貸し出すようになったんだ。主によそから来る連中にな」保安官はいったん言葉を切ると、脚にかかる重心を移し替え、眉をひそめて続けた。「それがほかの家主たちの気に入らなかった」

「それはどういった意味で？」

「ここは結束の強いコミュニティだ。カッパーブルックに貸別荘を持ってる連中は、なんでも口約束でやりたがる。身内や家族ぐるみの友人、コミュニティとつながった相手にしか貸さないもんだ。ところがあのウーレットの娘は、この家をウェブサイトなんかに載っけて、誰でも借りられるようにした。だからまわりは気に入らなかったんだ。隣近所で問題になって、不愉快になる連中もいた」

バードは眉を上げ、寝室のほうを――血まみれの遺体を――顔で示して訊き返した。

「不愉快というのは、どの程度？」

保安官は彼の口調に表情を硬くした。「あんたが考えてるようなことじゃない。彼女がここに泊まらせてた客の中には、素性の知れない、何をしているのかもわからん連中がいたってことだ。そっちを調べたほうがいい」

長い沈黙のなか、ふたりはじっと見つめ合った。バードが先に離脱し、携帯電話に視線を落とした。ふたたび口を開いたとき、彼はおだやかな口ぶりを保つよう意識した。「事件に関連することは全部調べますよ、保安官。先ほど被害者の父親の話が出ましたね。その人は町に住んでるんですか？」

「廃品置き場にな。あそこにやつのトレーラーハウスがある。あった、と言うべきか。あの火事で焼け残っているとは思えんからな。まったく、こんなことになるとは……」保安官が首を振る横で、マイルズ・ジョンソンは自分の両手を見下ろし、ひたすら布巾をねじりつづけた。そのうち布巾がちぎれるのではないかとバードは思った。

「その火事ですが」彼は言った。「父親のところから出火したんですか？　すごい偶然だな」

「火事があったから、ここに来たんですよ」ジョンソンが言った。「風で煙がこっちに流れたから、避難を呼びかけにきたんだ。でも、ドアを叩いたら――」

「バード？」鑑識のひとりが寝室から顔を突き出し、手袋をはめた指で合図してみせた。バードはうなずくと、ジョンソンに向かって同じようにうなずいて言った。

「遺体を見てみよう。一緒に来てくれ」

いっときののち、彼は遺体の横に立って、参照用にと渡された走り書きのメモを読みあげていた。

「エリザベス・ウーレット、二十八歳……」そこでメモから遺体に視線を移し、顔をしかめた。名前はきれいな活字体で書かれていたが、顔はぐちゃぐちゃだった。女は脇腹を下にして横たわり、血で固まった赤っぽい毛の髪束の下から、半開きの虚《うつ》ろな目をのぞかせていた。原形をとどめているのはそこまでで、その下はずたずたにやられていた。軍の兵士たちが〝チェリーパイ〟と呼ぶたぐいの傷だ。欠けた鼻はその一端にすぎなかった。リジー・ウーレットを殺した犯人は、彼女の顎に大口径の銃――おそらく狩猟用の散弾銃《ショットガン》。彼女がドウェイン・クリーヴスと暮らしていた自宅の住所で登録され、事件後に紛失が確認されたもの――を突きつけ、引き金を引いた。銃弾は彼女の顎を吹っ飛ばし、歯を粉砕し、頭蓋骨をばらばらにしてから後頭部を貫通していた。真珠のような光沢のある臼歯《きゅうし》がただひとつ、醜《みにく》い光景の中できらりと光っていた。奇跡のように真っ白で無傷のまま。

バードは顔をしかめて目をそらし、今度は室内を注意深く見ていった。壁に血しぶきや骨の破片や脳みそが飛び散っていたが、それでもこの部屋の見た目には感心せずにいられなかった。誰かが――おそらくはすぐそこで死んでいる本人が――内装に相当な手をかけたのだろう。擦《す》り切れてはいるが上品なオリエンタル調のラグが、ベッドの端の床に敷かれている。その色褪《あ》せたブルーの色調が、見晴らし窓を縁取るカーテンとキルトのベッドカバーの色合いとマッチしている。遺体を覆っていたそのベッドカバーは、今は血に染まっているが。左右対《つい》になったベッドサイドテーブルに、真鍮《しんちゅう》らしき素材でできたそろいのしゃれたランプがそれぞれ置かれている。ドレッサーの上に古書の山が巧《たく》みに配置されている。湖畔の別荘というのはとかく、不揃いな家具や古めかしい狩りの戦利品、〈釣りに出かけています《ゴーン・フィッシング》〉といったフレーズ入りのクッションなどの置き場所になりがちだ――バードがかつて家族と泊まった国境近くの貸別荘では、壁という壁からシカの頭が生えていたものだった。が、ここの内装はまるで雑誌から抜け出したかのようだ。リジー・ウーレットがこの物件を載せたというウェブサイトはあとで突き止める必要があるが、理想の保養地を探し求める都会の連中の目にこの場所が魅力的に映ったであろうことは、この時点で楽に想像できた。

彼はうしろを振り返り、遺体に向かって身を屈めた。チェリーパイ、とまた胸につぶやいた。死んだ女の財布やクレジットカード、免許証はドレッサーの上に置かれたバッグの中から見つかったが、顔が問題だった。疑問だった。彼は周囲を見まわし、鑑識から保安官、ジョンソンへと視線を移した。ジョンソンは同僚らしき若い男ふたりと小声で何やら話していた。

「身元の確認は誰がした?」バードが尋ねた瞬間、その場の空気が微妙に変わった。誰もが無言のまま落ち着きなく体を揺らし、すばやく目配せを交わし合った。長々と引き延ばされた沈黙に彼は苛立ち、質問を繰り返した。

「ジョンソン？　保安官？　身元の確認は誰が？」

「それは、あー、共同でやった感じです」初めて見るブロンドの男が言った。ジョンソンは床を見つめ、唇を噛んでいた。

「共同でやった」バードが繰り返すと、また微妙な間《ま》ができ、目配せが交わされてから、ジョンソンがまえに進み出て遺体を指差した。

「ほら、そこに」彼は言った。バードはその指先を目で追って、気づいた。遺体にたかる黒々と太った蠅や大量の血にまぎれて見落としていたが、死んだ女のTシャツは首元までたくし上げられ、青白い乳房の内側の丸みに黒い点のような塊が認められた。イエバエと同じくらいの小さな塊。ただし、真っ黒で動かない。蠅の群れがぱっと遺体を離れ、頭上を飛び交った。黒い点は微動だにしなかった。彼は目をすがめた。

「これは、ほくろか？」

「そうです」ジョンソンが言った。「それで特定できるんで。リジー・ウーレットにまちがいありません」

バードは目をしばたたき、眉根を寄せた。見落としがあったことを不快に思い、その場の異様な雰囲気をますます不快に感じた。

「それは確かなんだろうな？」念を押したが、うなずいているのはジョンソンだけではなかった。彼は全員を見まわして尋ねた。「あんたたちもか？　あんたたち全員、エリザベス・ウーレットの胸がどんなふうかを知ってたってのか？」

ジョンソンが咳払いをし、赤面しながら言った。「みんな知ってますよ、刑事さん」

「どうして？」

質問が宙を漂い、バードは彼らが忍び笑いをこらえていることに気づいた。こんなときでも彼らは笑わずにいられないようだった。身を震わさんばかりにして耐えているのが見て取れた。

誰も答えたくないらしい。バードは思った。

しかし意外にも、答えたそうな者がいた。さっきのブロンドの保安官補が、唇をわずかにゆがめ——笑っているわけではない。この顔つきでは笑っているとは言えない——バードの目を見て答えた。

「なんでだと思います？」

それは質問ではなかった。

バードはため息をつき、仕事に取りかかった。

第三章　都会

十時少し前、南向きの一面はめ殺しの窓から陽射しが降り注ぐころ、パール・ストリートの高級タウンハウスの寝室で眠っていた夫妻はようやく目覚めはじめた。妻のほうが先に、それもすぐに目を覚ましたが、それは常にないことだった。エイドリアン・リチャーズは子供のころから朝に弱く、いつも眠気とぐずぐず闘いながらシーツを蹴飛ばし、うめき声をあげ、起き上がるのに苦労したものだった。今、キングサイズのふかふかのベッドに横たわった彼女はぱっちりと目を覚ました。閉じていた目が、次の瞬間には開いていた。霊廟《れいびょう》で目を覚ましたジュリエットのように――ただし大理石のかわりに、この寝床には千二百スレッドカウントは下らないエジプト超長綿のシーツが敷かれていたが。

〝目覚めの場所はよく憶えています。

ここがそうなのですね。

私のロミオはどこに？〟

寝返りを打てば目に入るが、その必要はなかった。夫が隣にいるのが気配でわかった。ゆっくりと規則正しい寝息が聞こえる。ということは、まだあと一時間は起きないだろう。揺すって起こさないかぎり。これは結婚して十年になる妻の勘でわかることのひとつだった。夫の寝息のトーンやニュアンスは自分の呼吸より詳しく把握していた。

もちろん、揺すって起こすことにはなるだろう。しまいには。一日じゅう寝ているわけにはいかない。自分たちにはやるべきことがある。

〝目覚めの場所はよく憶えています〟

彼女は憶えていた。

何もかも憶えていた。

あのおびただしい血。

けれどもしばらくは目を開けたまま動かず、寝室を眺めるだけにとどめた。その気になればいくらでもじっとしていられた。夜のあいだに猫――緑の眼と絹のような毛を誇る大きなグレーの雄猫――がすっぽりと傍らにもぐりこんでいて温かく、ゴロゴロと喉を鳴らしているのが心地よく、頬に当たる枕はやわらかくて清潔だった。部屋は全面シックなダークブルーに塗られ――エイドリアンは一時期、カラーセラピーにはまっていた。この色は健康を促進し、眠りを深め、セックスの質を高めるとされていた――そのうえカーテンが掛かっているので、朝が昼になるまえのこの最後の時間ですら、部屋の隅々から隙間から家具の下まで、ベルベットのように濃い影が重く垂れこめていた。昨夜着ていたシフトドレスが、ファスナーを下ろして脱ぎ捨てたときのまま、ポンチ素材のパンケーキのようにつぶれていたが――馬鹿なことをした。ドライクリーニングに出すべきね――それがなければ室内は完璧だった。シンプル。このまま雑誌に載せられる。私的なアイテムは近くの棚ひとつに収まっていた。真鍮でできた小さなバレリーナの像、小皿に置かれたサファイヤのイヤリング、そして一枚のフォトフレーム。晴れて夫婦となったリチャーズ夫妻の、結婚式当日の写真。幸せだった過去の思い出。ブロンドでほっそりしたエイドリアンが、純白のシルクドレスを着て微笑んでいる。ひとまわり背が高くがっしりしたイーサンは、このころからもう後退しかかった髪の生え際を入念に隠す髪型にしている。このとき彼は三十四歳。新妻の十二歳上だった。彼女は初婚、彼は二度目の結婚だった。

この写真を見てもそんなことはわからないけど。彼女は胸にそうつぶやいた。ふたりとも幸せオーラ全開で、初めてのことに興奮しているようにしか見えない。生涯にわたる冒険にこれから乗り出す新婚夫婦。永遠《とわ》にともに。

写真の中の若いふたりがうらやましかった。自分たちを待ち受けている運命のことなど何もわかっていない。想像を絶する恐怖だというのに。今では想像する必要もなかったが。

それはすでに起こったことであり、眠っていた数時間のあいだに、むごたらしい細部に至るまで鮮明に脳裏に焼きついてしまっていた。昨夜……ここまでの長い道中、自分はショック状態に陥っていたのだろう。それは彼も同じだった。ふたりとも呆然《ぼうぜん》と押し黙ったまま見送った。バックミラーの彼方にすべてが消え去るのを——町が、湖が、あの家が、家の中の何もかもが。

遺体。

血。

あのおびただしい血。

けれども暗闇で光る距離標識を次々と通りすぎ、その夜の出来事が背後に遠ざかるにつれ、すべては悪い夢だったような気がしていた。ありふれた帰路の光景ですら、どこか現実味が薄かった。メルセデスを家の裏の路地に乗り入れると、もうあと少しで家だとしか考えられなかった。玄関に着くまでずっと鍵をきつく握りしめ、唇を引き結んでいた。険しい顔をした夫の隣で。どこかの時点で言葉を交わしたはずだが——これ以上の話は明日の朝にしようと合意しただけにせよ——思い出せるのは沈黙だけだった。ふたりでひっそりと暗い廊下を進み、寝室にたどり着いても明かりを点けもしなかった。彼女は靴を脱ぎ捨て、シフトドレスのファスナーを下ろし、すとんとその場に脱ぎ捨てるなりベッドにもぐりこんだのだった。最後に憶えているのは、暗がりをじっと見つめていたことだ。このまま一生眠れそうにない、眠れるわけがないと思いながら。

それなのに眠れた。

が、これ以上横になっているわけにはいかない。

体を動かし、羽毛の上掛けからすべり出てそっと床に降りると、猫が咎《とが》めるような表情を向けた。横で夫が身じろぎした。彼女は動きを止めた。

「起きてる？」試しにそっと囁いた。

彼の瞼《まぶた》がぴくぴく動いたが、目は閉じたままだった。

夫を起こすことなく彼女は部屋を出た。裸の胸を守るように腕を組み、猫のあとについて廊下を抜け、キッチンへ向かった。一面はめ殺しの窓から降り注ぐ陽射しに顔をしかめた。ここからの近隣の眺めはすばらしいが、いかんせん明るすぎた。通りの向こうに建ち並ぶ家々のガラス窓や石造りのファサードがぎらぎらと陽光を撥《は》ね返し、目がくらみそうだった。狭い通りの上空では雲ひとつない青空が広がっていた。

猫が素足にまとわりつき、みゃあみゃあ鳴いた。空腹なのだ。そうだ、キャットシッターが来ないようにキャンセルしなければ。

「はいはい、わかった」彼女は優しく声をかけた。「今やるからね」

セーターにくるまってカウンターのまえに坐り、コーヒーを飲みながらノートパソコンを叩いていると、夫が廊下の奥に姿を現した。二十分ほどまえに起きだす音がしていたが、ドアは閉まったままで、しばしの静寂ののちにシャワーの音が聞こえてきたのだった。最初、彼女は驚いた。まるでふだんの朝と変わらないかのように、ベッドから出るなりシャワーを浴びている。まるで今すぐ話し合うべきことなど何もないかのように。やがて驚きは安堵《あんど》に変わった。いつものルーティーンを守っているということは、まだなんとか対処できているということだ。この状況ではどんな行動に走ってもおかしくないのだから。

彼は妻が足を止めたのと同じ場所で立ち止まり、窓の外の景色を見つめた。古びた大学のロゴ入りスウェットを着て、ひげをきれいに剃《そ》っていた。トイレットペーパーのかすが顔のあちこちにくっついていた。そのうちのひとつが剝がれ、スウェットの擦り切れた襟ぐりの上に落ちた。彼女は咳払いをした。話し合いの時間だ。

「おはよう」

夫はその声を聞いてのろのろと振り返った。目が赤い――寝不足だろうと彼女は思った。そうであってほしかった。泣いていたとは思えない。じっと彼の顔をうかがったが、表情は読めなかった。

「ほら、コーヒーを飲んで」

そううながすと、きれいに手入れされた指でシンクの横のキャビネットを指差した。夫はまだぼうっとした様子で棚を開けてマグカップを取り出し、彼女の隣の椅子に坐った。

「しくじった。顔を切っちまった」声がかすれていた。「当分は血が止まらない」

「平気よ」彼女は言った。「どっちみち今日は外に出ちゃいけないもの。あなたは隠れてなくちゃ。あとどれだけ時間が残されてるかわからない。私はいくつか予定があって、これから出かけるわ。うまくすれば、今日じゅうに目処《めど》が立つかもしれない。わかった?」

夫はマグカップを下ろして尋ねた。「ニュースはどうなってる?」

「彼女が見つかった」

彼の顔から血の気が引いた。

「旦那のほうは?」

彼女は首を振り、パソコン画面に顔を近づけて読み上げた。

「ウーレットさんの夫、ドウェイン・クリーヴス氏の居場所を特定するために、みなさまからのご協力をお願いしています。情報をお持ちのかたは、なんとかかんとか……次の番号に電話してくださいって。それだけ」

「くそ。なんで見つかった? そもそもなんであの家に――」

「廃品置き場の火事のせいよ」彼女は淡々と言った。「今朝の風で煙が流れて、避難を呼びかけにいったんでしょう。でも大丈夫——」

夫は聞いていなかった。しきりに首を振り、カウンターに手のひらを叩きつけた。「くそが。くそ、くそ、くそ。ちくしょう、なんだってきみはあのとき……」

そこで顔を上げ、妻の顔を見て、最後まで言わずに黙りこんだ。

「大丈夫よ。落ち着いて聞いて。大丈夫だから。現にほら、警察は思いこんでる。ドウェイン・クリーヴスが奥さんを殺して、逃走中だって」

長い沈黙があった。

「旦那のほうも見つかるに決まってる」夫はようやく言った。

彼女はうなずいた。「いつかそのうち。おそらくは。でも、いつになるかはわからない。私が何をしたかは見てたでしょ？　発見まで相当時間がかかってもおかしくない」

「これからどうするんだ？」

「あなたは何もしなくていい。ここにいて。隠れてて。私がお金を用意するから、それから計画を立てればいい。ちゃんとした計画を。今のところは運よくいってるけど、下手に動きたくないの。何日かかかるとしてもね。大丈夫。逃げる必要はないわ。誰にも追われてないんだから」

夫はこういうときの私が大嫌い。彼女は思った。ギリギリと歯を食いしばった彼の顎からその波動が伝わってくる。妻のこういう口調が我慢ならないのだ。あからさまに自分のほうが賢いと思っている口調。だってそうでしょ、と彼女は心の中でつぶやいた。賢いのは自分のほうだ。昔からそうだった。それはずっとわかっていた。夫のような人々がその事実を認めたがらないとしても。そして、そんな夫に何が重要で誰に従うべきかを思い知らせることで、彼が腹を立てたとしても……まあ、傷ついた怒りを抱えてくれたほうがましなこともある。寝室から出てきた彼が真っ赤な目をして、何かに取り憑《つ》かれたかのような、自分が誰でどこにいるのかもわからない様子で窓の外を見つめていたことを思えば——

——そう、あれは最悪だった。彼がここで踏ん張れなければ、ふたりとも破滅する。

「警察が来たらどうする？」夫がやっと口を開いた。

「どうしてそんなことになるの？」

彼は肩をすくめ、下を向いた。「さあ。メルセデスから足がつくとか？　あれを見たことを思い出す連中がいるかもしれない。もし見てるなら。州外のナンバープレート、オフシーズンに悪目立ちしまくりの馬鹿でかい高級車。去年、スーパーマーケットであんなことがあったんならなおさらだ。きみのくだらないヨーグルトの一件があったろ？　あれを憶えてるやつらがしゃべれば、警察があれこれ訊きにきて——」

「そしたら私が対応して、警察が知るべきことを教えてあげるまでよ」彼女は夫の言葉をさえぎり、睨《にら》みつけながら言った。「私がなんとかする。こっちを見て。私を見て」彼は目を合わせた。しばらくのあいだ、ふたりはそうして見つめ合った。彼女は夫の手に手を重ね、断固とした口調で言った。「私たちはもうあと一歩のところまで来てるの。だから私にまかせて」

ようやく夫はうなずいた。納得はしたようだ。それは顔を見ればわかった。が、あの途方に暮れた表情――それもまだ残っていた。彼女はため息をついた。

「言って。躊躇《ちゅうちょ》してる場合じゃないんだから。言いたいことがあるなら言って」

夫はマグカップの中をのぞきこんだ。ほとんど口をつけておらず、コーヒーはもうすっかり冷めていた。

「別に、ただ……」彼は言いよどみ、肩を怒《いか》らせた。「警察は突き止めるに決まってる。おれたちがやったことを」

彼女はきっぱりと首を振った。

「それはないわ」

夫はため息をつき、薬指の指輪を回した。緊張したときの毎度の癖。それを見ると心が痛んだ――が、ここは断固としていなければならない。

「聞いて」彼女は言った。「リジーとドウェインは死んだ。終わったの。私たちにできることは何もない。でも、私たちは生きてる。私たちには未来がある。それに、私たちにはお互いがいるじゃない。ね？ 私を信じて」

夫が肩の力を抜き、彼女もほっと肩を下ろした。妻に屈したのだ。常にそうしてきたように。今回もそうするだろうと彼女にはわかっていたように。けれどもその目は何かに取り憑かれたようなままで、もう一度夫が口を開いたとき、彼女は危うく叫び出すところだった。

「どうしても頭から離れないんだ――」言いかけた夫の肩を、彼女は身を乗り出してつかんだ。耐えられなかった。

「やめて」

けれども彼は止められなかった。言わずにいられなかった。言葉が囁きとなって漏れ、恐怖が室内に立ちこめた。

「彼女がおれに向けたあの目つきが」

第四章　リジー

はっきり言っておくけど、私はあの男とヤったことなんて一度もない。誰のことかはわかるだろう。刑事の問いに黙っていられずしゃしゃりでた男。殺された女の血みどろでずたずたの遺体のまえで、地元のダチどもとニヤつきながら、全員彼女の乳を見たことがあると匂わせて悦に入っていた男。すばらしくお上品な、カッパーフォールズ育ちのガキども。まったくうんざりする。とりわけあのひと言。下劣と思わせぶりの絶妙な組み合わせ。あのあとちょっとした話題になったほどだ。あの場にいた者がいなかった者にべらべらしゃべり——〝ラインズのやつ、あの州警察官に向かってなんて言ったと思う？〟——それからいくらも経たないうちに、町じゅうの人間がそれをまるでキャッチフレーズみたいに復唱していた。あなたも憶えているだろう。

〝なんでだと思います？〟

ふざけんなよ、クソが。

私のほうがふざけているのだと思われるかもしれない。あるいは誇張しているか、被害妄想か、単に過剰反応しているだけだと。別にかまわない。過去にも言われてきた。〝あの子は口から出まかせを言ってる。注目されたいだけなんだ。みんな知ってるさ、あのウーレットの娘は人間のクズだって〟そういうことを言うのはもちろん、教会に通う善意の人々。社会を清める地の塩、ニューイングランドの勤労者だ。あの人たちが平然とひどい仕打ちをするなんて、その場に居合わせたことのない人には信じられないだろう。

でも今、あなたはそれを目撃した。そういうことがあるんだと知った。美しきカッパーフォールズへようこそ！　ここは空気がきれいで、ビールが安くて、地元の警官どもが若い女の殺害現場で被害者をヤリマン扱いして辱《はずかし》める土地です。

あいつの名前はアダム・ラインズ。笑って見える寸前まで唇をゆがめたブロンドの男。ミスター・〝なんでだと思います？〟。本人がまわりに思いこませたがっているのとは裏腹に、私はあの男と寝たことはない。あいつらの誰とも寝たことはない。ドウェインは別だけど、それは今からする話とは関係ないし、もっとあとのことだ。もっとずっとあと。その時点で優に四年は経っていた。あの初夏の日、狩猟小屋のカビだらけの湿ったこけら板に背中を押しつけ、耳にこだまする六人の醜悪な男子の野次を聞いていたあの日から。

〝なんでだと思います？〟じゃねえよ。

真実はこういうことだ。推測できる人もいるだろう。ちょっと想像力を働かせてみるだけでいい。こんなふうに——あなたは十三歳。体重四十キロあまり、まだ女ではないものの、幼い子供とももう言えない。どう揃えても不揃いに見えるひょろひょろの腕と節くれだった脚を持てあまし、髪はいつもぺたんと垂れているみすぼらしい赤毛で、切れないハサミを使って自分で切るしかなかったから、毛先がガタガタになっている。普通はどうするものなのかがわからない。母親はとうに死んでおり、父親はただ単に無知で常識がない。娘が十三歳にもなればブラやナプキンや、そういうものの意味についての親子の会話が必要になることがわかっていない。あなたが大人になりかけていることに父親は気づいていない。

でもほかのみんなは気づいている。あなたの体に何が起こっているかに。あなた自身が気づくまえに気づいている。

想像してみて。

夏休み前の最後の日、私は学校から自転車に乗って帰る途中でやつらに追いつかれた。埃っぽい八キロの道のりは長く、背負ったバックパックが重すぎて、のぼり坂のたびに降りて歩かなければならなかったのだ。やつらは六人だった。何人かは年上で、全員私より体が大きかった。私は自転車を道に乗り捨て、前輪を回転させたまま、前方の森に向かって走った。木々の奥に逃げこもうとしたけど、やつらに捕まった。捕まらないわけがなかった。シャツを頭の上にめくられるだけですんで幸いだったと、あとになって思ったものだ。

あのほくろは生まれたときからあった。あんなふうに黒々と盛り上がった塊は見逃しようがない。醜いほくろなのはわかっていた——当時ですら、体育の授業後にロッカールームで急いで着替えるときは、ほかの女子に見られないよう気をつけて隠していた——けど、あの日はどうしようもなかった。森の中へ百メートルほど入ったところにある崩れかけた小屋に背中を押しつけられ、両腕を横に広げられ、左右の肩をひとりずつに押さえつけられていては。視界すらもTシャツの裾でふさがれ、汗と唾液で湿った生地が顔に張りついていた。シャツの下には何も着けていなかった。やつらのひとりが私の胸の下のほくろを思いきり、あざになるほど強く突きながら、聞こえよがしに嫌悪のうめき声をあげた。

やつらは全員、それを目にした。そして、目にしなかったアダム・ラインズのような者は全員、その話を耳にした。私のほくろは地元の伝説になった。カッパーブルック湖の奥深くに棲息するとされる先史時代の巨大な鯉《こい》のように、語り継がれるうちに肥大化していった。ドウェインに初めて裸を見せたときのことは今でも憶えている。私がワンピースを脱いで、彼の望みどおり一糸まとわぬ姿で立ってみせると、彼はそのほくろを凝視してから言ったのだ。「もっとでかいと思ってた」私は言った。「それ、カノジョも言ってた」われながらいい返しだと思ったのに、ドウェインは笑わなかった。

ドウェインは私の冗談に笑ったためしがなかった。私の言うことをおもしろがってくれる人もいたけど、ドウェイン・クリーヴスはちがった。私の旦那は多くの男と変わらなかった。コメディが大好物と毎度うるさく言うくせに、ユーモアのセンスというものがまるでなかった。サルでもわかるジョークにしか反応せず、いちばんのお気に入りは決まって他人をダシにした笑い。そんなに好きかというほど、ラジオのドッキリ電話に目がなかった。司会者がターゲットを騙《だま》してイラつかせ、話を長引かせて煽《あお》れるだけ煽り、哀れな相手が完全にブチ切れてから、実はドッキリでしたと明かすやつ。まったく、気の毒な話だ。こんなことになった私に結婚相談のアドバイスをする資格はないけれど、もしあなたの彼氏もそういう男だったら？　結婚しちゃいけない。なぜなら彼は頭が悪く、おそらく意地も悪いから。

かくいう私も、そんなアドバイスを自分にできるほど賢くはなかった。そもそも選択肢がなかったのだ。誰もうちの父さんのトレーラーハウスのドアを叩いて私をデートに連れ出したり、ダイヤの指輪をくれたりしなかった。高校卒業後のあの夏の一件がなければ、ドウェインは私たちが付き合っていることすら認めなかっただろう。そして、彼が恥じているのはありありとわかった――身悶《みもだ》えしそうなほどに恥じ入っているのが丸わかりで、見ているほうがいたたまれなくなるほどだった。私たちが結婚した日、式場の空気は重かった。彼が「誓います」と口にしたとき、誰もが下を向いて顔をしかめた。まるで彼が公衆の面前で失禁したかのように。カッパーフォールズでウーレットとして生きるというのはそういうことだ。隣にいるだけで相手が恥をかく。

もちろん、そんな女だってファックの相手になれないわけじゃない。だからこのめちゃくちゃな話がそういう結末になったわけだ。

州警察がこういった話を耳にすることはまずない。この町に来て証拠集めや聞きこみをしてまわる彼らが手にするのは、真実の半分だけだ。あるいはアダム・ラインズのような連中から吹きこまれた真っ赤な嘘だけ。私は事実を明らかにするための日記を残さなかった。残すべきだったかもしれない。今なら町の人々は私の話に耳を傾けるかもしれない。私が生きていたときには耳を貸さなかった彼らも、今なら理解しさえするかもしれない。

最初から話すことはしない。始まりがどうだったかは憶えてもいない。物心つくまえの記憶、二歳や三歳や五歳のころの断片的な記憶がはっきり残っていると言う人もいるけれど、私の場合はすべてがぼんやりしている。昔から何ひとつ変わらなかったせいもあるだろう――トレーラーハウス、廃品置き場、その奥の森。V字のアンテナが立った旧式テレビのまえで、おんぼろのリクライニングチェアに坐って眠りこけている父さん。まえの晩にこぼれたビールの酸っぱいにおい。何日も何週間も何年も、ずっと同じだった。ときどき母さんが背景に出てくることがあり、そういうときはあれ以前の記憶なのだとわかった。母さんの顔はもう思い出せないけど、全体の感じでわかるのだ。赤みがかった髪はブラウンに色褪せつつあり、声はスモーキーでざらついていた。いつも吸っていた煙草のように——といっても、吸っているところを見た記憶もないけれど。母さんは私のまえでは煙草を吸わなかったのかもしれない。あるいは私が忘れてしまっただけかも。あの夜、父さんがトレーラーハウスの壁をぶち破ったことは憶えている。母さんがカッパーフォールズとグリーンヴィルのあいだの郡道でスリップ事故を起こした夜。母さんの車は道路を飛び出し、ガードレールを越えて横転し、崖の下に落ちて茂みに突っこんだ。母さんは即死だった。スピードを出しすぎていたのだ。ハイになってもいた。その部分を父さんは私に黙っていたけど、学校ではみんな知っていた。みんなそれをネタに人を傷つけても平気な年齢だった。ライトボディ先生が受け持つ五年生のクラスの誰かが、私の名前〝エリザベス〟と〝クリスタル・メス〟、つまりメタンフェタミンとが韻《いん》を踏めることに気づいたその日、フォールズ・セントラル小学校は大盛り上がりだった。

ふたりの州警察官がトレーラーの外の折り畳み式階段に立っていたことを思い出す。前後に並んで立ち、ふたりとも帽子を胸に当てていた。警察学校で教わるのだろう、悪い報せを伝えるときは必ず帽子を脱ぐようにと。私の訃報《ふほう》を父さんに伝えるとき、ライアン保安官も帽子を脱ぐのだろうか。

やっぱりこの部分を話すのは気が進まない。

それに、私の人生が悪いことばかりだったとは思ってほしくない。いいこともあったから。私はちゃんと父さんに愛されていた。世の中にはそうでない人だっている。父さんは私に与えられるものを与えてくれた。親として至らなかったのは無知のせいであって、悪意のせいではない。酔っぱらっているときでさえ、というのはしょっちゅうだったけど、父さんは一度たりとも私に手を上げたり、暴言を吐いたりしたことはなかった。私は死ぬまでに大勢の人々に傷つけられたけれど――私が結婚した男なんか、私を傷つける以外ほとんど何もしなかった――父さんはそのひとりではなかった。私が死んだあの湖畔の別荘、あれは母さんの事故のあとに、父さんがテディ・リアドンから安く買ったものだ。父さんは私のためにあの家を買い、修繕して貸し出せるようにした。私がいつか望むかもしれない大学進学の費用を捻出するために。そんなことが可能だと父さんは思っていたのだ。自分の娘はそれなりに立派な人間になれると思っていたのだ。他人が私たちのことをなんと言おうと。

その後、すべてが思わぬ方向に転がり、私がドウェインと所帯を持つことになったとき、父さんは私に別荘の鍵を手渡し、これが結婚祝いだと言った。父さんが失望していることは誰にもわからなかっただろう。私の目をまっすぐ見られずにいた点を除けば。

第五章　湖畔

リジー・ウーレットのフェイスブックのページをスクロールしながら最初にバードが思ったのは、彼女は写真を撮られるのが好きではなかったということだ。自分の顔に取り憑かれている女は少なくないが——バードが最後に付き合った女もそうで、彼女のSNSには妙な加工がかかってアニメ人形のように見える自撮り写真が延々とアップされていた。そういう女をなんと呼ぶにしろ、リジーはその正反対だった。彼女のプロフィール写真が最後に更新されたのは三年前。遠くから撮られた粒子の粗い写真で、彼女は太陽のほうを向いていた。片手を目のまえにかざし、反対の手にクアーズライトのビール缶を持って、まぶしそうに顔をしかめていた——はっきりわかるのは全身の特徴だけだ。色白、痩身、赤毛。バードはスクロールを続けた。次の数枚の写真には、リジーはまったく写っていなかった。一枚は湖にかかる夕陽の光景で、別の一枚は草むらにいる茶色い毛に覆われた何か——ウサギ？　猫？——のぼやけた写真だった。ある時点で彼女はパソコンのカメラでクローズアップ写真を撮ろうとしたようだが、顔がぶれすぎていて、両目と鼻の穴、薄い唇の線しかわからなかった。しかしようやく、彼女の写真が見つかった。十年前に近距離で撮られた写真。肩越しに振り向いた瞬間を不意打ちで撮られたかのように、目を見開き、口を半分開けている。ストラップレスの黄色いドレスを着て、手のこんだ巻き髪をアップにして花冠《はなかんむり》をかぶり、ふっくらした頰をばら色に染めている。十年前……バードは逆算した。彼女はこのとき十八歳ということになる。まだ子供みたいなものだ。高校の卒業パーティーに出かけるところか。

さらに何秒かその写真を見つめ、そうではないと気づいた。この花冠、この化粧、このドレス。これは卒業パーティーではない。

結婚式の日の写真だ。

このときが最後だったわけだ。リジー・ウーレットがみずから進んで写真に撮られたのは――あるいは、誰かがあえて彼女にカメラを向けたのは。そして彼女のフィードを前後にスクロールするほどに、きっと後者だとバードは確信を深めた。フェイスブックのプロフィールを見てわかることなど限られているが、それにしても彼女のページからは途方もない孤独が感じられた。プライバシーを大事にするがゆえにSNSにはあまり投稿しない人もいるが、リジーの場合は単に、誰も興味を示さないのにわざわざ投稿するまでもないと思っていたかのようだった。

むろん今では、大勢が興味を示していた。この数時間のあいだに、リジー・ウーレットのタイムラインはコメントで活気づいていた。不気味な卒業アルバムの寄せ書きのように。〝信じられない〟〝RIP、リジー〟〝リジー、私たちは決して親しくはなかったけど、あなたが天国で楽しくやってることを祈ります。そのままのすてきなあなたでいてね〟バードは律儀に彼らの名前を書き留めたが、話を聞いてもなんの参考にもならないだろうとわかっていた。この連中はリジーをろくに知らない。付き合いがなかったのだから。ただひとりの例外であるジェニファー・ウェルストゥッドという女を除けば、彼らは一度たりともリジーの写真に〝いいね！〟したことはなく、誕生日を祝ったこともなかった。人生最後の数日間に彼女が何をしていたのかも知らないはずだ。それを突き止めるのがバードの仕事だが、ほぼ不可能だと証明されつつあった。ほんの数時間前に目にした、あの湖畔の家での一場面――彼女の胸のほくろをめぐる男たちの露骨な忍び笑い――は、町ぐるみの現象の一角にすぎない。どういうわけか、カッパーフォールズの誰もがリジー・ウーレットのことを知っているのに、付き合いのあった者はひとりもいないようだった。

彼女自身の父親でさえ、何ひとつ知らないようだった。その数日間に娘がどこにいたのか、何をしていたのか、なぜ彼女がドウェインとふたりで住んでいた町なかの自宅ではなく湖畔の別荘で死ぬことになったのか。アール・ウーレットはバードが最初に話を聞いた相手だった。聴取は警察署の片隅でおこなわれた。夜が明けてすぐ、救急隊に保護されてから、アールは火事の一件でずっとそこにいたのだった。無精ひげの散った顔と節くれだった手が油と煤《すす》で汚れていた。質問に答えながらもどこかうわの空で、黒くなった指の関節を親指でしきりにこすっていた。ショック状態に陥っているのだろうかとバードは思った。この状況でそうならないほうがおかしいが。自分の生計手段と家族をその朝いっぺんに失ったのだから。リジーはただひとりの子供だった。アール・ウーレットにもはや身寄りはいない。それでも……

「おれには何もわからんよ。たまにしか連絡してなかったもんでね」アールはまっすぐ前方を見つめて言った。その目は虚ろで真っ赤に充血していた。火事の煙か悲しみか、あるいはその両方のせいで。

「近くに住んでいたのに？」バードは尋ねた。

アールは肩をすくめた。「ここじゃみんな近くに住んでる。町の端から端までせいぜい二キロだ。リジーは人付き合いが好きじゃなかった。昔からそうだった。おれと一緒に暮らしてたときから」

「廃品置き場で？」バードは来る途中でそこを通り過ぎ、被害者が生まれ育ったシングルワイドのトレーラーハウスの黒焦げの残骸を目にしていた。「大変だったでしょう。ふたりだけとはいえ、狭い場所で暮らすのは」

「あの子には自分の部屋があった。おれはなるべく……」沈黙があまりに長かったので、そういう一文なのかもしれないとバードは思った。おれはなるべく。けれどもアールは咳きこみ、ポケットからハンカチを出して、その上に茶色い痰《たん》を吐き出した。「おれはなるべく、あの子をひとりにしてやろうとしたんだ」

そう言うと、また煤の汚れを親指でこすりはじめた。なすりこむように。

「火事の原因はわかったんですか？」バードは彼の顔をじっとうかがいながら尋ねた。アールは肩をすくめた。「まだ何も。なんだっておかしくないがね」

「火災保険には入られてますよね」バードは努めて何気ない口調を保ったが、それでも相手は肩をこわばらせた。

「エイヤ」

北東人特有の〝イエス〟――きっぱりとした肯定。バードはそれ以上追及しなかった。火事は奇妙な偶然だったが、それを調べるのは自分の役目ではない。それにどのみち、アール・ウーレットは昨夜、〈ストラングラーズ〉の駐車場に駐めたトラックの運転席で眠りこけていたことがわかっている。それが毎週の習慣のようだった。六名ほどが彼を目撃しており——あるいは彼のいびきを聞いており——それをもってアールは正式に放火と殺人の容疑を免《まぬが》れていた。しばらくのあいだ、ふたりは押し黙っていた。バードが次の質問を練っていると、アール・ウーレットが突然彼に向き直り、真正面から見つめてきた。老いた男は空恐ろしいような薄いブルーの目をしていた。穿《は》き古されてすっかり色褪せたジーンズのような。

「娘がどこの歯医者にかかってるか、訊かれたんだが」アールは言った。

「歯医者」バードは繰り返し、すぐに気づいて首を振った。くそ。「ああ、身元の確認のためですね。それについて説明は……なかった？」

アールは彼を見つめつづけた。困惑しながらも、じっと射貫くように。ちくしょう。

「警察が現場で身元を確認しました。娘さんの、あー、上部胸郭の特徴的なしるしに基づいて」相手の薄いブルーの目が訝《いぶか》るように細くなり、ごわごわの眉同士が寄ってつながった。「残念ですが、ミスター・ウーレット、はっきり申し上げるしかありません。娘さんは銃で撃たれて、顔がひどく損傷してしまったんです」

ほかの男ならこの瞬間に泣き崩れていたかもしれない。アール・ウーレットがそうならなかったのは何よりもだった。かわりに彼はつぶれたパックから煙草を一本取り出して火を点けた。〈禁煙〉の掲示も、煙のにおいを嗅ぎつけるなり睨みつけてきた白髪の受付係も無視して。

「診療記録があるに越したことはありません」バードは言った。「どんなものでも。歯科医か、あるいは――娘さんのかかりつけ医はご存じですか?」

「さあ、今はどうかな。十年前はチャドボーン先生に診てもらってたが」アールはいったん間《ま》をおいた。「その話はもうご存じだろうがね」

バードは知っていた。うなずいてみせると、アールもうなずいた。

「チャドボーンは亡くなったんだ、四年くらいまえに。かわりになる医者が誰もいないから、ほとんどの連中はハンツヴィルの診療所まで行ってるよ。行くとしたらそこくらいだ」

バードがメモを取るあいだ、アールは深々と煙草を吸っていた。しばらく遠い眼差しで宙を見つめ、顎を動かしていたが、やがて咳払いをして口を開いた。

「特徴的なしるし、と言ったかね」

バードはうなずいた。「ほくろ、ですかね。おそらく……」アールがそっけなくうなずいてさえぎった。

「子供のころからあったんだ。レーザーで取ることもできると言われたが、そんな金はなかったもんでね」

「わかります。あの、こんなときに恐縮ですが、ご家族として――つまりですね、われわれがそのほくろの写真をお見せしたら、娘さんかどうかおわかりになりますか？」

アールはまたうなずき、煙を吐きながら答えた。

「エイヤ」

十分後、バードはパトカーのエンジンを切り、バックミラーをのぞきこんで手ぐしで髪を整えた。ほんとうはもっとすっきりした髪型が好きなのだが――新米警官のころに自分で刈っていた手間いらずのスポーツ刈りに比べて、ずいぶんもっさりしてしまった――髪が伸びるほどこめかみの若白髪が目立つことに気づいたので、バリカンで刈るのをやめて伸ばしはじめたのだった。そうするといくらか年上に見え、いくらか威厳が出た。刑事としてはそのほうが都合がよかった。とりわけこういう日には。もっとも、本気で散髪を望んでいるなら、これ以上にうってつけの場所もなかっただろうが。

目のまえの建物はトレーラーハウスだった。ドアの上にキャンバス地の日よけが張られ、ペンキでカスタム塗装がされている。鮮やかな紫。道路脇に立った手書きの看板も同じ色調だった。田舎町の伝統にのっとって、店名は悪趣味な語呂合わせになっていた。このへアサロンの名前は〈ヘアーズ・2《トゥ》・U《ユー》〉。ペンキは塗りたてで、手入れが行き届いている一方、駐車場はひび割れや穴ぼこだらけで、まったく手入れがされていない。バードがカッパーフォールズ全般について見聞きした様子と一致していた。住民はベストを尽くしており、夏のあいだだけやってくる人々は助けにはなるものの、観光客が毎年流れこんできてさえ、この町が放置されたまま死に向かうのを食い止められずにいる。道路はぼろぼろに荒れ、店の正面はシャッターが下りたまま埃をかぶり、耕作を放棄された土地の端にヴィクトリア朝風の屋敷が空き家となって捨ておかれ、壁はたび重なる冬の雪の重みに耐えかねて崩れかかっている。車に撥ねられたシカの死骸が郡道の脇で転がったまま朽《く》ちかけている。かつて最低賃金で自家用トラックを駆って獣の死骸をシャベルですくい上げていた男のための予算はもうないからだ。

カッパーフォールズの人口は年々少しずつ減少している。住民があきらめ、希望を失い、もっと楽な人生を求めて南へ逃れるにつれ――あるいはどこへも行かず、この地で骨をうずめるにつれ。バードはその数字に目を留めていた。リジー・ウーレットがカッパーブルック湖のほとりの別荘で顔を吹っ飛ばされているのが見つかるまえから、この土地の平均寿命は国の平均をはるかに下回っていた。ごくありふれた理由で――事故。自殺。鎮痛薬《オピオイド》。

彼はパトカーを降りると、日よけの下の階段をのぼり、蝶番《ちょうつがい》の軋《きし》むドアを押し開けた。

廃品置き場はいまだ燃えつづけており、町はずれのここでもほのかな刺激臭が漂っていた。それに比べれば、トレーラー内の香り――シャンプー、過酸化水素水、どこか人工的なグレープフルーツっぽい何かの匂い――はずっとましだった。

中にいるのはひとりだけだった。携帯電話を見ている下膨《しもぶく》れのブルネットの女。ちらりと顔を上げて彼を見ると、すぐまた画面に視線を戻した。

「ジェニファー・ウェルストゥッド？」バードは尋ねた。すでに答えはわかっていたが。

ブルネットはうなずいた。

「刑事が来るかもって、保安官から聞いてたけど。どのくらいかかるの？　これからお客さん来るのよ」

「いつ？」

彼女は肩をすくめた。「一時間後？」

「なら問題ないですね。いくつかお訊きしたいことがあるだけですから。私は州警察の――」

「はいはい、知ってる」彼女は携帯電話に向かってため息をつき、それを脇に置いた。

「大した話はできないと思うけど。リジーとはほとんど付き合いがなかったから」

「妙ですね。この町で彼女といちばん親しかった友人はあなただと、みなさんおっしゃってますが」バードは言った。

女は足元に視線を落とした。「それがほんとだとしたら、哀しい話よね」そう言うと、いまいましそうに首を振った。「てか、たぶんほんとだわ」

これはわかってもらわなくちゃいけないけど、とジェニファーは言った。リジーは自分で状況を悪くしていたのだと。もちろん、町の人々がつらく当たったのは事実だ。本人にも、父親にも。アール・ウーレットは若いころに伐採の仕事をしにこの町へやってきて、地元の若い女と結婚し、彼女の父親が運営していた廃品置き場を引き継いだ。その間《かん》、約十年――よって、アールは本質的に信用ならないよそ者なのだった。一部の筋金入りの地元民に言わせれば。それがおよそ四十年前の話だろうが関係なかった。どれだけ長くこの町にいても、いくつ居を構えても、五世代にわたってこの地にいる人々を納得させるには足りない。そして、よそ者の子供はというと――

「こういうことわざ、聞いたことある？　〝オーブンの中で産まれた仔猫がビスケットになるとはかぎらない〟ってやつ」ジェニファーは苦笑いを浮かべて言った。

バードはうなずいた。「ええ、ありますね。ここで生まれたってだけじゃ、地元民にはなれないってことですよね」

「そういうこと。リジーがここで生まれたかどうかは関係なかったの。彼女はよそ者のまだった。そういうことを気にする人たちからすれば」

おまけに彼女は自分から嫌われ者になっていたようなものだと、ジェニファーは言った。それは単に父親だけのせいでもなければ、ふたりが住んでいたあのガラクタの山のせいでもなかった。アール・ウーレットはときたまリスを狩ってシチューにしていた――彼の出身地ではそれが普通だったのかもしれないが、このあたりの人々は眉をひそめた。彼には恥じてみせるだけの節度すらなかった――が、そのせいというわけでもなかった。リジー自身が問題だったのだ。アールは町の人々に非難されようがおかまいなしだったが、リジーは仕返しをした。それがひたすら積み重なり、やがて人々の中には嫌悪の記憶しか残らなくなり、誰もが彼女を嫌うようになった――彼女の父親を嫌っていたより、もっとはるかにひどく。それはリジーとその他全員を暗く深い川のように隔てていた。橋も架けられないほどに。

「でも、あなたは友達だったんですよね」バードは言った。

ジェニファーは肩をすくめた。「友達ってわけじゃなかった。けど別に、お互い悪い感情は持ってなかった。外で会ったら普通に挨拶してたし。昔からずっと仲がよかったわけじゃないけど、なんていうか……気の毒に思ってた感じかな。ドウェインはいつもリジーを連れずにバーベキューやなんかに来てたから。まるで私たちがまだ高校生で、リジーを連れてきたら仲間に馬鹿にされるみたいに。結婚した夫婦だってのによ？　さすがに見てられなかった。だからときどき、彼女をうちに呼んだりしてたってわけ」

バードはあの写真を思い出した。ビール缶を片手に、太陽に向かって顔をしかめていたリジー。あれはジェニファーが撮ったのだろうか？　自分の家の庭で一杯やろうと、お情けでリジーを招待したときの写真？

「最後に彼女に会ったのはいつです？」彼は尋ねた。

「さあ、いつだったかな。スーパーで――〈ハンナフォード〉で買い物してるときに偶然会ったけど、けっこうまえよ。夏の初めごろ？　ちょっと立ち話しただけ。仕事と別荘の管理で忙しくしてるって言ってた。湖畔の別荘、あなたも見た？」バードがうなずくと、ジェニファーもふっと微笑を浮かべてうなずいた。「お洒落《しゃれ》な内装だったでしょ。彼女、ああいうのが得意だったから。私も自分のことみたいに嬉しかった」

「快く思わない人もいたそうですね」

ジェニファーはやれやれと首を振った。「ほんと、くだらない。はっきり言って、ただの嫉妬よ。誰も本心じゃ、自分の奥さんのはとこのチャーリーに安く貸したいなんて思ってないんだから。ほんとはみんな、リジーがやってたみたいにしたいのよ。はとこのチャーリーなんか追っぱらって、物件を〈エアビーアンドビー〉のサイトに載っけて、たんまりお金を持ってる都会の人たちに貸したいと思ってるんだから。あの夫婦なんて、名前は忘れちゃったけど、相当羽振りがよかった。リジーの別荘に去年はまるまる一カ月もいて、今年の夏もまた来たの。奥さんのほうがこの店に来たこともあってね、大きな黒のＳＵＶで乗りつけて、カラートーニングできるかって言われて」

「したんですか？」

「ううん、やるなら薬剤を特注しないといけなかったから」ジェニファーは言った。「珍しい髪をしてたのよ」

「珍しい？」

「カラーの入れ方が。バレイヤージュって知ってる？」

「バリー……なんです？」

彼女はぐるりと目を回してみせた。「気にしないで。とにかく、最初は流行《はや》りのローズゴールドかなんかにしてたんだろうけど、ここの水で傷んじゃったみたいで——湖と日光にやられて、暖色が強く出ちゃってて。はっきり言って、クソみたいだった。地毛の色に戻すんだったらできますけどって提案したわ」

「そしたら？」

ジェニファーはふんと鼻を鳴らした。バードはつい笑ってしまった。

「とにかく、その人はもうそれっきりよ。あー残念。三倍くらい吹っかけてもいけたかもしれないのに」

バードは店の空間を見まわした。リジー同様、ジェニファーにも室内装飾のセンスがあるようだった——壁に沿ってヘア製品がきれいに並べられ、その隣で鉢植えの観葉植物がはじけるような緑を演出している。これはこれで悪くない。が、やはり所詮はトレーラーハウスに設けたヘアサロンだと思った。

「リジーはどうだったんです？　彼女の髪を手がけたりはしたんですか？」

「一度だけね。彼女の結婚式のとき」

「写真を見ました。きれいでしたね」

ジェニファーはくすりと笑った。「リジーが？　きれい？　きっと写りがよかったのね。でも髪はいい感じに盛れてたでしょ。私がまだ専門学校に通ってた時代。子供だったな。そう、髪をやってあげたのはその一回だけだった。彼女、この店には来ないのよ」——そこで言葉を止め、時制のまちがいに気づいて——「この店には来なかった。リジーはヘアカットやなんかに興味がなかったから。おしゃべり好きでもなかったし」

「じゃあ、あなたに秘密を打ち明けたりはしなかった？」

「私にはね。誰にもそういう話はしてないと思うけど。ドウェインにはしてたかもね」

「ドウェインのことを教えてください」

ジェニファーは肩をすくめた。「彼の居所は知らないわよ。そういうことが聞きたいんなら。彼がやったと思ってるのね？」

バードは瞬《まばた》きひとつしなかった。「彼とリジーの話ならどうです？　あなたはふたりともよくご存じのようだ。結婚までのいきさつはどうだったんです？」

ジェニファーはまた鼻を鳴らした。「ふたりとも十八だったのよ、刑事さん。想像つくでしょ」

「妊娠がわかったわけですか」バードは言った。当然、これはすでに知っていた。リジー・ウーレットについての聞きこみを始めて最初に聞かされることのひとつだった。ほとんどの人々が、彼女についてこれは真っ先に話しておかなければならないと思うようだった。

「そう、彼女が妊娠したの」ジェニファーは言った。「流産しちゃったみたいだけど。でも男は手に入れたってわけ」

「なんだか、彼女がうまくやってのけたかのような口ぶりですね」

ジェニファーはため息をついた。「いい？　私はリジーたちより学年がふたつ下だったたの。昔から一緒にいたわけじゃない。だけど、せいぜい四つのころに初めて誰かに教えられたのよ、ウーレットの親子はゴミくずだから近づくなって。リジーはヘルペス持ちだから、あんまり近くに寄ったら感染《うつ》るぞって。私たちはヘルペスが何かも知らなかったけど、子供がどんなふうかはわかるでしょ」

「この場合、単に子供は残酷だという話ではなさそうですが」バードは言った。

「結婚式のころには確実にヒートアップしてた。みんな、あいつはドウェインになんてことをしたんだって腹を立ててた」

「なんてことを……した？」バードは無表情を保とうとしたが、ジェニファーは彼の口調を察し、皮肉っぽい笑みを浮かべた。

「わかるでしょ。彼の人生を台なしにしたってこと」そう言うと、露骨にあきれた顔をしてみせた。「まるで彼女がひとりで勝手に妊娠したみたいに、ねえ？」

「ドウェインはそんなふうに感じていたんですか？」

ジェニファーは不意に居心地が悪くなったかのように、もぞもぞと体の重心を移した。

「さあね。それからふたりがずっと別れずにいたから、みんなびっくりしてたけど。彼はあんまりその話をしなかった。結婚したこと自体に行き詰まりを感じてたんだと思う。子供がいてもいなくても」

「どちらかがほかに関係を持っていたということは？　浮気はなかったんですか？」

「それはわからない」ジェニファーはすばやく言った。が、その目はさっと横に泳いだ。

その件はあとで確認することになるだろう。必要とあれば。バードはそう思いながら、ひとまず質問を終え、ジェニファー・ウェルストゥッドに時間を割いてもらった礼を述べた。


パトカーのギアを入れて駐車場から半分出かかったとき、紫色のトレーラーのドアが勢いよく開いた。車を停めて助手席の窓を開けると、ジェニファーが近づいてきた。体を縮めるようにして胸のまえでしっかりと腕を組み、ひとけのない道路の前後左右に目をやってから、上体を屈めて窓からのぞきこんだ。

「ミズ・ウェルストゥッド」バードは言った。

「いい？」彼女は言った。「面倒は起こしたくないの」

「誰にとっての面倒ですか？」バードが訊き返すと、彼女はまたばつが悪そうな顔をした。

よしよし。ときには相手をほんのひと押ししてやるだけでいい。良識にかなう方向に――せめて、散弾銃で妻の頭をむちゃくちゃにした男の評判を損なうことを過剰に気にしない程度には。

ジェニファーはさらに身を乗り出した。「しばらくまえに、リジーとドウェインの自宅に届けるものがあって寄ったの。休暇が明けてすぐだったと思う。クリスマスにうちの旦那の家族が遊びに来たから、リジーがおっきなローストパンを貸してくれてたのよ。で、彼女が玄関に出てきたら、両目のまわりが黒いあざになってて」

バードは眉を上げ、じっと彼女を見つめたまま待った。まだ続きがあるはずだ。ジェニファーは唇を噛んだ。「私からよく見えないように顔を隠そうとしてた。私は何も訊かなかった。訊きたくなかった」それから彼女は重心を移し替え、またしても視線を横にそらした。うしろめたいのだ。「でも、訊くべきだったと思う」

バードは窓のほうに身を乗り出して尋ねた。

「ドウェインが彼女を殴っていたんだと思いますか？」けれどもジェニファーは硬い表情になって上体を起こし、後ずさりながら道路を見わたした。西から一台の車が近づいてきた。減速して通り過ぎるとき、窓ガラス越しにおぼろ月のような運転者の顔が見えた。こっちを見ていた。ジェニファーが手を振った。相手も手を振り返した。車が視界から消えると、彼女はまたうしろに退《さ》がり、腕を組んで言った。

「今の話、私からは聞かなかったことにして」

第六章　リジー

私の夫がどんな人間だったかを列挙してみる。高校時代のみんなの憧れの的《まと》。卑劣ないじめっ子。ひょっとするとプロに行けたかもしれないアスリート。薬物依存者。救いようのない馬鹿。そしてそう、彼は人殺しだった。いずれは——最終的には、その話にたどり着く。私はすべてを話すつもりだ。でもそれだけでは充分じゃない。真実を話すだけでは。私はひとつの物語を、正しい形で語りたいのだ。結末を理解してもらうには、すべての始まりから知ってもらう必要がある。

私の夫は本物のろくでなしだったかもしれない。けれども、妻に暴力を振るう男ではなかった。酔っているかラリっているかその両方かで、ひどく荒れていた最悪な時期でさえ。そんなときは、私を殴りたいと思っているのは見て取れた。でも、そうしなかった。手を上げたら私が反撃すると、それもこっぴどくやり返すとわかっていたからだと思う。私は彼の弱点を知り抜いていたから。

彼はそのリスクを冒さなかった。かつて野球場で発揮した数々の伝説的な能力、自身をスターに導いたかもしれない剛腕の持ち主であるにもかかわらず、私の夫はチャレンジ精神に欠けていた。私のいかれたおとぎ話の王子様は、一方的な勝利、弱すぎる対戦相手、保証された結果を好んだ。高校時代は、混み合った廊下で足を突き出し、弱っちい下級生がすっころぶのを見て愉《たの》しむガキ大将だった。家の中を這いまわる蜘蛛《くも》が逃げおおせる寸前までわざとゆっくり追いかけ、あと一歩というところで靴か丸めた新聞紙を叩きつけて床の上の染みにするという異常な行為にグロテスクな悦《よろこ》びを感じるような男だった。忌《い》まわしい殺虫灯も——彼はあれが大好きだった。坐ってビールを飲みながら、映画でも観るようにそれを観賞した。夕暮れどきの森から湧いて出た蚊や蚋《ぶよ》がわらわらと飛んできて、裏庭に吊るした〈フロウトロン〉の青い光におびき寄せられる光景を。目を閉じれば、彼らの感電する音が聞こえる——バズズッ！　フズズッ！

そうして虫が焼け死ぬたびに、ドウェインは喉の奥から〝ドゥッハッハ〟と頭の悪そうな笑い声を発し、やがて飲み干したビールの缶を庭に投げ捨てて言うのだった。「こいつらマジでアホだぜ」

それが私の旦那だった。週の前半からほろ酔いで、脳みそが砂粒ほどもない生き物への優越感に浸っていた男。自分と同サイズの相手に挑むだけの人格も持ち合わせていなかった。

けれども、カッパーフォールズの男連中というのはそういうものだった。全員ではないにしろ、ほとんどとまでも言わないにしろ、だいたいがそうだった。充分すぎるほどには。あなたがそのひとりなら、まわりを見て〝これでいいんだ〟と思えるほどには。あなたの父親もきっと同じだ。彼こそが最初にあなたに教えたのだ。蜘蛛を踏みつけ、蠅を焼き殺し、あなたよりずっと小さな、どうなろうがかまわない命をひねりつぶすことで、権力意識を得られるのだと。あなたはそれを早くに、まだ幼い少年のうちに学んだはず。そうして残りの人生を、小さな相手を探して踏みつぶすことに費やすのだ。

それは私が十一歳の夏に起こった。まだ自分が住んでいる場所に魔法のような魅力を感じていたころ。私たちのトレーラーハウスは道路沿いの区画のいちばん端にあり、その奥に積み上がったガラクタの山々が古代の廃墟のようにそびえていた。そこはまるで別世界の果てのように感じられ、私は実際、そう思いこむのが好きだった。私たち、父さんと私はその守護者だ——侵入者や略奪者から太古の秘密を守る役目を仰せつかった、境界地帯の見張り番。大量の金属くずや傷んだ家具、壊れて捨てられたおもちゃの山のあいだを、固い土の通路がうねうねと曲がりくねっていた。私が生まれたときからあった、それ以前に父さんがその場所を引き継いだときからあった、古すぎる廃車の群れが長方形のブロックのように積み重なり、西側の境界を築いていた。父さんはその廃車の山を嫌っていて、そのうち倒れるぞ、絶対よじのぼったりするんじゃないぞと私に警告したけど、ほかに手を打つこともできず、どうしようもなかった。車を持ち上げて積み重ねるのに使った機械はとうの昔に借金返済のために売り払っていたので、車はそこに積み上がったまま、ゆっくりと錆びていくだけだった。私はよくそのあいだをぬって境界の端まで行ったものだ。廃車の列が途切れて森が始まるところ、つぶれたカマロのバンパーのすぐ向こうに、黄ばんだ草の小道が木々の奥へと延びていた。そこが敷地内でいちばん古い場所だった。手前の一帯が不用品の処分場になる以前の、はるか昔を感じる場所。森の奥へ百メートルほど入ると、お気に入りの空き地があった。そこでは完全に錆びついた三台のトラックの残骸が互いに向かい合い、タイヤの上まで土に埋まっていた。誰が所有していたのか、どういうわけでそこに——まるで話し合いの途中で時が止まったみたいに、互いの鼻先を突き合わせた恰好で——放置されることになったのかは誰も知らなかったけれど、私はそれらの形が好きだった。ボンネットの曲線、重そうなクロームメッキのフェンダー、かつてヘッドライトがあったところにぽっかり空いた大きな黒目のような穴。トラックはもはや自然の一部と化していた。長年のあいだに動物たちが座席の上に巣をつくり、蔓《つる》植物が車台をくぐり抜けて生い茂っていた。オークの木が車体を突き破って生えているものもあった。運転席からにょっきり突き出て屋根を貫通し、頭上で青々とした樹冠を茂らせていた。

そんな光景が私には美しく思えた。そして醜い部分、積み上がった廃車やガラクタの山ですら、ちょっぴり危険でミステリアスで、冒険心を掻《か》きたてるもののように思えた。そのころはまだ、恥じるべきだと思っていなかった——トレーラーハウスも、そのうしろの廃品の山も、わが家の安物の家具も、人々がうちの廃品置き場に置いていったゴミくずの箱の中から父さんがおもちゃや本をつまみ出し、きれいにして包装してリボンをかけて、クリスマスや誕生日に私にプレゼントしていたことも。私はそれらがゴミだと知らなかった。

自分たちがゴミだと知らなかった。

その点は父さんに感謝すべきだろう。少なくともその点だけは。私は長いあいだ、自分たちが不思議な場所の選ばれし守護者だと思いこむことができていた。いま思えば、それは父さんのおかげだった。私の夢想を破らないように、この世の悪意を遠ざける役目をみずから買って出ていたのだ。暮らしがままならなかったときでさえ。冬の寒さが例年より一カ月も長引き、車が故障し、ふたり分の食費をトランスミッションの交換費用に充てなければならなかったときでさえ、父さんは悲壮感をまったく漂わせなかった。夜明けに森へ入っていき、太ったリスを三匹肩にぶら下げて戻ってくると、にやりと笑って言うのだった。「今夜はラッキーな子がいるぞ。おれのばあちゃん仕込みの特製リスシチューにありつくのは誰かな？」父さんが自信たっぷりに〝特製〟や〝ラッキー〟と口にするので、私は大喜びで手を叩いたものだった。やがて、私は気づくことになる。自分たちはラッキーどころか素寒貧《すかんぴん》で、リスの肉か肉なししか選択肢がないのだと。でもそのころはまだ、血まみれのブリキの鋏《はさみ》で晩のごちそうの足を切り落とし、父さんに教わったように――父さんがじいちゃんから教わったように――皮を剝ぎながら、すべてを冒険のように感じていた。私たちがほんとうはどういう存在なのかという真実から、父さんはできるかぎり私を守りつづけた。

けれども、ずっと続けるわけにはいかなかった。

その夏、私はひとりで過ごすことが多かった。ガラクタの山と、廃品置き場の猫たちと。それまでも常に数匹の猫がこそこそ動きまわってはいた。ガラクタのあいだに潜んでいたみすぼらしい野良猫たちが灰色の閃光となって飛び出し、目にも留まらぬ速さで森に駆けこむのを、ごくたまに視界の端でとらえるだけだった。けれど、冬のあいだに仔猫が一度に生まれ、どこかトレーラーの近くでしきりに鳴いているのが聞こえていた。そしてある日、一匹の痩せたトラ猫が仕留めたばかりのネズミをくわえて通路を横切り、ガラクタの中に消えるのを見た。そのトラ猫は六月にはどこかへ行ってしまったけど、仔猫たちはまだそこにいて、三匹のひょろりとした若猫に成長していた。好奇心旺盛な猫たちはガラクタの山の上に陣取り、敷地を横切る私をじっと観察するようになった。そんなある日、店で売っているキャットフードをあげたいと私が言うと、父さんはまじまじと私を見つめて言った。

「猫は自分で獲物を狩れる。だから追っぱらわずにいるんだ。害虫やネズミを勝手に退治してくれるからな」

「でも、懐《なつ》いてほしいんだもん」私は言った。よほど情けない顔をしていたにちがいない。父さんは頰の内側を嚙んで笑いをこらえていたから――そして次にスーパーマーケットへ行ったとき、父さんは安い小粒のキャットフードをひと袋買ってきて、私に言い渡した。猫を家に入れるのは禁止。ペットが欲しいなら犬を飼えばいい。そう言った。

私は犬を飼いたいとは思わなかった。犬が嫌いというわけじゃなく。動物は昔から好きだった。ほとんどの場合、人間より好きだった。とはいえ犬は、うっとうしかった。あのよだれや鼻息、かまってもらおうと必死な様子。犬の忠誠は過大評価されすぎている。何もしなくても得られるのだから。毎日飼い主に蹴飛ばされても、犬は懲《こ》りずに戻ってくる。愛してほしいと懇願しながら。けれども猫は――まったくちがう。猫の忠誠はがんばって勝ち得なければならない。まだ人への警戒心が育っていなかった廃品置き場の若猫たちでさえ、すぐには私の手から餌を食べなかった。猫たちが逃げなくなるまでに数日、私を信頼するまでに一週間以上かかった。私の手から餌を食べるようになってすら、膝に乗って喉を鳴らすまでに警戒を解いたのは一匹だけだった。その雄猫は三匹の中でいちばん小さく、白地に入ったグレーの柄が頭と耳をキャップのように覆っていて、奇妙なことに前肢が両方とも人間の腕のように肘のところで内向きに曲がっていた――〝ねじれ猫〟とも呼ばれる現象だ。初めてその子がガラクタの中から出てきたとき、私はその姿に声をあげて笑ってしまった。カンガルーのように後肢で立ち、前方に跳ねながらあたりをうかがっていた。自分の前肢が曲がっているのを知らないようだった。知っていたとしても、気にしていないようだった。その瞬間に私はすっかりその子を気に入り、ラグスと名づけたのだった。

　肢が曲がった猫への愛情を父さんは理解できず、理解しようともしなかった。初めてラグスがガラクタの山から這い出てくるのを見たとき、父さんは瞬時に顔を曇らせた。

「なんてこった。あんな曲がった前肢じゃ、狩りは無理だ」父さんは言った。「あれじゃ冬も越せんだろう。飢え死にするまえに安楽死させてやるんだな。それが思いやりってもんだ」

「飢え死になんかしないよ。餌をあげるもん」私はぐっとこぶしを握りしめ、父さんを睨みつけながら言った。いくらでも闘うつもりだったけれど、父さんはまた顔を曇らせただけだった。やりきれないように私を見つめたきり、何も言わず歩き去った。その夏はいつになく多忙で、人生の哀しく残酷な現実をめぐって頑固な子供と言い争う時間はなかったのだ。テディ・リアドンとの交渉がまとまり、湖畔の別荘を買い取ったばかりで――家は築百年、直近の二十五年間はろくに使われておらず、崩れかかっていた――ほとんどの午後はその修繕に出かけてしまい、廃品置き場の留守番を私にまかせていた。私が真面目に番をしていたのは最初の三日間だけだった。三日もあればわかった。町の人々はみんな父さんが何をしているか知っていて、父さんがいないときに金属くずや車の部品を探しにきたりはしないんだと。

私は別に気にしなかった。長い時間をひとりで過ごすことには慣れていた。なりきりごっこ遊びをして愉しんでいたのだ。本で読んだ内容を取り入れ、海賊やお姫様になりきって想像を繰り広げた。ガラクタの山は奇妙な謎の国を取り囲む城壁で、私は日によって脱出を試みたり、略奪する側にまわったりする。なりきるのは得意だった。それに、ひとりで遊ぶほうが好きだった。ほかの子たちはいつもキャラクターや設定を無視して展開をめちゃくちゃにし、世界観を台なしにしてしまう。自分ひとりなら何時間でも、それこそ何日でも、ひとつの物語に没頭することができた。父さんの車が道の向こうに消えるのを見届けるなり、すぐさま続きを始められるのだった。

その朝の天気は不吉だった。あたりは陰鬱《いんうつ》な灰色で、空には重い雲が垂れこめていた。父さんは空を見上げてぶつくさ言っていた。湖畔の家の屋根の補修が終わっておらず、来たるべき嵐に作業を中断されそうで苦りきっていた。けれども私にしてみれば、膨れ上がる暗雲はその日の物語の一部でしかなかった。森の奥に棲みついた魔女が呪いをかけ、それが病魔のようにじわじわと空を侵しているんだと想像した。なんとかして魔女の棲み家にたどり着き、自分ひとりの力で黒魔術と戦わなければ。私はガラス瓶に呪いを解くアイテムを詰めこんだ――クローバーの花をいくつか、リボンを一本、そしていろんな半端ものを集めた箱の中から、乳歯を一本（歯の妖精は父さんの飲酒がひどくなるにつれ、うちのトレーラーハウスには訪れなくなっていた。もっとも、私がその関連に気づいたのはもっとあとのことだけれど。そのあいだも、引き取り手のない歯はこういう場面で活用されていた）。ラグスがガラクタの山から這い出てくると、抱き上げて、ごっこ遊びの一員に加えた。敷地内にいるほかの猫たちはみんな魔女の手下だけど、この一匹は前肢が曲がる呪いをかけられてから寝返ったことにした。

よその子たちが来た音は聞こえなかった。だから、いつからそこにいて私を見ていたのかはわからない。私はガラクタの山のあいだをゆっくりと慎重に進んで、錆びついた三台のトラックが顔を突き合わせているあの不思議な空間へ向かおうとしていた。魔術を使うのにふさわしい場所があるとしたら、そこしかなかった。架空の世界に没頭し、肩で満足げに眠るラグスを抱えて運びながら、私は行く手に人がいるのに気づいて驚いた。三人組の子供——少年ふたりと少女ひとり——が積み上がった廃車の列のそばに立ってこちらをじっと見ながら、森の中へと続く黄ばんだ草の道をふさいでいた。もちろん三人とも、学校や町での顔見知りだった。そのうちくすんだ金髪の少年と少女は、ビリーとブリアンのカーター兄妹。十三歳と十二歳。うちの裏の森の反対側に住む、いわばお隣さんの子たちだった。その昔、まだ母さんがいて仲立ちしてくれていたころは、ふたりと一緒に遊んだものだけど、母さんの死とともに兄妹の好意も消え失せていた。今ではふたりとも廃車の山に石を投げつけにくるだけだった。勝手にうちの敷地に入らないよう、父さんがたびたび言って聞かせていたのに、明らかにふたりの耳には届いていなかった。

もうひとりの少年、ＤＪはふたりより年下だった——その前年、彼はライトボディ先生の五年生のクラスで私のうしろの列に坐っていた——が、歳のわりに体が大きく、ビリーと並んでもほとんど変わらなかった。三人の顔に浮かんだ薄ら笑いから察すると、彼らはしばらくまえから私を見ていたんだろうと思った。

「信じらんない。気持ち悪っ」妹のブリアンが聞こえよがしに言うと、兄のほうがにんまりと笑った。

「言ったとおりだろ？」ビリーは言った。「キスとかしてキモいんだって」

「信じらんない」ブリアンはそう繰り返し、笑いと悲鳴の中間のような声をあげた。

ふたりは猫のことを言っているんだと、一拍遅れてわかった。ラグスは相変わらず奇妙な前肢を顎の下で折り曲げ、腕の中でうたた寝していた。さらに何拍か遅れて、私は〝言ったとおりだろ？〟の意味を完全に理解した。ビリー・カーターがうちの敷地に忍びこんで、私がラグスと遊ぶところを見ていたのはこれが初めてではないのだと。ビリーは以前も、おそらく何度も来たことがあり、私に見つからないよう奥の森に隠れていたのかもしれない――あるいは単に私がばかげた遊びに没頭するあまり、誰かがいることに気づかなかっただけかもしれない。そして今またビリーはやってきた。それも今度は観衆を連れてきたのだった。

私がラグスをさらにしっかり胸に抱き寄せると、ビリーと妹は馬鹿にしたように笑った。と、そこでDJが足をまえに踏み出した。

「その猫は触っちゃいけないんだぜ」彼は言った。「そういう猫は病気持ちだって、父さんが言ってた。ほかの猫に感染《うつ》しまくって、そのうちみんなそいつみたいになっちゃうんだって。そいつはそもそも生きてちゃいけないんだ」

私は下唇を噛みしめた。考えが言葉にならなかった。生々しい夢から揺り起こされたかのように、口の中が乾いて頭がぼうっとし、侵入された不快なショックで全身が粟立っていた。三人とも消えてほしかった。立ち入りを禁じられているとわかっているのに、何度も警告されているのに、森の中を通ってうちの敷地にやってきたビリーとブリアンが憎かった。次に侵入したら親を呼ぶぞ、警察だって呼ぶからなと父さんが警告したのに、ふたりはまたやってきた。うちの敷地を好きなだけ踏み荒らしてもどうってことないと高をくくって。でも、それ以上に私を不安にさせたのはDJの言動だった。じりじりと一歩ずつまえに出てくるその様子、ラグスを見る嫌悪と好奇の入り混じったその目つき。湿った赤い唇から発せられたその言葉。〝そいつはそもそも生きてちゃいけないんだ〟

私は逃げるべきだった。逃げられるはずだった。敷地内を誰より知りつくしていたし、動きもすばしっこかった。廃品の山のあいだをすり抜けてトレーラーハウスに戻り、フロントドアを閉めて鍵をかけてしまえば、ラグスとふたり、安全なはずだった。そこでじっと待っていれば、侵入者たちは退屈してどこかへ行ってしまうはずだった。猫を家に入れるのは禁止と父さんは言ったけれど、きっとわかってくれたはずだ。そうせざるをえなかったのを、あんな恐ろしいことになるのを防ぐにはルールを破るしかなかったのを。けれども私は頭が鈍すぎた。愚かすぎた。世間を知らなさすぎて理解できなかったのだ。この世には弱いものを踏みつぶしたがる連中がいることを――そしてそれこそが思いやりなのだと、そうした連中があとになって言うことを。私は不意に父さんの言葉を思い出していた。私が頑《かたく》なに聞こうとしなかった、その言葉の意味を。

〝飢え死にするまえに安楽死させてやるんだな〟

ＤＪ――赤い唇の少年――も私同様、すばしっこかった。そして彼は私とちがって、あらかじめ計略を携《たずさ》えていた。あとでわかるのだけれど、彼はそれだけのためにカーター兄妹についてきたのだった。必要だと教えられたことをやりとげるために。そうして何が起きているのか私が気づくまえに、私の腕からラグスをもぎ取った。猫を抱いていた腕は、次の瞬間からっぽになり、ラグスは両脇をＤＪの手につかまれてぶら下がっていた。身をよじるラグスをその手がさっと押さえつけた。私は思わず叫びながら突進しようとした。

「やめて！」

「すぐに終わらせてやる。そいつを押さえてて」ＤＪが言った。唇が険しく引き結ばれ、不意に大人びた表情になった。任務を負った男のような表情に。頭上に垂れこめた灰色の雲が膨れ上がって暗さを増し、頭の中のどこか、私を何時間でもごっこ遊びにふけらせる精神の片隅から、小さな声が囁きかけた――〝もう遅い。呪いは広がってる〟。ビリーとブリアンはすぐにDJの指示に従った。駆け寄ってきて両側から私の腕をつかみ、力ずくで私を退がらせた。もがきつづける猫をDJが連れ去り、私は声をかぎりに叫んでいた。やっとわかったのだ――もう遅かったけれど――これから何が起こるのか。彼が何をしようとしているのか。彼はラグスをひっくり返し、今度は後肢をつかんで逆さ吊りにした。一滴の雨がぽつりと頬をかすめ、私は兄妹の手を振りほどこうともがいた。DJは積み重なった廃車のまえで立ち止まった。あまりにも大柄で頑丈で、情け容赦のない少年。後肢からなすすべもなくぶら下がったラグスを揺らしながら、彼は野球選手のように膝を使って体重移動をおこない、両肘を曲げ、全身でエネルギーの溜めをつくった――その瞬間、頭の中から別の声が聞こえた。自分の声のようでいて、もっと歳を取って疲れたような、ひどく冷淡な声が。

〝見ちゃいけない〟

私はぎゅっと目を閉じた。

悲痛な鳴き声が聞こえ、唐突に断たれた。おぞましい金属音の響きによって。

私の腕をつかんでいた手が離れた。

雨がぽつぽつ降りはじめ、たちまち激しさを増し、Tシャツが濡れて肌に張りついた。

「おい」すぐそばでDJの声がした。「なあ、ほら……苦しまずに逝《い》ったぜ」

私は答えなかった。

雨は降りつづけた。

私は泥の上に坐りこんだ。目を閉じたまま、震えながら待った。ひとりになったことが確信できるまで。

それからまもなく父さんが帰ってきて、雨に打たれながらトレーラーの折り畳み式階段に坐っている私を見つけた。私はずぶ濡れだった。ラグスのぐにゃりとした亡骸を腕に抱き、Tシャツはぼさぼさの被毛と血で汚れていた。

「リジー？」父さんは言った。「なんてこった、いったい何が……」

私は顔を上げて言った。「大丈夫、うちの中には入れてないから。だって父さんが駄目って言ったから——父さんが駄目って——」それから私は泣きじゃくり、父さんは私を哀れなラグスの亡骸もろとも腕に抱え上げ、うちの中に運びこんだ。やがて私は泣きやむと、何があったかを話した。そのときの父さんの表情は忘れられない。私の話に耳を傾けたあと、立ち上がって鍵の束をつかみ、車を出してカーター家の方向に走らせた。一時間前のDJと同じ顔をしていた。不快でもやりとげなければならない任務を負った男の顔。十分で戻ると父さんは言ったけれど、実際はもっとずっと長く、一時間近くかかった。そして父さんが何を言ったか知らないが、ビリーとブリアンはその夏、二度とうちの敷地に足を踏み入れることはなく——九月にはすっかり姿を消してしまっていた。一家は州の南部へ移り住んだらしく、それきり彼らの消息を聞くことはなかった。

ＤＪはまた別の問題だった。もっと繊細な問題だった。彼の父親は丘の上の教会の牧師で、彼らの家名はその丘に立つ創設者の記念碑にも刻まれているほど、町で指折りの由緒あるものだった。カッパーフォールズから遠い土地で育ち、私以外に町の誰とも血縁のない父さんは慎重にことを進める必要があった——廃品置き場の裏の空き地で、かわいそうなラグスのための墓穴を掘りながら、父さんは私にそんなことを教えた。私はかぶせたばかりの土の上にクローバーとハナダイコンの花束を供えた。父さんは私にもう一度同じ話をさせた。さらにもう一度。そうしてそのたびに注意深く耳を傾け、私は一連の出来事を繰り返した。敷地の端に現れた三人の子供たち。腕に抱いていたラグスが奪い取られたこと。ＤＪがラグスを逆さ吊りにしたこと。毛皮に覆われた骨が、つぶれたカマロのフェンダーに叩きつけられた瞬間の、あのおぞましい金属音。目を閉じたまま泥の上に坐りこんでいたときの、雨でずぶ濡れになったＴシャツや髪の感触——そして、目を開けたときに私を出迎えたあの光景。父さんはおだやかな、けれども深刻な口調で私に尋ねた。ＤＪはほんとうにそんなことをしたのか？　それをしたのはまちがいなくあの子だったのか？目を閉じていてもわかったのか？　父さんに劣らず深刻な表情で、私はうなずいた。絶対にまちがいないと。

翌朝、父さんは無精ひげを剃り、髪を梳《と》かし、清潔なシャツを身につけて、車で町に出た。長いあいだ戻ってこなかった。ようやく帰ってきたとき、陽は高く昇っていた。父さんはひとりじゃなかった。私がトレーラーの階段に立って見ていると、二台目の車、父さんのおんぼろのピックアップトラックより新しくてきれいで上品な車が、うしろに続いて停まった。運転席に坐っているのは丘の上の牧師だった。助手席にはひとまわり小さな人影が坐っていた。

「おれは中にいるからな」父さんはそう言うと、肩越しにちらりとＤＪのほうを振り返った。彼は父親の車から出てきて、両手を深くポケットに突っこんで立っていた。「このぼうずからおまえに言いたいことがあるそうだ。そうだな？」

「はい、そうです」ＤＪが言った。

私は胸のまえでしっかりと腕を組み、彼が近づいてくるのを見つめた。その顔を見ただけで、あのときの記憶がよみがえって胸が悪くなるかと思ったけど、そうはならなかった。かわりに好奇心を覚えた。こちらに向かって歩いてくる少年は、ラグスを私の腕からもぎ取った少年とは別人のようだった。あの大人びた表情は消えており、目のまえの少年は幼く、不安そうに、不幸せそうに見えた。彼は私の手前で立ち止まり、足を踏み替えた。「父さんに言われたんだ。きみに謝らないといけないって」目を伏せたまま、やっとそう言った。「ああいう猫を惨《みじ》めさから救ってやるのは、たとえ道徳的に正しくても、やってはいけなかったって。なぜなら、それは、なぜなら」――彼は車の中にいる父親のほうをさっと見た――「なぜなら、それはぼくがやることじゃないって、父さんが。だから、きみに伝えにここまで来た」

「何を伝えるんだ、ぼうず？」父さんの声がして、ＤＪも私も驚いた。父さんはトレーラーのドアの内側に立ち、網戸の向こうの人影となっていた。そこにとどまって見守ってくれていることに、私はとっさに感謝を覚えた。

「悪かったと思ってる」ＤＪは言った。

私は自分が何か言うとは思っていなかった。気づくと言葉が勝手に出ていた。「ほんとうに？」私が訊き返すと、彼は初めて視線を上げ、私の目を見た。

「うん」そう答えてから、私にだけ聞こえるように、ごく小さな声でつぶやいた。「あんなことしなきゃよかったと思ってる。あのときすぐ、そう思った」

もちろん、取り返しはつかなかった。後悔していようがいまいが、ラグスは死んでしまったのだ。同様に、おとぎ話や魔法の呪文や、壊れたものを悪意に満ちた世界から救い出せると信じていた私の一部も死んでしまった。それ以来、私はガラクタの山で遊ぶのをやめた。二度と廃品置き場の猫たちに餌をやることもなかった。自分たちが不思議な世界の番人なのだと思いこむこともやめた。トレーラーハウスから一歩出れば、自分が誰で何者なのか、ちゃんとわかっていた。ゴミの山に囲まれて暮らす少女だと自覚していた。

今はもう、すべて消え失せてしまった。私も。燃える廃品置き場から立ち昇る煙が、はるか彼方からでも見えるだろう。目を凝らせば、もうもうと悪臭を噴き出す黒い柱に乗って、一緒に空へ昇っていく私の魂が見えるかもしれない。父さんはどこへ行くのだろう。ついにこの町を出ていくとしたら。出ていくべきだ。火事で生業《なりわい》を失い、娘は死んだ。これ以上カッパーフォールズにとどまる理由は何もないのだから。

でも、待って。この話はこれで終わりじゃない。大事なオチを忘れるところだった。

あの日の続きはこうだ——強制された謝罪と、唐突な後悔の表明のあと、DJはうなずいて踵《きびす》を返し、肩をすぼめて、エンジンをかけたままの牧師の車のところに戻った。運転席の男が窓を開けると、車内から煙草のけむりが流れ出て、かすむ空気の中へ漂った。

牧師は言った。「もう済んだのか、ドウェイン・ジェフリー?」

少年は言った。「はい、お父さん」

そういうことだ。その少年、私の猫を殺した少年――読者よ、私は彼と結婚したのだ。

第七章　都会

「エイドリアン・リチャーズ？」

彼女はあまりに長いあいだ、名前が呼ばれるのを一心に待ち受けていたため、最初の一音が聞こえた瞬間に立ち上がった。坐っていた革のソファがぶしつけな音を立てて軋んだ。

「はい」

エイドリアンの名前を呼んだ女は若く、ルブタンの定番の真っ赤な靴底のハイヒールから流行りのオーバーサイズの眼鏡まで、一分の隙もない恰好をしていた。顧客相手に常にそうしているであろうように、唇を閉じたまま、いっさい歯を見せずに微笑んだ。スニーカーにレギンスという、目のまえの顧客のぐっとカジュアルな姿を場ちがいに感じていたとしても、そんなそぶりは見せなかった。

「こちらへどうぞ、ミズ・リチャーズ」

「ありがとう」

カッカッと鳴るルブタンのヒールの音を追いながら、彼女は自分に言い聞かせた。なめらかに歩くように、自然に振る舞うように。ふだんどおりのふりをするように。これはただのミーティングで——いつもどおりのビジネスで、特別なことは何もないのだというように。

それは簡単ではなかった。すでにその朝、ひやりとする場面を経験していた。予約なしで訪れた美容院のほんの数ブロック先で。その美容院では、たまたま空いていたスタイリストにハイライトとカットを担当してもらった。あえて自宅のタウンハウスから見て市内の反対側にある店を——イーサンのオフィスからも、エイドリアンの行きつけの店の数々からも等しく離れた場所を——選んだのだった。夫婦どちらの顔見知りにも会わないように。その時点では完璧にうまくいっていた。誰も彼女に目を留めることはなく、美容院の若い男のスタイリストは注文どおりの髪にしてくれた。ウェーヴのかかった長めのボブ、ローズゴールドのハイライト入り。エイドリアンが〝ヘアスピレーション〟のハッシュタグを付けて〈ピンタレスト〉に保存した写真そのままの仕上がりだった。

そのあと歩道に突っ立ってキーを探していると、誰かにつんつんと肩を突かれ、危うく金切り声をあげそうになった。さっと振り返ると、申し訳なさそうな顔をしたブロンドの女が真正面にいた。頭のてっぺんからつま先まで、エイドリアンのワードローブを占めているのと同じ〈ルルレモン〉のヨガウェアスタイルに影響された恰好をしていた。それはもはや有閑《ゆうかん》階級の女たちが都会のジャングルで互いを見分けることを可能にする制服のようなものだった。よく見ると、ふたりとも実際、カットが微妙にちがうだけのほぼ同じレギンスを穿いていた。

「一瞬、誰だかわからなかった！」ブロンド女が甲高い声で言い、瞬間的に頭が真っ白になるほどのパニックが押し寄せた——最悪。あんた誰？　女の顔には見覚えがあったが、それはエイドリアンの世界がそういう見た目の女であふれ返っているからでしかなかった。くっきりとした形のよい眉毛、無個性な美人顔。小洒落たフィットネス教室で体を、コスメや注射で顔を巧みに造り上げている女たち。と、ブロンド女がまた言葉を発し、パニックは解除された。

「お名前がなかなか出てこなくって——エイドリアン、よね？」

彼女は微笑み返し、すぐに同じ申し訳なさそうな表情をつくって答えた。

「ええ！　こちらこそ、ごめんなさい——恥ずかしいんだけど、私も度忘れしちゃって——」

「アナよ」ブロンド女は笑いながら言った。「〈ソウルサイクル〉の土曜日の早朝クラス。ね、やっぱりそうなるわよね？　私もスタジオで一緒の人と外で偶然会っても、とっさに思い出せないのよ。状況がちがいすぎて。うっかり通り過ぎるところだったけど、あなたのバッグに気づいて……」女はそこで言葉を切り、エイドリアンのジム用のトートバッグを示した。実際、見逃すほうが難しい代物だった。カラフルで派手な柄だけでなく、片面を横切るブランドロゴが、少なくとも二千ドルはしたであろうことを露骨に告げていた。アナの視線がいっとき、うらやましそうにそのロゴに留まり、それからまた目の高さに戻った。「とにかく、挨拶だけでもしようと思ったの。その髪、素敵ね！　何か特別なことしたの？」

「ええ、まあ」彼女は言った。一刻も早く会話を終わらせたかったが、アナはおしゃべりをやめる気はなさそうだった。といって、急にそっけなく切り上げるのは得策ではない。そこで、自虐的かつ親しげにも見える笑みを浮かべ、身を乗り出して続けた。「実を言うとね、この色にするのは初めてじゃないの。去年の秋の流行だったんだけど、どうしても終わりにできなくて」そう言うと、いったん間《ま》をおき、くすくす笑ってみせた。「これが似合うと思いこんでるのって、イタい？」

「そんなまさか、全然、すごく似合ってる」アナは勢いこんで言った。あまりに真剣なので、こっちが噴き出してしまいそうだった。「あなたが広めたらまた流行ると思う！　SNSに上げるべきよ。最近はどう、スピンクラスには行ってる？　このあいだの土曜日はあなたを見かけなかったと思うけど……待って、ヴァカンスに出かけてたんだっけ？」

パニックがまた戻ってきた。記憶力のなさを嘆くわりに、アナはリチャーズ家の旅行の日程を詳しく知りすぎていた。やらかしたわね、エイドリアン──彼女は胸につぶやいた──いつも軽率にしゃべりすぎていたから。

「日常からは離れてたわ」また自虐的な笑みを浮かべ、充分な親しみを込めてそう言った。それでも、意味ありげにはぐらかすような答えがアナの興味をそそるのではないかと不安になった。

が、アナは興味を持ってはおらず、話を聞くのをやめていた。自分が訊いたことへの答えすら最初から聞いていなかったのかもしれない。かわりに手元の携帯電話を見つめ、猛然と画面をタップしていた。

「アナ？」

「ああ、どうしよう。エイドリアン、ごめんなさい、ちょっとトラブルが発生しちゃって。でも近いうちに……また……」

「もちろん」彼女がそう応じると、アナはほっとしたようだった──〝トラブル〟なるものに注意を戻せることに、あるいは単に室内サイクリングのクラスに一緒に出る約束をせずにすんだために。エイドリアンのことはろくに知らず、せいぜい好意があるふりをしてきただけだったのだろうから。

いずれにせよ、それでおしまいだった。アナに投げキッスを送ると、アナはお返しに気取った仕草で指をひらひらさせ、その場は特に怪しまれる様子もなく終わった。それからダウンタウンに戻ったのだが、運転しながらほとんど恍惚《こうこつ》とした遁走《とんそう》状態に陥っていた。偶然の対面に恐れおののきながらも、奇妙に昂揚《こうよう》していた。あれはまったくの不意打ちで、会話中ずっと覚悟していたのだ――やがて来るはずのその瞬間、何かがとてつもなくおかしいとアナが気づく瞬間を。目的地へ向かう途中、またパニックが押し寄せ、バックミラーに映った自分の顔を確認しなければならなかった。何か見落としがあったのではないか、顔にべっとりと他人の血がついたまま〈ソウルサイクル〉仲間のアナと立ち話をしていたのではないかと、不意に恐ろしくなったのだった。

しかしもちろん、顔には何もついておらず、アナは何ひとつ気づいていなかった。昨夜の恐怖がどんな痕跡を残したにしろ、今朝まったくの別人として目を覚まし、誰もが気づくのではないかと思い詰めていたにしろ、今はもうはっきりと、自分が依然として――少なくとも表向きは――普通でいられることがわかったのだ。彼女は有頂天になった。

いい、いい、いい、きっと逃げきれる。

昨夜からの行動はすべて、それを前提にしてはいたものの、いま初めて、心の底から自分を信じることができた。エイドリアン・リチャーズが――まったく文字どおりの意味で――人殺しの罪を逃れたのはこれが初めてではないと指摘する向きもあるだろうが、あれはまた話が別だった。エイドリアンは若く、愚かで、向こう見ずで、あの男の死は事故だった。総じてまったくちがう。散弾銃を女に突きつけて、その顔を見ながら引き金を引くのとは。

あのおびただしい血。

彼女は身震いし、激しく首を振った。記憶をかき消すために、あるいはせめてぼやかすために。

それでもやはり、もうひとつの考えは頭の中に残りつづけた。無視できないほどに。いい、いい、きっと逃げきれる。

ひとつだけ確かなのは、逃げきれるのは〝私〟であって〝私たち〟ではないということだった。今は物事がはっきり見えるようになり、そこには夫が問題になるという厳然たる事実が含まれていた。すべてが瞬く間に起こったため、夫を共犯者に選べばどんな落とし穴が待っているかを熟考するどころではなかったのだ――といって、選択肢があるわけでもなかった。夫のほうが先に彼女を選んだのだから。この惨事はすべて彼のせいで、自分はその尻ぬぐいのためにここにいるのだ。それも今に始まったことではない。しっかり者の健気《けなげ》な妻が介入するのは。過去にはみずからそうしたいと思うこともあったが、いつしか〝したい〟かどうかはまったく関係なくなっていた。どんな結婚生活も続けるうちにそれぞれの形になじんでくる。これがふたりの形だった。常にこのやり方で物事が運んだ。頬に飛び散った血がまだ生温かく濡れているうちに、彼女は夫に向き直って言ったのだった。大丈夫、全部私がなんとかするから、と。そしてそれは本心だった。

だけど、もう――彼女は思った――いいかげん、これが最後だ。

ルブタンのハイヒールの女が廊下を先導し、別のドアを抜けたところで、唐突にヒールの音がやんだ。床が大理石からつややかな木目に変わり、繊細な色調の赤と黄土色で織られた東洋風の豪華な絨毯が敷かれていた。ドアの横の小さなゴールドのプレートには、シンプルに〈リチャード・ポリターノ〉と名前が書かれ、その下に〈個人のお客様〉とあった。入ってすぐのロビーを抜けると――例の絨毯と、趣味のいい贅沢な家具がいくつかある以外は何もなかった――ふたつ目のドアがあり、案内の女がそこで咳払いをして言った。

「エイドリアン・リチャーズ様」まるでジェーン・オースティンの小説に出てくる使用人が、応接間に到着した高貴な女性の名を告げるかのように。室内には巨大なマホガニーのデスクが置かれていた。その奥に坐っていた小柄な男が、エイドリアンの名前を聞いて立ち上がった。

「ミセス・リチャーズ」彼はそう言うと、ルブタンの女と同じように職業的な笑みを浮かべた。それから手を差し出し、完璧に仕立てられたスーツの袖から、シャツのカフスをぴったり一センチのぞかせた。「またお会いできて光栄です。お久しぶりですね」

「エイドリアンと呼んでください」彼女はそう返し、相手と同じように微笑んだ。「ほんとうにお久しぶり。最後にここへ来たのはいつだったかしら」

うしろでカチッと小さな音が聞こえ、振り向くと、先ほど通ってきた重いドアがすでに閉まっていた。ルブタンの女がふたりの邪魔をしないように出ていったのだった。突然、あの無駄に贅沢なロビーの目的が理解できた。平米あたりの単価がおそろしく高い建物の中にある無人の部屋。あれは〝個人のお客様〟であるところのあなたと、同じ社内の別の場所でおこなわれている普通の業務とを隔てる象徴であり、十万ドルの緩衝材なのだ。ここでは、あなたは特別。ここでは、あなたは安全。

「では、エイドリアンと」リチャード・ポリターノは言った。「私のことはリックでかまいません、もちろん。最後にお会いしたときは、ご夫婦でお越しくださいましたよね？イーサンと？その一度だけでしたかね。あれからだいぶ経ちましたが、当時は……さぞ、ご不快な思いをされたことで」

彼女はうなずいた。「そのとおり」

「まあ、今回はそのような心配もなく、何よりです。どうぞお掛けください」彼はそう言いながら一方の手を広げ、光沢のあるコーヒーテーブルを挟んでゆったりと斜めに配置された一対の肘掛け椅子を示した。「コーヒーはいかがですか？　それかワインでも？　お待たせしてしまって申し訳なかったですね。ご都合を優先するのに、若干の調整が必要だったもので。しかしもちろん、おふたりのご希望とあれば、いつでも喜んで時間をおつくりしますよ。イーサンはお元気ですか？」

「イーサンは元気だけど……」彼女は言いよどみ、唇を引き結んで、椅子の上でもぞもぞと体を動かした——するとありがたや、宙に途切れた言葉に食いつくように、リックが椅子の上でずいと身を乗り出した。遠まわりをする必要はないと判断し、彼女は言った。

「でもごらんのとおり、イーサンはここにはいません」

相手の反応を引き出すのが狙いだったが、期待は裏切られなかった。リック・ポリターノが反応を落ち着かせるまでの一瞬のあいだに、ひととおりの感情が彼の顔をよぎるのが見て取れた。愉悦、驚き、興味、興奮。よかった——彼女は心の中でつぶやくと、ためらいがちに、意味ありげに微笑んでみせた。

「リック。ありのままをお話しします。いいでしょう？　まえから思ってたのよ、あなたになら打ち明けても大丈夫だろうって」

「もちろんです」彼は言った。そして今度は好奇心を隠そうともしなかった。彼の口ぶりは変わらなかったが、笑みが変わった。上唇がほんの一ミリめくれ上がり、その瞬間、リック・ポリターノの表情はビジネスライクな親しさから、あからさまな狡猾《こうかつ》さへと変化した。

「あなたにお願いしたいの。アドバイスをくれる人が必要だから。信頼できる人が」

「どういうことでしょうか」リックは言った。首を傾《かし》げたその様子が、言葉とは裏腹に彼が完璧に心得ていることを示していた。

彼女は身を乗り出し、相手と目を合わせたまま言った。「私は人生に不意打ちを食らう無力な女にはなりたくないの。夫にすべてをまかせて大船に乗ったつもりでいたのに、いざ大変な事態になったら、自分には何もないと思い知らされる、そんな女にはなりたくないんです」

「なるほど」リックは言った。「事情をお聞きしたほうがよさそうですね。あなたの言葉を借りれば、エイドリアン、何やら大変な事態になったわけですか？」

「いいえ」彼女は一拍おいて続けた。「わからない。今はまだ。もしかしたら大丈夫かもしれない。でももし何かあったら、これから起こるとしたら、備えはしておきたいの。自分の立ち位置をちゃんと知っておきたいんです。だけど、例の……不快な一件以来、自分にはそういう情報が欠けている気がして。イーサンはほとんど何も教えてくれないから。なんだか……まるで自分ではどうにもできないように感じるんです。そう思うと恐ろしくて」

リック・ポリターノは豊かな白髪の下に黒々とした眉毛を生やしていた。彼女が話し終えると、その眉を寄せて非難がましい顔をした。

「それは驚きですね」彼は言った。「奥さんを何も知らないままにしておくご主人というのは、心強い仲間をみずから閉め出しているようなものです。その奥さんが——率直に言わせていただくなら——あなたほどの知性と意欲の持ち主であればなおのこと。てっきり、イーサンはその点を理解されていると思っていましたが……わからないものだ。あなたに心配をかけたくなかったのかもしれないが」

「かもしれない」彼女は言った。「でも、現に私は心配でたまらないの」

「それは困りましたね」リックは微笑んで言った。「ご安心ください。ご主人はあらゆる可能性を想定して計画を立てられていますから。徹底してはいますが、複雑ではありません。よろしければご説明しましょう」

「ええ」彼女は言った。「お願いします」

第八章　リジー

私が話していないことはまだまだたくさんある。ドウェインとの結婚生活について、ふたりで築いた人生について。奪い去られるまえに一瞬だけ見た、小さくてぴくりとも動かなかった私の赤ちゃん。ドウェインの事故と、そのあとの依存症。年々状況が悪化し、幸せが内側から腐っていき、最後にすべてが、文字どおり一撃で終わったこと。

けれど、それらすべてを語るための時間は充分ある。

そろそろエイドリアン・リチャーズの話をしよう。

エイドリアン・リチャーズはカッパーフォールズを頻繁に訪れるようなタイプじゃなく、カッパーフォールズは彼女が惹《ひ》かれるような場所じゃなかった。町自体が魅力に乏しく、崩れかけた家や板でふさがれた店があちこちに見られ、小さなメインストリートに並ぶショーウィンドウのガラスは埃で薄汚れていた。もっと南のほうの町では、夏の観光客向けの可愛らしい店が軒《のき》を連ね、観光客の需要に応える季節限定ビジネスが成り立っていたけど、ここではそういう店はひとつしかなかった。アイスクリームや軽食を出す店で、いつ見ても不機嫌な顔をしたマギーという名の女が経営していた。長年アイスクリームをすくいつづけているせいで、彼女の右の前腕は左よりも太かった。〈ストラングラーズ〉は別にして――あのクソ溜めに足を踏み入れたよそ者は気の毒としか言いようがない――観光客が興味を持ちそうな場所といえば、湖そのものだけだった。湖は美しいけど、遠かった。魅力に乏しい町を出て二十五キロも、延々と曲がりくねった砂利道を運転しなくちゃならない。気持ちのいい日の昼間でもうんざりするうえに、夜は危険、さらに最寄りの携帯電話基地局から離れすぎて電波が届かなくなるため、多くの都会人をびびらせた。実際やってくる人々は、週末あるいは長くても一週間ほどを過ごすための場所を求めていて、彼らがする質問らしい質問といえば〝Ｗｉ－Ｆｉはありますか〟だけだった（ありません）。だから最初にエイドリアンから問い合わせが来たとき、いたずらだと思った。地元の馬鹿が私をからかおうとしてるんだと思った。彼女がやたらまわりくどい言い方をして、自分とイーサンが大物セレブであることを明言せずにわからせようとするさまは、滑稽《こっけい》な茶番劇のようだった。彼女はまる一カ月の滞在を希望し（〝金額は問題ではないの〟）、ほんとうに〈グーグルアース〉で見たとおり湖と別荘が孤立した場所なのかどうかにこだわり、うちの〝スタッフ〟（これには笑った）が個人情報に配慮できるのを確認したがった——なぜなら彼女と夫はプライバシーを何より重要視しているからとのことだった。あとになって、なぜ彼女がカッパーフォールズと私の別荘を選んだのかを理解した。あれほどの大金持ちならたいていはハンプトンズやケープコッドといった高級避暑地へ行くものなのに、あえてそういう人たちのいないところへ行く必要があったのだと。カッパーフォールズという、誰も彼女の背景を知るほど洗練されてもいなければ興味を持つこともない場所で、匿名でいられることを望んだのだ。夏のあいだだけでも、世間の評判から逃れたくて。

　私たちはその点で一緒だった。だから最終的に、彼女も私を選んだんだろう。カッパーフォールズの大半の人々にとって、エイドリアンとイーサンは目障りなだけでなんの興味もそそられない、よくいる金持ちカップルでしかなかった。よそ者で信用できない連中だけど、ここにいると言い張るなら、その分の金は渋々受け取るというわけ。ふたりがどんな暮らしをしていて、どれほど裕福かは関係なかった。常に貧困と隣合わせの生活では——自分の家でなくとも、すぐ隣の家が困窮していれば——百万長者《ミリオネア》と億万長者《ビリオネア》のちがいなんて、ただの漠然とした概念でしかない。火星までの移動距離を木星と比べて測ろうとするようなものだ。百光年の差があろうが、それがなんだっていうの？　手が届くはずもなく、死んでも到達できないのが問題なのに？　リチャーズ夫妻がそこらの上位中産階級のカップルではないとわかったときですら、それほどお金を持ってるということの意味が私には理解できなかった。

　けれど、世間が彼らをどう思っているか――それは私にも理解できた。エイドリアンから一カ月分の料金を前払いで受け取った直後に、彼女の名前をインターネットで検索してみて、すぐにわかった。なぜ〝個人情報に配慮〟できることが彼女にとってそれほど重要なのか。夫妻が有名なのはすべて好ましからざる理由からだった。

　イーサン・リチャーズは犯罪者だった。言うなればソフトな部類の、地位も金もあるホワイトカラーの悪党。みずから破綻させた会社が丸焼けになるのを尻目に、自分だけ黄金のパラシュートで飛び去り、札束の山の上に安全に着地するタイプ。彼のスキャンダルはそのころにはもう古いニュースになっていたけれど、その手の話はしょっちゅう聞いていた。怪しい取引、損失隠し。重役室の幹部たちがすでに満杯のポケットをさらに膨らませるために、非倫理的と非合法の微妙すぎる境目でこっそり立ちまわり、下の者を踏みつけて私腹を肥やしていた。それがついに破綻したとき、何百という人々が職を失い、それ以上の人々が生涯の蓄えを失った。どこまで影響が及んだのかは計り知れないものの、甚大な被害が出たのは明らかだった。どこかで誰かのおばあちゃんが、退職後に暖房のないアパートメントで〈ファンシー・フィースト〉の猫缶を食べて暮らすことになるのだ。イーサン・リチャーズとその仲間がしたことのために――そしてよりにもよって、イーサン本人は軽い罰すらも受けることなく逃げおおせたのだった。

その晩、私は何時間も夜更かしして、彼の逮捕とそれに続く釈放についての記事を読み漁《あさ》った。その後の義憤に満ちた論説の数々、イーサン・リチャーズのような人間が罪を贖《あがな》うように法を変えるべきだという意見についても。彼はなんの罪にも問われなかったが、それはほとんど問題ではなかった。メディアや世間が知るかぎり、彼は明らかに有罪で、共同被告人はエイドリアンなのだった。おかしなもので、世間はイーサンに怒り狂っていたが、なんとそれ以上に、エイドリアンのことは親の仇《かたき》のように憎んでいた。それもわからないではない。彼女はうってつけの悪役だった。絵に描いたような浅はかなセレブ妻。虚栄心を満たすための富と美貌の誇示、スポンサー企業とタイアップしたインスタグラムの投稿、労せずして得た贅沢三昧《ざんまい》の暮らし。それにあの無神経さ。彼女は夫が引き起こした大惨事のこととなると、まるで無知か無関心なようだった。彼女自身が悪事に加担していた可能性をほのめかす記事もあった。流行の最先端で脚光を浴びるマクベス夫人が、裏で夫をそそのかしていたというわけだ。のちに彼女をもっとよく知るようになって、それはおそらくまちがいだと思うようになった。エイドリアンは十億ドルの不正会計疑惑の黒幕になりえるほど野心的でも独創的でもなかったから。けれどもその晩、彼らについての記事を読めば読むほど、私はエイドリアン・リチャーズという女に感嘆せずにはいられなかった。企業の騒動、ニュース記事、夫が詐欺容疑で起訴されて刑務所行きになり、自分の手元には何も残らない可能性――並の女なら正気を失っていただろうに、エイドリアンはちがった。うろたえるより何より、彼女はすべてに飽き飽きしているようだった。

もちろん、本人にそんなことは言えなかった。言うはずがなかった。彼らのことは特別扱いしないとすでに決めていた。週に一度、簡単な清掃とリネンの交換をしに寄ることを提案した以外は。それも彼らの滞在があまりに長いから提案しただけだ。夫妻が到着した日、私はスペアキーの束を手渡し、地元の見どころや別荘の内外について五分ほど説明しただけで、あとはまったく干渉しなかった。

数時間後、私がたまたまスーパーマーケットで買い物していると、偶然にもエイドリアンが入ってきた。そのときの彼女はなかなかの見ものだった。エスパドリーユを履いた足で通路をさまよい、通ったあとに強い香水の匂いと五、六人の迷惑顔の地元客を残していった。最初、彼女は売場から売場へと飛びまわりながら、チーズの品揃えに不満げな声を漏らし、野菜を見て眉をひそめ（「ケールはどこよ」とつぶやいた）、買い物かごに何ひとつ入れることなく、見ていた人々をあきれさせた。私は彼女に見つかるまえに店を抜け出そうかと思った。ふたり連れの常連客が私のほうにも嫌な視線を向けはじめていた。明らかによそ者然とした観光客に別荘を貸す人間なんて、この町にはひとりしかいないからだ。彼らのひとりがもうひとりに向かって何やらぶつぶつ言った。〃あのウーレットの娘〃という言葉が聞こえ、その先は聞かないことにした。

けれどもそこでエイドリアンがレジに歩み寄り、オーガニックのアイスランド産ヨーグルトはどこかと、イライザ・ヒギンズに尋ねはじめた。イライザはひたすら白々《しらじら》しく感じの悪い口調で「はあ？」を繰り返した。まるで〃ヨーグルト〃も〃アイスランド〃も聞いたことがなく、英語自体わからないかのように。するとエイドリアンも同じ質問を繰り返し、そのたびに苛立ちを募らせていくので、私は気づくと腹を立てていた。両方に腹が立っていた。エイドリアンをひっぱたきたかった。愚弄《ぐろう》されている自覚がなさそうに見えたからだけじゃなく、そもそもイライザにそんなことを訊くのがまちがっていたから。カッパーフォールズのような場所で洒落たものが手に入らないことくらい、わかりそうなものなのに。だけど実際、それは彼女の偉大な才能のひとつだった。相手に自分のほうがおかしいんじゃないかと思わせるのが。放し飼いのアルパカのミルクや、フリーズドライのヨーグルト漬けのマルハナバチの卵や、オーダーメイドの女性器スチーマーや、その他グウィネス・パルトロウがばかげたニュースレターでその週お薦めしていたクソ高いあれこれを知らない自分のほうが世間知らずの間抜けなんじゃないかと、相手にそう思わせるのがエイドリアンなのだった。そうして町じゅうに忌み嫌われながら、〝私が悪いの？〟とばかりに目を見開き、心外であるかのように驚いてみせるのだった。

とはいえ、町の人間は私のことも忌み嫌っていた——つまり彼女と私は同じチームというわけ。そうでなければ、私はあんなことをした？　その後の展開もちがっていた？なぜなら、これが次に起こったことだから。私はレジにずかずか歩み寄って言った。

「いいかげんにしなさいよ、イライザ。この人はアイスランドのヨーグルトが欲しいって言ってるの。何も複雑なことなんかないでしょうが。ここには置いてないって、はっきり言いなさいよ。実際置いてないんだから。なぜって、三年前にあなたが〈オイコス〉のヨーグルトを置くようになって、町のみんながクソ新しい宇宙語の発音を覚えなきゃいけなくなって、取り乱してたのがやっと落ち着いたとこなんだから。だからさっさと〈オイコス〉の売場を彼女に教えて、だってそれがいちばんマシな代物なんだから、彼女が買い物を終わらせて湖畔に戻れるようにしなさいよ。それから、彼女とご主人は一ヵ月ずっと滞在することになるから」——私は振り返り、いつの間にか背後に集まってぽかんと見物していた人々の群れに向かって続けた——「そうよ、みなさん、クソまる一ヵ月よ、それに八月の一部もね、だからはいどうぞ、今すぐブチ切れちゃってくださーい」——それからまたイライザに向き直って言った。「だからあなたも、そのアイスランドのなんちゃらをケースごと取り寄せる気になるかもね。この人たちが出ていったあとに余ってるようだったら、私が全部買い取るから。それでいいでしょ？」

イライザはただ唖然《あぜん》としていたけど、そこでエイドリアンが割りこんだ。まるで長年私と組んで同じ寸劇を続けているかのように。「あら、とっても美味《おい》しいのよ」彼女は言った。「生活が変わるわよ」

二十分後、エイドリアン・リチャーズは食料品の代金を支払い、私たちはしかめ面のイライザ・ヒギンズをレジに残して、一緒に駐車場へ向かった。陽の光がエイドリアンの髪にきらめき——そのときはまだシルキーブロンドだった。そのあと流行りのローズゴールドに染め、それがやがて日光と湖水の影響でオレンジに変わることになる——彼女は用心深く肩越しにちらりと店を振り返ると、ハスキーな、秘密めかした笑い声をあげた。

「ああ、驚いた。ちょっとした冒険ね。あの店にはもう行けないかも」

あまりにおかしそうに笑うので、私もつられて笑ってしまった。「たしかにちょっと気まずいかもしれませんね」私は認めた。「もし行きづらいようなら、何が足りないか週末に言ってもらえれば、私が買って清掃のついでにお持ちしますよ」

エイドリアンは片方の眉を上げ、横目で私を見て言った。「あなたもあの店にはもう行けないんじゃないかと思ったけど」

「ああ、私は慣れてますから。イライザとは昔から知り合いなので」

「あの人、怒らないの？」

私は笑った。「そうは言ってません。でも最初から嫌われっぱなしだと、今さらそんな心配をする必要もないわけで」

正直に言おう。私は内心それほど無頓着《むとんちゃく》ではなかった。店を出てまだ一分も経っていなかったけれど、私がしでかしたことのニュースはすでに町じゅうに知れ渡っていたはずだ。ゴミくず女ことリジー・ウーレットの年代記にまたひとつ事件が加わっただけ。その日の終わりにはドウェインと父さんの両方からその話を聞かされることになるはずで、ふたりがそれをエイドリアンのようにおもしろがるとは考えられなかった。

でもそのとき、別にいいやと思っている自分に気づいた。私はエイドリアンに好かれたかったのだ。彼女の気に入るような人間でありたかった。彼女があまりにも極上だったから。イライザの無礼にすらまったく動じることなく、駐車場に出てからもまるでランウェイを歩くかのように顎を上げ、腰を振って歩いていた。その隣で足の運びを合わせながら、私は彼女の持つ魔法の力がほんの少しでも自分に及ぶことを願った。そして、これは思いこみかもしれないけど、彼女が話すときの口調や首の傾げ方からなんとなく、距離が縮まったような気がしていた――実際に私は気に入られていて、このまま仲よくなれるかもという気がしていた。

そのとき初めて気づいたんだと思う。エイドリアン・リチャーズは孤独なんだと。夫の事件があってから、夫妻の友人はみなふたりを避けるようになったと、どこかのゴシップ誌に書いてあった。あの手の雑誌はでたらめを書き立てることもあるけれど、この場合は明らかに真実だった。ふたりには子供もいなければ家族もなく、血縁だからというだけで彼らに義理を果たそうとする者もいなかった。彼女のような人物にとってそれがどういう心地なのか、私は想像してみた。電話が鳴らなくなり、招待状も来なくなる。人前に顔を出すと、まわりがひそひそと小声で話を始める。彼女のSNSのアカウントを観察してみた。かつては際限のないパーティーみたいだったけど、今では写真にほかの人々が写ることはなくなっていた。ほとんどはエイドリアンひとりの写真だった。彼女の顔かネイルか髪の写真。そこにときたま、自宅のガラステーブルの上に置かれた本やコーヒーカップの写真が交じっていた。彼女とイーサンは多くの夜をそこで過ごしたにちがいない。ふたりきりで、互いを見つめて。彼らのヴァカンスは何より、孤立したふたりの退屈な生活をいっときでも断ち切る意味合いが強かったのではないか。湖畔での一カ月のあいだに彼らの過ごし方が特に変わったわけじゃないにしろ、少なくとももっと広い空間とがらりと変わった景色で気分転換にはなっただろう。彼らが互いから逃れるためだけに湖に逃避したように思えることもあった。私が別荘に立ち寄ったとき——七月末までには一日おきに寄るようになっていた——夫妻が一緒にいることはほとんどなかった。彼女はもっぱらデッキに出ていた。たいていは自己啓発本を膝に置いて、常にワイングラスを手にして。必ずグラスの〝映える〟高さまでワインを注ぎ足してから、私に写真を撮ってと頼んだものだ。夫のほうは家の中で昼寝しているか、湖上に出ていた。宿泊客が遊べるように私が置いておいた〈コストコ〉のカヤックに乗って、パドルを漕がずにただ水の上を漂っていた。数百メートルほど沖に出たところでパドルを膝の上に寝かせたまま、何もせずにじっと宙を見つめていた。私はよく手を振った。彼は私に気づかなかったか、あるいは単に手を振り返さなかった。そしてときおり、その姿がどこにも見当たらないことがあった。最初に彼が姿を消し、あの大きな黒いメルセデスがなくなっていることに気づいたとき、私は彼の行方を尋ねた。

「街に戻ったの」エイドリアンは言った。

私は状況が呑みこめず、眉根を寄せた。「残念ですね。ここにはいられないんですか？」

「いいえ。いようと思えばいられるけど、そうしなかっただけ」彼女はそう言ってあくびをした。沈みかけた太陽が黄金色に輝き、湖上で水鳥が鳴き声をあげた。エイドリアンは反応しなかった。酔っていたのかもしれない。あるいはそれ以上だったか。あのときにはもうドラッグに手を染めていた？　すでに兆候はあったと思いたいところだけど、彼女は隠しごとに長《た》けていた。

「残念です」私は言った。

彼女はまたあくびをした。「どうでもいいわ。ねえ、リジー、写真を撮ってくれる？」そう言うと、ワインを片手に、湖を背にして手すりにもたれた。私は彼女の携帯電話で写真を撮った――もう一枚、さらにもう一枚、なぜならエイドリアンは角度にうるさいから。別にかまわなかった。彼女は美しかった。あとで私はこっそり自宅のバスルームで、彼女がやるように唇を閉じて小首を傾げる練習をし、自分もあんなに美人だったらと想像した。あんなに落ち着き払って、あんなに〝恵まれて〟いたら。彼女が自身とその贅沢な暮らしを言い表すときによく使う言葉。そして、イーサンについては不思議に思うだけだった。あんな極上の女と結婚した男が、なぜ少しでも機会があれば彼女と一緒にいようとしないのかと。

それが不思議で仕方なかった。

今となってはなんの不思議もないけれど。

第九章　湖畔

リジーとドウェインが住んでいた町なかの家は、なんの変哲もないソルトボックス様式——正面が二階建て、うしろが一階建てで、屋根がうしろに向かって長く傾斜している——の小さな木造家屋だった。外壁はグレーの樹脂サイディング、室内はウッドパネルの内壁と古びた緑のカーペット。身長百九十センチのバードは、身を屈めて正面玄関をくぐり抜けた。屋外では西の空に傾いた陽があたりを金色に染め、夕方の肌寒さが忍び寄りつつあったが、家の中はすでに夜のようだった。天井は低く、部屋はどれも暗かった。

バードはひとりではなかった。家のまえでマイルズ・ジョンソンと合流していた。ジョンソンはいまだに……切断された鼻を生ゴミ処理機から拾い上げた半日前のショックから立ち直っていないようだった。その手が洗いすぎて真っ赤にひび割れているのを見て、バードは顔をしかめた。この調子ではもうじき出血するにちがいなかった。

「この家に来たことは?」バードは尋ねた。

ジョンソンはあたりをうかがうように、室内を左から右へと見まわした。バードは彼の視線をたどった。戸口の先に居間があり、中にはぼろぼろの合成皮革のソファと格子柄のリクライニングチェア、両端に不揃いのエンドテーブルが置かれていた。湖畔の家の内装に労を惜しまなかった女がこの家に住んでいたとは信じがたかった。

ジョンソンが答えた。「何度かあります。だいたいはシカ狩りの季節に。ドウェインを迎えにきて、一緒に狩りに行ってたんで。長居したことはないですけどね」

「何か変わった様子は？」

ジョンソンは首を振った。「さあ、特には。確信はないけど」

バードがキッチンに向かうと、ジョンソンもあとに続き、背中を丸めてドアを通り抜けた。家の中はこぎれいだが狭苦しかった。どの部屋も風通しが悪く窮屈で、やけに大きな家具が必要以上に空間を占めていた。ここが犯行現場でないことは確かだった。少なくともわかっているかぎりでは――鑑識のひとりがざっと調べたところ、血痕もなければ乱れもなかった。明らかに紛失しているのは、ドウェインの名前で登録された散弾銃のみ。ドウェインとリジーの服はクローゼットに掛かったままだった。冷蔵庫は満杯だった。誰かが食事したあとの汚れた皿が一枚シンクに置いてあり、黄色い何かが――卵の黄身だろうか――縁で乾いて固まっていた。バードの目には特に引っかかるようなことは何もなかった。こういう事件ではたまに、被害者の自宅に不穏な空気を感じることがある。木造部分のこすれた痕やカーペットの染みのひとつひとつが、その果てに起こった悲劇の前触れとしてにわかに意味を帯びるのだ。それ以上にやりきれないのは、被害者自身が予期していたと見られる場合だ。荷造りしたスーツケースがクローゼットの中に隠してあったり、札束が引き出しの奥に貯めこまれていたり、DVシェルターの住所や離婚弁護士の名刺が本のあいだに挟まっていたり。虐待されている女の人生において最も危険な一日は、家を出ようとする日だろう。ある痛ましい事件では、スーツケースがドアの脇に転がり、持ち主の女はそのすぐそばでうつ伏せに倒れていた。夫に撃たれた瞬間にスーツケースを取り落としたのだった。

リジー・ウーレットはスーツケースも現金の束も、長年の虐待から逃げ出す計画を綴った日記も隠し持ってはいなかった。ドウェインのほうも告白文や遺書は残しておらず、インターネットの検索履歴からカナダやメキシコへの逃亡が発覚することもなかった。それでも、この家がもたらす情報は貴重だとバードは思った。ここに住んでいたふたりのこと、カッパーフォールズの人々が話したがらないドウェインとリジーのことをうかがい知れるだけでも。ジェニファー・ウェルストゥッドはほかの大勢に比べれば協力的なほうだったが、その彼女ですら肝心なことは明かさず、地元民の暗黙の了解に従っているようだったから。だが、この家を見れば——不揃いでみすぼらしい家具、薄汚れたカーペット、棚には本も思い出の品もなく、壁には一枚の写真も掛かっていない——ひとつの物語が浮かび上がってくる。ふたりは毎晩ここで一緒に眠っていたのかもしれないが、同じ空間は共有しても、同じ人生を共有していたとは思えない。ここに〝私たち〟の意識は感じられない。合成皮革のソファは、ドウェインが常日頃ひとりで寝転がっていたにちがいない中央部分が長く凹《へこ》み、端のテーブルにビールの空き缶がいくつも置かれていた。彼はいつもテレビが見やすいそっち側に頭を載せていたのだろう。リジーがリクライニングチェアのほうに坐っていた可能性はもちろんあるが、その椅子はソファほど使われているようには見えず、足元の床に片方の靴ひもが切れたぼろぼろのワークブーツが転がっていた。リジーのことをろくに知らないとはいえ、バードはそこに彼女が坐っている姿を思い描けなかった。

　彼はキッチンを出て家の奥へ移動した。ジョンソンもあとからついてきた。右手のドアの先は寝室だった。部屋の中は乱雑に散らかり、床の上の汚れた服の山から饐えた臭いが漂っていた。バードは足を止め、保安官補のほうを振り返って尋ねた。

「こっちはどうだ？　何か変わった点は？」

「さすがにこっちは知りませんよ。たまに立ち寄ってただけで、寝室に招かれるとかはないんで」ジョンソンは面食らったようにバードを見て言った。「でも、まあ……普通じゃないすか？　ドウェインにしたら。ずぼらなやつなんで。あいつの車を見たらわかりますよ」

「リジーはどうだ？　部屋がこの状態で平気だったと思うか？」

ジョンソンは居心地悪そうに体を動かした。「あんたがやろうとしてることはわかりますよ」

「どういうことだ？」バードは訊き返した。

「ふたりの仲がどうだったか、険悪だったかとか、そういうことを知りたいんでしょ。それはわかるけど、おれは何も知らないんで。ここらの連中はプライバシーを大事にしてるんでね。うちの両親なんて、話し合いをするときはいつも地下室に行ってましたよ。大声でわめき合っても近所に聞かれずにすむのはそこだけだったから。ドウェインとリジーが問題を抱えてたとしても、おれにはわからなかった。そもそも、リジーに会うこと自体ほとんどなかった。彼女はドウェインの仲間とは距離をおいてて、おれたちも別にそれでかまわなかったから」

「それはなぜ？」

ジョンソンは驚いたように目をしばたたき、バードは質問を繰り返した。「それはなぜだ？　あんたの親友は結婚して十年にもなるのに、あんたは彼女のことを知りたいと一度も思わなかったのか？　それともただ彼女のことが嫌いだったのか？」

「それは……」ジョンソンは口ごもった。「なんでかは考えたこともなかったですよ。これといった理由とかじゃなくて、リジーのことは、単にほら、そういうものだったから」

バードは背を向けた。その言いまわしを聞くのは今日何度目だろう。そういうものだったから。なぜこの町はいまだにアール・ウーレットを胡散《うさん》臭く思っているのだろう？　彼はここで何十年も暮らし、仕事を営み、地元の女と結婚して子供をもうけたというのに？　その子は地元の子らと一緒にここで育ったというのに？　そういうものだったから。何がリジーをそれほど特異な存在にしたのだろう？　社会のサンドバッグにしてのけ者、誰もが深く考えることなく気軽に距離をおいて嫌うだけの存在に？　そういうものだったから。カッパーフォールズはそういう場所なのだ。早々に割り当てられた役割が死ぬまで続く場所。一度そういう存在だと決められたら、それ以外になることは許されない。貼られたレッテルが絶対というわけだ。よかれ悪しかれ。

リジーのレッテルは悪しのほうだった。死者を悪く言うことへの一般的なタブーと相まった、コミュニティ全体の口の堅さにはばまれてもなお、バードはそう確信していた。人々は遠まわしに語りながら、醜い実態を言外にほのめかしていた。

〝アールも気の毒なこった。リジーには昔から手を焼いていたからな。娘を行儀よくさせようとがんばってはいたんだが。もっと娘のそばにいてやれば、あるいは……でもまあ、あの子は亡き母親のビリーに似たんだよ。彼女の冥福を祈ろう。ふたりとも安らかに眠らんことを。ビリーもよく問題を起こしてたもんだ。いつも強がって、荒れてばかりいた。アールが町に来たとき、彼女は今のリジーと同じくらいの歳だった。今さら言うのもなんだが、クリーヴスの息子がもう少し気をつけていりゃあ、こんなことにはならずにすんだかもしれないのに……〃

バードは顔をしかめ、散らかった寝室内に視線を漂わせた。クリーヴスの息子。それがもうひとつの問題だった。ドウェイン・ジェフリー・クリーヴスは二十八歳、妻の殺害事件の第一容疑者だったが、人々は口を開けば彼が人生のチャンスを不当に奪われた地元の英雄であるかのように語るのだった。〝あんなに将来を期待されてたのに、残念だよ。メジャーリーグでプレーすることになってたんだから。あれ、マイナーリーグだったっけ。奨学金？　よくわからないけど。要は、将来性の塊だったってこと。きっと大物になれただろうにね。全部あきらめちゃったんだから。それも結局なんのためだったかわかりゃしない。嫁のほうは最初から妊娠なんかしてなかったって話も聞くしね〃

沈黙が不自然に長引き、マイルズ・ジョンソンが咳払いをして言った。

「そういえば階上《うえ》にも部屋があったと思うけど。事務所みたいな。そこはもう見ました？」

「いや、まだだ。案内してくれ」

ふたりは互いにぶつかりながら家の奥へ向かい、傾斜した天井の下の狭い階段をのぼった。二階のほうが暖かく、明るかった。バードは階段をのぼりきると、うなずきながら室内を見まわした。この部屋には心がけが感じられた。念入りに装飾が施されたあの湖畔の家にも通じる心がけが。では、ここがリジーの私室ということだ。ドウェインが階下《した》でビール片手に寝転がってテレビを観ているあいだ、彼女はこの階上の空間でひとりの時間を過ごしていたのだろう。背が低くて幅の狭いソファが一方の壁際に、観葉植物の鉢が載ったスタンドがその横に置かれている。反対側の端には主に黄ばんだペーパーバック本でいっぱいの本棚があり、ソファの対面には小さなデスクが置かれている。デスクの上に鎮座していた安物のノートパソコンはなくなっていた。午後にここを訪れた警官たちが手順どおりに持ち去っていた。パソコンはパスワードで保護されておらず、すでに中身を調べられ、おもしろくもなんともないと判断されていた。少なくとも役には立たないと。リジーはそれを使って湖畔の家の宿泊予約を管理し――その夏の宿泊客全員のリストがそろそろバードの受信ボックスに届くはずだ――いくつかのウェブサイトを訪問していた。フェイスブック、ネットフリックス、ピンタレストといったごくありふれたサイトばかりで、いかがわしいものはひとつもなかった。特にピンタレストを積極的に使っており、ちょっとした〝ピン〟やブックマーク、画像のコレクションを作成していた。バードはそのサイトをまったく知らなかったが、彼女のノートパソコンを調べた人員（女性だろうと彼は推測した）はそのコレクションを〝インスピレーションボード〟と呼んでいた。リジーはそれらを六つのカテゴリーに分けて名前をつけていた――インテリアデザイン、メイク、風景、暮らし、手作り、そして〝夢〟と名づけたさまざまな寄せ集めのボード。バードはその最後のボードをスクロールした。シンデレラ風のドレスやダイヤのイヤリング、豪邸やコート・ダジュールといった、きらびやかなおとぎ話のような絵面を期待して。しかし、リジー・ウーレットの〝夢〟のコレクションはつまらないとは言わないまでも、至って平凡だった。雪深い森の中の、ほんのり明かりの灯った小屋。ダークウッドのカウンターに置かれた、水滴をまとったクリスタルグラス入りのマティーニ。上質な革のブーツを履いた誰かの両脚。チェリーレッドに塗られた片手のネイル。完璧な夕陽のまえでカメラに背を向けて立った女のシルエット。バードはそれらの画像を思い出し、憐れみと苛立ちの入り混じったような感情を覚えた。こんな田舎町でこんなちっぽけな暮らしをしていたなら、もっと大きな夢を抱いてもよさそうなものを。

彼はジョンソンに向き直った。

「この家にはたまに立ち寄っただけと言ってたな。階上《うえ》に来たこともなかったのか？」

ジョンソンは周囲を見まわし、肩をすくめた。「ええ。ここは初めて見ました。なかなか……いい感じっすね」

「湖畔の別荘を思い出すよ」バードが言うと、ジョンソンはうなずいた。

「そうっすね。洒落てる感じで」彼はまた肩をすくめた。「リジーがなんでおれたちの仲間じゃなかったのかって訊きましたよね？　でも彼女にはこういう面があったわけですよ。自分だけの世界があったってことです」

「おれが聞いた感じでは、彼女はほかにやることを見つけるしかなかったようだが。ちがうか？　ドウェインは彼女と結婚したことをまわりにずいぶん責められたそうだな。仲間は彼を遊びに誘うだけで、リジーには声をかけなかったと聞いたが」

ジョンソンは気まずそうに体を動かした。「どうなんすかね。そりゃあ、みんなでふざけてあいつをからかったりはしたけど、別に深い意味があったわけじゃない。でも高校じゃ、ドウェインはどんな相手でも選べたわけで、リジーはなんつうか……わかりますよね。実家が廃品置き場だし、親父さんも変わってるし。それに彼女、自分のほうがまわりより上だと思ってるような感じで……」しかしバードはそこで、少々前のめりに食いつきすぎるという過ちを犯した。ジョンソンは瞬時に口を閉ざし、またしきりに両手をこすりはじめた。それからひと呼吸おいて言った。

「おれはリジーを悪く言いたくない。彼女があんなことになって、ひどい気分なんで。すべてに対して最悪な気分なんで。それにおれが何か言ったらあんたが深読みするのはわかってるから、何も言いたくない。ただ、ドウェインがあんなことをするとは思えない。おれが言いたいのは、あいつが彼女と一緒になったのがまちがいだったってことです。彼女と関わるようになってから、全部が狂いはじめたような感じなんだ」

バードは別の方向から攻めてみた。「彼のキャリアとか？　メジャーリーグでプレーするはずだったと聞いたが」

ジョンソンは軽く鼻を鳴らした。「あー。いや。大学野球です。一部リーグに行けたかもっていう。でも期待されてたのは確かで、それが駄目になったんで。子供ができたから伐採の仕事をする破目になったのに、結局子供はなくて。そのあと彼が事故に遭って。その話は聞いてるでしょ」

バードはうなずいた。その事故は悲劇のヒーロー、ドウェイン・クリーヴスの物語における大きな転換点だった――丸太を満載したトラックの荷台がきちんと固定されていなかったために起きた災難。ドウェインは圧挫傷を負い、右足の指を三本失った。足全体を失わずにすんだのは不幸中の幸いだった。それに比べればあまり知られていないが、実はもっと興味深い転換点をバードは自分で見つけ出していた。事故のあと、ドウェインは伐採会社からそれなりの補償金を――足の指一本につき、十万ドル近い額を――受け取り、それを頭金にして地元の個人事業を買い取ったのだった。冬期の除雪、夏期の造園、設備込み。元の経営者はダグ・ブウォートという男で、それ以来フロリダの高齢者コミュニティに移り住んでいたが、バードが電話で連絡を取ってみると、相手は当時の取引を昨日のことのように憶えていた。何より興味深いことに、彼の記憶の大部分を占めていたのはドウェインではなかった。

リジーのほうだった。

「ほとんどタダでくれてやったようなもんだろ？」男はうなるように言ったものだ。「ドウェインはいいやつだったが、あの嫁のほうは――まあ憎たらしい小娘だった。おれを破産させる気かってんだ。書類をわんさか振りかざしながら入ってきて、排ガスがどうのコンプライアンスがどうの、べらべらうるさくてまいったよ。あれを黙らせるためなら、もう二万五千ドル負けてやってもよかったくらいだ」

ダグ・ブウォートはその時点でまだリジー・ウーレットの死を知らされていなかった。彼女が亡くなったことをバードが告げると、男はしどろもどろになって弁解し、もし知っていればあんな辛辣《しんらつ》な言い方はしなかったと断言した。けれども、階上《うえ》と階下《した》で人格が分かれたこの家のように――そして、ドウェインはリジーと一緒にならないほうがよかったと言い切ったマイルズ・ジョンソンのように――ブウォートの話は大いに参考になった。問題はさらにややこしくなったが。

バードの思考はジョンソンの咳払いの音に中断された。

「日が暮れてきたけど」ジョンソンは言った。「もう見るべきものは見ました？」

「ああ。あんたが来てくれたおかげだ」バードはそう付け加えた。「町の事情に詳しい人がいてくれて助かった」

ふたりは無言で階段を降りて引き返し、玄関ドアを出ると、深々と息を吸いこみながら暮れゆく戸外に踏み出した。肌寒い空気がすがすがしく、燃えつづける廃品置き場から流れる煙のにおいもようやく一掃されていた。廃品置き場そのものは手の施しようがなかった。アール・ウーレットの暮らしを支えていた一切合財は焼失し、ずぶ濡れの灰の山と化していた――さらに数日後には、彼のひとり娘まで灰になるわけだ。喪失に次ぐ喪失。なんと無残な。バードは首を振り、ポケットに手を入れてキーを探った。横にいるジョンソンが何か言いたげだった。彼はまた両手をねじっていた。

「刑事さん？」保安官補は尋ねた。「ほんとうにドウェインがやったと思ってるんですか？」

バードはじっと虚空を見つめた。

「それはおれも本人に訊きたいと思う」しばらくしてからそう言った。「今日はこれで失礼するよ」

車で走り去るにつれ、ソルトボックス様式の家はバックミラーの中で遠ざかっていった。が、バードは脳内であの家の中を歩きつづけた。部屋から部屋へ――暗い居間、散らかった寝室、短い階段、風通しのいい事務所。ふたりが同じ屋根の下にいながら別々に暮らしていたあの家は、協力や妥協の産物ではなく、ふつふつと沸《わ》き上がり、やがて吹きこぼれるに至ったトラブルの表れだったのかもしれない。それでも――リジー・ウーレットが妊娠したとき、ドウェイン・クリーヴスは意を決して彼女と結婚した。そのあとの悲劇、ドウェインの怪我が機会に転じると、今度はリジーが交渉に介入し……彼は主導権を委ねた。彼女を信頼して。たしかに、それはもう何年もまえの話だ。その後さまざまな出来事、さまざまな変化があったかもしれない。だとしても、そこにはバードが無視できない真実があった。人生最大の困難に二度も見舞われ、二度とも簡単に断絶してもおかしくなかったときに、リジーとドウェインは互いの手を離さなかったということだ。

第十章　都会

エイドリアンのトートバッグはずっしりと肩に重かった。銀行のロビーを横切り、正面のエントランスを抜けたとき、ちょうど時計が五時を打った。ダウンタウンの歩道は人であふれていた。ひったくられでもしたら最悪な結果になることを強く意識し、彼女は片方の腕でバッグを上から押さえてしっかりと腰に引き寄せた。リックのオフィスを出てからもう何時間も経つが、彼の警告の言葉がいまだに耳に残っていた。

「何も手順を急ぐ必要はありませんよ。それに、そんな巨額の銀行小切手？　率直に言って、不適切だ。単に異例というだけでなく、危険です。お客様がその種のリスクを取ることは絶対にお勧めできません」

「でも」抗弁しようとしたとき、リックが身を乗り出し、彼女の膝に手を置いた。性的というより父性的な触れ方だったが、それでも彼女ははっとして口をつぐんだ。

「エイドリアン、このお金はあなたのものだ」彼は言った。「そこははっきりさせておきたい。支配権はあなたにありますから、これらの資金はあなたのお望みどおりに分配できます」そう言うと、また狡猾な笑みを浮かべた。抜け目のない貪欲な笑みを。「しかし何より重要なのは、あなたとあなたの資産がしっかりと守られることです。私におまかせいただければ、当面と将来の両方のご懸念を、早まらずに解消する方法をご提案できます。この方法なら、あなたの利益はあらゆる面で守られます……強欲な内国歳入庁《IRS》の手からも」

　そのときは彼の提言を黙って受け入れるしかなかった。とても説明するわけにはいかなかったからだ。当面の懸念が、彼にそう思わせたよりずっと差し迫って具体的であり、IRSなど懸念のうちに入らないことを。人がふたり死んでおり、自分にはもう時間が残されていないことを。

　彼女は険しい顔で歩き、帰りの電車に向かって急ぐオフィスワーカーの群れと歩調を合わせた。誰が見ているわけでもないのに、自分がひどく目立っているような、人目にさらされているような気がした。結局、小切手を手にしてはいた。全額清算したいと思っていた口座のほんの一部の額だけだが。ほんの一部でも大金だった。これほどの大金を一度に手にしたことはなかった。リックは正しかった——イーサンは妻が不自由することのないよう、みずからの投獄や死も含め、あらゆる可能性を想定して計画を立てていた。彼の身に何があろうと、エイドリアンは俗に言う〝慣れ親しんだ生活〟を維持できることが保証されていた。少なくともそれに充分近い生活を。

「よけいなお世話とは存じますが」あのあとリックはそう続けたのだった。顔に笑みを貼りつけたまま、よけいなお世話をしたくてたまらない様子で。「財産分与を想定したご説明もしておくべきでしょうかね？　たとえばですが、仮に離婚を考慮されているのであれば、これよりはるかに大きな額があなたのものに――」

「あら、まさか。そういうことでは全然ないの」彼女はすばやく言った。笑いながら。離婚などとんでもない、考えるだけでばかげているとでもいうように。

〝ちがうのよ、リック〟彼女は想像の中で続けた。〝もっとはるかに悪いことなの。教えてちょうだい、リック――鳥撃ち用の散弾がぎっしり詰まった弾薬が人間の顎を直撃したらどうなるか、見たことある？　顔が文字どおり爆発したのよ、リック〟

果たして、信頼できるアドバイザーの上品な言葉どおり、〝当面のご懸念は解消〟されたのだろうか？　イーサンが綿密に計画してくれていたおかげで、答えはイエスかもしれなかった。エイドリアンも実際、その一部については把握していた――たとえば貸金庫については。それはたったいま開けたばかりで、中身は無事、肩に掛けたバッグの中に収まっている。開けた瞬間、息を呑まずにはいられなかったが、ともかく全部を取り出した。もう一度機会があるかどうかなど誰にわかる？　すべて回収するに越したことはない。それがトートバッグのファスナー付きポケットに数十万ドルの現金を入れて歩きまわることを意味するとしても。

それに例の銀行小切手、そしてダイヤモンド。後者については驚きだった。イーサンがいつそれらを手に入れることにしたのかも、どれくらい値打ちがあるのかもわからなかったが、持ち運びは笑ってしまうほどたやすかった。

数えるのは待たなければならないだろう。すべてを計算し、見積もり、この手持ち分だけで充分かどうかを決めるのは——それはつまり、正確にいくら必要なのかを決めなければならないということだ。その問いはさらに多くの問いを呼び起こすだけだった。何において充分？　誰にとって充分？

ふたりにとって充分？　彼女は胸につぶやき、バッグをさらにきつく引き寄せた。何が〝充分〟かを知るには、次に何が起こるかを把握していなければならないが、それはわからなかった。ここまで来るまえにすべてが瓦解するのではないかと半ば覚悟していたくらいだ。

しかしそうはならず、何もかもが予期した以上に順調に運んでいた。小さな失敗はあっても。最も恐れていたのは、必要なものを得るにあたってリチャード・ポリターノが障壁になることだったが、逆に彼は熱心に手助けをしてくれた。むろん、離婚などありえないという話は信じていないだろうが。おそらく彼女が到着するまえから、その可能性について考えていたのだろう。イーサンと離婚したらエイドリアンの取り分のほうが大きくなることを計算に入れて。けれども、それだけではなかった。リックがもともとイーサンを好ましく思っていないのが、会話を通じて手に取るように感じられた。彼はエイドリアンに手を貸すのを愉しんでいるだけでなく、彼女の夫に隠れて金を動かすことで快感を得ているようだった。すべての利用可能な資金が今や彼女の名義となり、一連の真新しい口座に分配され、リックの言葉どおりなら、四十八時間以内にアクセスできるようになるはずだった。

彼女は思った——それほど長く待てる？　あるいは待つべき？　もしその追加の金が、逃げきれるか捕まるかの明暗を分けるとしたら？　ひとりの人間が姿を消すにはいくらかかる？　別人になってこの街を抜け出し、場合によってはこの国すらも捨てて、南へ長時間運転して国境の向こうのメキシコへ逃れるには——ただし、自分も夫もスペイン語はできない。こういうことを考えなければならないのだ。すでに考えておかなければならなかったのだ。けれど集中しようにも、先のことを考えようにも、心は執拗に舞い戻り、今日一日で自分が言ったことやしたことを逐一ほじくり返すだけだった。歩道を急ぐ仕事帰りの人の群れに押し流され、流れに漂いながら、彼女はバッグを体に引き寄せ、一方で思考を自由にさまよわせた。記憶を探り、犯した過ちについて思いをめぐらせ、自分が憶えていないことのほうが心配だと気づいた。いったいいくつミスをしでかしたのだろう？　それがミスだと気づかずに？　突然、今日訪ね歩いた場所で何箇所の防犯カメラに映りこんだのだろうと気になった。リックのオフィスの待合室で坐っていたとき、銀行のロビーを横切ったとき。昨夜の運転中は有料道路を避け、頻繁な信号待ちに耐えながら、ほとんど無人の郵便道路で道路交通法を遵守するだけの頭はあったが、ひとたび都会に溶けこむと、その騒音と賑《にぎ》わいにすっかり油断してしまったのだ。まるで自分がすでに人混みにまぎれ、姿を消しつつあるかのように。

今や自分の顔は街じゅうの防犯カメラに映っている。もっと早く考えつくべきだった。警察が訪ねてきたら、身辺を嗅ぎまわることに決めたら、行動を追跡されるだろうか？　彼らはもっと詳しく調べようと思うだろうか？　考えただけで胃が締めつけられ、彼女はごくりと唾を呑んだ。警察が湖畔の家じゅうに残ったイーサンの指紋を、二年前に取られたものと照合するのにどれくらいかかるだろう。あれはばかげた見せしめの茶番劇だったが、微々たるものとはいえ、ダメージはあったわけだ。彼はデータベースに登録され、指紋は永久にファイルに残ることになったのだから。そしてその朝の自信、夫に向けた強気な言葉にもかかわらず――〝私たちはもうあと一歩のところまで来てるの。だから私にまかせて〟──その〝私たち〟は何もしないとわかっていた。イーサンは誰とも話すことはない。もしふたりで逃げ出すまえに警察がやってきたら、彼らを出迎えてコーヒーを勧め、質問に答えるのはエイドリアンだ。夫は身を潜めていなければならない。口を閉ざしていればいいという問題ではなく、彼のうしろめたそうな顔をひと目見れば、たちどころに真実が露呈するからだ。そして警察が月曜日の夜はどこにいたのかと尋ねたら、彼女はまことしやかに嘘を言わなければならない。

〝殺人事件のことは何も知りません、刑事さん。私は裕福な投資家の美しい妻で、いつもどおりの一日を過ごしていただけです〟

いつもどおり。美容院へ行き、銀行に出向き、ファイナンシャル・アドバイザーと会い、そして……駄目だ。もうすでにしくじった。そうでしょ？　リック自身、彼女の訪問は〝予想外の驚き〟だと言っていた。エイドリアンはもう何年も彼に会っていなかった。彼はスケジュールを調整して、おそらくはほかの顧客をキャンセルしてまで、彼女の予約を優先したはずだ。いつもどおりではない。まったくいつもどおりではない。

もっと慎重にならなければ。ルーティーンを守らなければ。何もやましいことのない女のように振る舞わなければ。そういう女は毎日、朝から晩まで、いつでもやりたいことをやるのだ。一杯十五ドルの青汁を買わなければ。マニキュアかペディキュアか、その両方の施術を受けなければ。やっぱりあのくだらない〈ソウルサイクル〉のクラスに行くべきだろう。一時間どこへも行かずに猛スピードでペダルを漕ぎ、汗で光るデコルテの写真をアップして〈#汗かくの最高〉のハッシュタグをつけるべきだろう。

「ちょっと失礼」彼女は唐突にそう言うなり、バッグを肩に掛け直し、歩行者の群れを突っ切りはじめた。考えがあった——〈ソウルサイクル〉は周囲に見当たらなかったが、次の角にコーヒーショップがあった。その店へまっしぐらに向かい、ドアを抜けて、列をつくっている騒々しい二十歳前後の女子の集団のうしろに並んだ。彼女たちが注文していたのと同じ、パンプキンスパイスラテを頼んだ。スキムミルク、シロップ少なめ、ホイップなし。バリスタが片手にカップを、もう片方の手に油性ペンを持って尋ねた。

「お名前は？」

「ADRIENNE《エイドリアン》」彼女は最後の音節を強調して言った。いつものように。人々は決まって綴りをまちがえるからだ。「NがふたつにEがひとつよ」

五分後、彼女は湯気の立つラテを受け取り、カウンター席に坐ってトートバッグの上に足を置いた。片手に携帯電話、もう一方の手に名前の書かれたカップ。誤解があったと見え、名前の綴りはおかしくなっていた——ADRIENNN《エイドリネン》になっていた——が、別にかまわなかった。大事なのは写真だ。カップを唇の高さまで持ち上げ、店のロゴが見えるように回転させ、縁の上で目を見開いた。首を傾げると、ローズゴールドの波がゆるやかに顔にかかった。髪の豊かさを際立たせるフィルターを選択し、キャプションをつけて投稿した――〈お砂糖とスパイスと素敵なもの。 #秋ヘアで何が悪いの #パンプキンスパイスの季節 #カフェイン中毒 #午後の気分UP〉

ホイップクリームなしでも、ラテは嫌になるほど甘かった。ぬるくなるまえになんとか半分飲み、努めてじっと坐ったまま、店のガラス越しに外を行き交う人々を眺めた。何人かがちらりと顔を向けてきたが、瞬間的に目が合っても、誰も近寄ってくることはなかった。つかの間、彼女はまたあの感覚に包みこまれた。自分がすでに消えているかのような、誰でもなくなったかのような贅沢な感覚に。

カウンターの上で携帯電話が一瞬震えた。彼女は端末を取り上げ、暗証番号を打ちこんだ。さっき投稿した写真に、数えるほどの〝いいね〟と、一件の新しいコメントがついていた。

こう書かれていた――〝特権階級のクソ女〟。

思わず笑いが出た。甲高い、ヒステリックな笑い。店内の何人かが振り返ったが、別に気にしなかった。エイドリアンは見られることに慣れていた。

なんといっても、これはいつもどおりの一日なのだから。

第十一章　リジー

彼女は実際、特権階級のクソ女だった。エイドリアン・リチャーズ、旧姓スワン。家具会社のオーナーだった曾祖父の築いたささやかな財産の女相続人。彼女の一族はどこか南のほう、ブルーリッジ山脈の近くにルーツがあり、エイドリアンは金持ちと結婚するまえから存分に恵まれていた。名門私立学校で教育を受け、南部の社交界にデビュー。大学の社交クラブの花形。全米ライフル協会《NRA》のカード会員。大学には〝MRS／ミセス〟の学位を取るために行くのよと、この時代にも平然と言ってのけるタイプの女。こういった情報を、私はほかの誰もと同じ方法で見つけた。見つけるのは難しくなかった。あなたも話は聞いたことがあるだろう。雑誌の見開きに派手に載った、彼女の百万ドルの結婚式。あるいは夫妻が当時住んでいた築百年のタウンハウスの地下に、エイドリアンがプール付きのスパを建設すると主張し、騒音に抗議する近隣の人々は単に〝妬《ねた》んで嫌がらせしてるだけ〟だと地元の記者に言い放ったときのこと。それから金持ちマダムが軽率にやりがちなさまざまな事業の立ち上げ。オーガニックの香水からヴィーガンレザーのハンドバッグ、星占いに基づいたインテリアデザインまで。すべてはエイドリアンが集中力を切らし、会社を経営するには実際に労力が必要だという恐るべき事実に直面したときに、あっさりと見捨てられた。さらには、伝説的な癇癪《かんしゃく》エピソード。鼻につくインスタグラムのアカウント。そしてしまいに、人々の人生を破滅させて十億ドルを手にした唾棄すべき夫。夫の犠牲になった人々にエイドリアン・リチャーズは微塵《みじん》も共感を寄せることができないようだった。メディアが自宅に詰めかけ、友人たちが答えを要求したとき、みずからの保身に走ろうと思えばできたときですら。

そういったことから、あなたはエイドリアン・リチャーズについて知っておくべき不快な事柄をすべて知ったつもりになっていたかもしれない。彼女が絵に描いたような悪役であり、誰もが忌み嫌うたぐいの女であることに、ねじれた感謝の念すら抱いていたかもしれない。それはきっとあなただけじゃない。でもあなたは真実を知らない。

エイドリアンは単なる特権階級のクソ女ではなかった。世の中や他人のことをいっさい気にかけなくても生きてこられた人間がそうであるように、性悪で非情で非道な人間だった。ニュースになった話は氷山の一角でしかなく、表沙汰にならなかった話にこそ、彼女の本性が表れていた。たとえば何かのSNSキャンペーンの一環で、保護犬を引き取ったときのこと。彼女は三日後にその犬をシェルターに送り返した。カーペットの上で粗相されたからだけど、なぜ飼えないのかと施設に尋ねられた彼女は嘘をつき、犬に噛まれたからだ、あの犬は安楽死させるべきだと思う、と言ってのけた。それから彼女の母親の話。早発性のアルツハイマー病と診断され、南部の貧相な介護施設に預けられたきりの母親を、エイドリアンは一度も訪ねたことがなかった。なぜなら――彼女は肩をすくめて説明した――「わざわざ会ってどうするの？　向こうはどうせすぐ忘れるのに」。それから未成年のときに起こした飲酒運転事故の話。被害者の男性は二度と歩けない体になったにもかかわらず、彼女の父親の超一流弁護士が交渉して軽微事故扱いにし、そのあと彼女の記録から抹消したのだった。被害者は五年後に肺炎で死亡した。ちょうどエイドリアンがイーサンとの結婚式のテーブルセッティングを決めていたころに。

これらはエイドリアンについての誰も知らない事実だ――私は知っているけど。なぜって彼女から直接聞いたから。なんと、最初はそれが嬉しかったのだ。彼女の信頼を勝ち得た自分は特別なのだという気がして。初めのうちは、別荘の掃除に来たついでに一杯飲んでいくように言われるだけだった。それがやがて、彼女と坐って話をするためだけに、一日おきに車で湖畔へ向かうようになった。彼女はほんとうに孤独なようだった。友人たちに見放され、家族と呼べる相手もイーサン以外は残っていなかった。そして、そんな彼女と私のあいだには女性同士の絆《シスターフッド》にも似た、それ以上のつながりがあると私は思っていた。世間から孤立し誤解されているふたりの女が、階級と文化の壁を超えてつながっている——なぜなら私たちはもっと深いところで真実を共有しているから、と。彼女は私に秘密を打ち明け、私も馬鹿みたいに自分の秘密を打ち明けた。妊娠のこと。事故のこと。鎮痛薬と、それに続くすべてのこと。夫婦の困難について話すと、自分たちも同じだと彼女は言った。自分も子供が欲しかったけど、イーサンは最初の結婚生活のあいだにパイプカットをおこなっていて、元に戻せなかったか、戻そうとしなかったのだと。それはお金では解決できないたぐいの不幸で、私たちはその苦しみを共有していた。彼女は十年間ひとりの男と運命をともにし、彼がよろけるたびに自分まで引きずり倒される人生がどんなものなのかを知っていた。私たちは結婚した日まで同じだった。二〇〇八年八月八日。もちろん、彼女の夫は結婚記念日を憶えていたけど。

私たちは心の通い合った仲間だと思っていた。けれども私がそう思いたがっているだけだった。彼女が秘密を明かしたのは、仲間だからじゃなかった。

私たちが同類ではないから、決して同類にはなりえないからだった。

夏の終わりの陽光の中、眠たげな優しいブルーの目で、彼女はワイングラスの縁越しに私を見つめて言うのだった。「あなたと話してると気持ちがいいわ、リジー。あなたにならなんでも話せる気がするのよね」その言葉の裏の部分が聞こえてくるようになったのは、かなり時間が経ってからだった。あなたにならなんでも話せる――〝だって、私を批判できるような立場じゃないでしょ？〟。あなたにならなんでも話せる――〝だって、あなたが何を思おうが関係ないから。だって、あなたは田舎のゴミくずで、廃品置き場の娘で、私がどんなに下劣でがめつくて嫌な女でも、あなたよりはましだから〟。彼女が私のまえで罪を告白し、心が解放されて気持ちがよかったのは、ずばり私がなんの価値もない相手だったからだ。それこそ、いまだ夜な夜なネズミを探してガラクタの山のまわりをうろつく廃品置き場の猫のどれかに秘密を囁いても同じことだっただろう。さあ、どんどん吐き出しちゃえばいいわ。だってそうでしょ、あの汚らしい猫が何をするっていうの？　誰に秘密を漏らすっていうの？　漏らしたとして、誰がそれを信じるっていうの？

　翌年、夫妻が戻ってきたとき、私は自分が彼女にとってどういう存在なのかを自覚しはじめた。エイドリアンのほうは自覚していなかったとしても。実際、もし尋ねれば、彼女はきっと私たちの関係を友達だと言っただろう。あるいは自分のほうが人生の指南役のような存在だと、田舎娘を自己実現に導く、世知に長けた度量の広い姉のような存在だと言っただろう。私をそばに置くのが優越感を味わうためだなんて、寛大に施しをしている気分になれるからだなんて、絶対に言わなかっただろう。

だから私も調子を合わせた。嘘はつかないと約束したから、ありのままを言おう──私はエイドリアン・リチャーズが望むものをそっくりそのまま与えた。あなたにそんなふうに思ってもらえて嬉しいですと伝えた。私もあなたにならなんでも話せるとわかっているので、と。ぼろをまとった純情な娘が美しい貴婦人から知恵と祝福を授かりたくてたまらないかのように、彼女の大きな丸い目を見つめたものだった。彼女がろくに袖を通してもいない、私にはなんの使い道もない何千ドルもする高級服でいっぱいのショッピングバッグを渡してきたとき、私は興奮したふりをした。まるでそんな服を着ていくあてがあるかのように。

「これは全部、寄付しようと思ってたの」彼女は猫なで声で言った。「パレオダイエットを始めてからサイズが合わなくなって。でもここに来る支度をしてたら、ふと思ったの、〝リジーが着ればいいじゃない！〟って。あなたにはちょっときついかもだけど、器用だからお裁縫とかできるでしょ？　大きめに縫い直したらいいと思う」

私はそれらを受け取り、礼を言った。自分たちがまったく同じサイズであることはあえて指摘しなかった。彼女がいつも湖で着ている赤いビキニと縞柄のやわらかいスラブ地のTシャツが、もともと私のものだったことも。どちらもいちばん最初の週に彼女にあげたものだ。食料品を届け、リネンを交換するのに立ち寄ったときに。ひっきりなしに落ちつづける松葉の脂《やに》で、持ってきたお高い服が汚れるのを彼女が心配していたので。私はあえてその話を持ち出さなかったけれど、あのとき私の水着を身につけた彼女は気取って出てくるなり、嬉々として言ったのだ。「あーら、ぴったり！　私たち、姉妹でも通るかもね。ただし、その、ほら」そこで私があとを続けた。「ただし、あなたはおとぎのお城で育ったお姫様で、私は、ええと、オオカミに育てられた醜い片割れってとこでしょうか」すると彼女はくすくす笑って言った。「あら、私はそんなこと言ってないわよ、あなたが言ったのよ」

私は口を閉ざしたまま家に帰り、譲り受けた高価できれいな服をドウェインと共用のクローゼットの奥に吊るした。服はまだ彼女の香りがした。シャンプーと香水の混じり合ったムスクのような香りが広がり、家じゅうを漂うことになった。あまりに濃厚で異質な香りなので、玄関のドアを開けた瞬間に匂いが鼻先をかすめることもあった。

ときどき、ドウェインが階下《した》で正体をなくしていたり、クスリを求めてどこかへ出かけているとき、私はエイドリアンのお下がりの、ストラップのついた透け感のあるロングドレスを身にまとい、狭苦しいわが家の二階のソファベッド《フトン》に横になって、自分がたった今、豪奢なパーティーから帰宅したばかりだと想像してみた。チャリティー舞踏会、何かの授賞式、コースひと品につき一本ずつ異なるフォークが六本並んだ晩餐会。社会ののけ者になるまえのリチャーズ夫妻が出席していたたぐいのイベント。もしエイドリアンのSNSのアカウントを数年前にさかのぼれば、同じドレスを着た彼女がどこかの舞踏室でイーサンと腕を組んで微笑んでいる写真が見つかるだろう。そのドレスは森の苔《こけ》を思わせる緑のシルクのような素材でできていた。実際にシルクだったのかもしれない。どのみち私にちがいはわからなかっただろう。歩くと足首のまわりで裾がふわりとひるがえり、ソファに横になろうと脚を上げるたびに、裏地がするりと太腿をすべった。誘うように。その誘いを受ける者は誰もいなかったけれど。ときおり、そっと階下《した》へ行ってみようかと思うこともあった。ドウェインを起こして、彼がドレスをたくし上げるにまかせ、腰を屈めて彼の腰に押しつけるのを想像したものの、実行はしなかった。彼はとうの昔に私に触れなくなっていたけど、だから思いとどまったんじゃない。もっとひどい理由からだった。ドウェインが私を見て笑うんじゃないかと思ったから。仮にそうなっても、責められることではなかった。鏡を見れば幻想は破れ、そこにはありのままの自分が映っていた――顔に若じわ、すねに青あざをこしらえた三十手前の女が、扮装ごっこをしているだけ。

私が彼女を憎みはじめたのはそのときだったのかもしれない。そのときはまだ、憎む理由がこれほど増えるとは思っていなかった。その二度目の夏、彼女は際限なく増えつづける特別な要求のリストを携えてやってきた。シーツを週に一度じゃなく、一日おきに替えに来てくれる？　デッキを飾りたいから、車で片道一時間かかる南の町に行ってイルミネーションライトを買ってきてくれる？　町なかのあなたの自宅に小包を送らせてもいい？　届いたら持ってきてくれるでしょ？　もちろん、私は常にそういった要求に応えた。彼女の言いなりになるのが無上の喜びであるかのように。歯を食いしばったまま微笑んだりうなずいたりしてばかりいたので、しまいに顎が痛みだすほどだった。

彼女が私のかわりにドウェインを所望するようになったとき、ほんとうなら喜ぶべきだったんだろう。突然、あらゆる仕事で私じゃなく彼のスキルが必要になったのだから。屋根の上から垂れ下がった枯れ枝を切り落としてほしい。寝室の壁から妙な音がする——壁の中に鳥かコウモリが閉じこめられているんじゃないか。バスタブの排水口がまた詰まった。これはエイドリアンの滞在中だけ見られる現象だった。彼女は長毛種の猫みたいにそこらじゅうに抜け毛を撒き散らすから、どこにいたかはすぐにわかった。私は彼女がシャワーキャップを着けてくれればいいのにと思った。そうして三日ごとに誰かを呼びつけて、配管からごっそりと汚らしい髪の塊を取り出させるのをやめてくれればいいのにと。

なんとも情けないことに、私はその誰か《ヽ》になりたいという願いを心のどこかで捨てきれずにいるのだった。自分が雑務から解放され、夫が顎で使われるようになったことを喜ぶかわりに、嫉妬していたと言ったら信じてもらえるだろうか？　それも彼女がドウェインの気を引いていたからじゃなく、ドウェインが彼女の気を引いていたから。どうにかなってしまいそうだった。エイドリアンを嫌いになればなるほど、彼女を独占したくなった。特別なのは私だと、誰にも相手にされないあなたを受け入れたのは私だと、彼女に思い出させたくなった。なんと言っても、彼女を理解し、彼女の信頼を得て秘密を打ち明けられたのは、ドウェインではなく私だったのだから。彼女のために買い物をし、彼女の要求に先まわりして備え、彼女の好きなシャルドネを事前に抜かりなく氷に入れてキンキンに冷やしておいたのも私。彼女が写真を撮ってほしいときに携帯電話を託されるのも私。暗証番号を尋ねる必要すらなかった。全部知っていたから。どこに立ってどうカメラを傾けたら最高のアングルで彼女を撮れるかを正確に知っていたように。

そして何より悪いことに、観光シーズンが終わっても湖に来たいという彼女の言葉を憶えていたのも私だった。夫妻をまた来させようという名案を思いついたのも。「秋の盛りの湖が、私は一年でいちばん好きですね」私は言った。「ほんとうにきれいなので。絶対お気に召すと思います。戻っていらして、一週間くらい滞在されたらどうですか？　家はまだ閉めずにおきますよ。なんなら割引きしますし」

彼女はそれを聞いて笑った。けれどもそのあと、そうね、また戻ってくることにするわ、と言った。私はたちまち勝利の快感を覚えた。なぜなら別荘は私のもので、それはつまり私に、私だけに、エイドリアン・リチャーズの望みを叶える力があるということだったから。

だからそう、悪いのは私。そのことが私を死ぬほど苦しめる——そして実際、そのことが私を殺したのだ。私は自分がうまくやったと思っていた。だけど、新たに一週間分のエイドリアンの宿泊予約を入れたとき、私は自分が死ぬ日に印をつけていたのだった。

〝エリザベス・エマ・ウーレット、一九九〇年十一月四日生、二〇一八年十月八日没〟

そしてあの夜の忌まわしい出来事はすべて、私のせいで起こったのだ。

第十二章　湖畔

デボラ・クリーヴスはハニーブロンドのボブヘアと、牧師の夫の二十九年にわたる説教や訪問や教会のディナーにことごとく付き添った妻としての仰々しい作法を身につけていた――牧師自身は二年前に他界していたが、彼女の礼儀作法は変わらなかった。コーヒーとウィスキーのどちらがいいかを尋ね、バードがコーヒーを選ぶと、それをアンティークの砂糖壺と揃いの小さなミルクピッチャーとともにトレイに載せて出した。

「カフェイン抜きのものがなくて申し訳ありませんけど」彼女は言った。「お客様用に普通のコーヒーは置いてるんだけど、自分では飲まないものだから」

「普通のものでけっこうです」バードは言った。「まだしばらくは起きているので」

「この町にお泊まりになるの？」

「当面は」

彼女はうなずいた。「そうでしょうね。お会いするのが遅くなってごめんなさい。今朝は姉を訪ねに出かけていて、メッセージをチェックしてなかったから。こんなことになっているとも知っていたら……」声が震えはじめ、言葉が途切れると、彼女は首を振り、ティッシュで目元を押さえた。「あの子が、ドウェインがどこにいるかはわからないんですか？」

「われわれもあなたならご存じかと思ったんですが」バードがそう言うと、デボラ・クリーヴスはますます強く首を振り、ティッシュを両手でねじった。

「いいえ、そんな、まさか。私にはわかりません。見当もつかない。あんなお……」そこまで言いかけてはっと口をつぐみ、咳払いでごまかそうとしたが、バードは聞き逃さなかった。〝あんな女〟か、あるいは〝あんな奥さん〟か。どちらにしても、デボラの涙ながらの心配はもっぱら息子のためで、故人となった義理の娘とは冷たい関係だったことがうかがえた。今のような失言をまたしでかさないように、彼女が用心するであろうことも予測できた。

「ごめんなさい」デボラは元の調子に戻って言った。「とにかく、最近はほとんど息子と会っておりませんの。あの子はいつも忙しくて――何しろ自営ですから――そのうえ、この夏は湖のほうでやることがたくさんあったそうでね。もちろん、あの子がもっと会いにきてくれたらとは思っていましたけど、大人になると、どうしても、ねえ――どうしても……」また言葉が途切れ、彼女は唇を引き結び、みずからを奮い立たせるように続けた。「でも、何かがあったにちがいないわ。ドウェインは黙っていなくなったりしませんもの。DNAを調べたりできないんですか？　指紋とか？　あんなことを……あの……エリザベス・ウーレットにした人間が、息子を誘拐したのかもしれないし——」

ドウェインが誘拐されたなどという考えは笑止だったが、バードはうなずき、そっと口を挟んだ。「ドウェインに敵はいましたか？　彼を痛めつけたがるような相手は？」

彼女の握りしめたティッシュがぼろぼろになりはじめた。「わからない、わからない」

「息子さんがトラブルを抱えていた可能性はありませんか？　金銭問題、あるいはドラッグとか？」

デボラ・クリーヴスは顔をこわばらせ、両手をぐっと握りしめた。

「うちの息子はドラッグなんてやりません」そう言って彼を睨みつけた。声が甲高くなっていた。「アール・ウーレットには訊いたの？　娘がドラッグをやっていたかどうか？」

「アールとは話をしました」バードはおだやかな口調で言った。さらに何拍かおいて沈黙を引き延ばし、デボラがそわそわするのを見守った。殺人が薬物がらみだと考える根拠は特になかったが、彼女の強い剣幕に引っかかりを覚えたのだ。依存症は結婚生活に多大なストレスをもたらす。それは確かだ。もしリジーが薬物を常用していて、夫のほうがそれを不満に感じていたとしたら……

「刑事さん？　ごめんなさいね、お力になりたいのはやまやまですけど、私には何もわかりません。息子の居場所も知らないんですもの」デボラが沈黙を破って言った。

「息子さんから連絡があったら、すぐにお知らせいただければ充分です」バードは言った。

「ええ、でも――」

バードは微笑んだ。「息子さんが見つかることを、われわれも心から望んでいますから」

デボラ・クリーヴスとの会話を終えると、バードは来た道を戻って町なかを抜け、右折して郡道に出た。カッパーフォールズの町境を越え、ほぼ未開発の区画が広がる無人地帯に入った。壊れた農機具の処分場も兼ねているらしい車の修理工場があった。窓が煌々《こうこう》と明るい食料品店があり、閉店間際のまばらな客がカートを押して駐車場を横切っていた。屋根に旗竿《はたざお》の立ったガソリンスタンドがあり、街灯にぼんやり浮かび上がった星条旗が風のない夜空の下でだらりと垂れていた。そのあとは何もなかった。灯《あか》りが背後に遠ざかるにつれ、闇が彼を包みこみ、密集した松の木立が道の両側にそそり立った。数分後、〈ストラングラーズ〉という名の酒場が前方に見えてきた。郡道が二車線から四車線に広がり、速度制限が時速六十五キロから九十キロに跳ね上がるまえの最後の休憩所。バードは遠くから目を留めた。店は道路から三十メートルほど奥まったところにあった。投光照明に照らされ、闇の中に浮かんで見える薄汚れた電飾看板が宣伝していた――白地に赤の文字でひと言、〈BAR〉と。

バードはため息をついた。なんとも歯がゆい一日だった。ドウェインの友人や家族は口を揃えて彼の居場所を知らないと言い張った。広域指名手配をかけているドウェインのトラックについての目撃情報もなかった。残念とはいえ、驚くにはあたらなかったが。カッパーフォールズを取り巻く何百キロにも及ぶ郡道を監視するには、単純に人員が足りなかった。ドウェインがどの方角に向かっているかもわからず、彼なりに頭を使って幹線道路を避けている可能性もあるとなれば。彼のトラックには盗難防止の発信装置もついていなかった。そもそもドウェインがその車に乗っているのかも怪しかった。車はそこらじゅうにある未舗装の道のはずれの森に乗り捨てられているかもしれない。そのまま放置され、来年の春まで見つからないかもしれない。が、問題はドウェインの行方がわからないことだけではなかった。警察はそれまでの足取りもつかめていなかった。リジーが殺されるまでの数日間に夫婦が何をしていたのかは、腹が立つほど曖昧《あいまい》だった。人々はそのまえの週までは毎週、リジーとドウェインの両方を町で見たことを憶えていたが、別段いつもとちがう様子は見られなかったという。リジーは湖へ往復し、入れ替わりやってくる宿泊客に合わせて別荘を管理していた。ドウェインは夏じゅうずっと造園道具を携えて森にこもり、友人のオフロード《ATV》車用の林道を切り拓《ひら》く仕事をしていた。夫婦間にいざこざがあったとしても、誰もその場面は見ておらず、見ていたとしてもそんなことは言わなかった。

それから、電話の履歴の問題があった。リジーの携帯電話は旧式の折り畳みタイプで、湖畔の別荘で見つかった。彼女の財布や身分証が入っていたのと同じバッグの中から。ドウェインも妻と同じタイプの端末を使っていたが、唯一の最寄りの基地局が最後に信号を検知したのは月曜日の夜十時ごろで、それきり通信は途絶えていた。おそらく捨てられたか、電源が切られたかだろう。そのエリアの携帯電話の電波があまりに不安定なため、カッパーフォールズの住民のほとんどはまだ固定電話を使っていた。ドウェインとリジーも二台持っていた。一台は自宅に、もう一台は湖畔の別荘に。それらの履歴によれば、月曜日の午後三時少しまえに、別荘から自宅に電話があった。通話は二分続いたが、誰が電話をかけたのか、誰が受けたのか、どんな内容だったのかは知る由《よし》もなかった。基本的なメンテナンスについての相談だったのかもしれない。夏が終わると、人々は冬に備えて九月の終わりまでに別荘を閉める傾向にあった。冷凍庫の霜を落とし、気温が下がっても不具合のないように水道管の水を抜き、便器に不凍液を入れるのだ。けれども、リジー・ウーレットの管理帳に記載されていた最後の宿泊客が九月上旬に出ていったにもかかわらず、別荘はまだ客を迎える仕様になっており、リジーのカレンダーには彼女が殺された月曜日の欄に小さく書きこみがしてあった。そこには〈AR7?〉と記されていた――ただそれだけ、疑問符付きで。地元警察の中には、それがヴィンテージのAR‐7セミオートライフルのことだと考える古参の者もいた。とりわけ、リジーとドウェインのふたりともが銃を所有登録しており、熱心ではないにしても有能なハンターであったことから。リジーはシーズン中たまに、みずからの手を汚したくない人々のために、小さな獲物の解体処理をして小遣い稼ぎをしたりもしていた。しかしAR‐7は猟銃ではなく、夫婦のどちらかが銃の収集に関心を持っていたという証拠もなかった。

さらにそれから――バードは思った――実に意外な変化球があった。犯罪歴のある宿泊客だ。デボラ・クリーヴスの問いへの答えは、イエス、警察は指紋を採取した。別荘じゅうが指紋だらけだった。何組もの上に何組もの指紋。大勢が入れ替わり立ち替わり出入りする物件では至って普通のことだ。リジーとドウェインと一連の宿泊客、それに加えておそらく、現場保存の原則を知らないか気にしない地元の警官どもが新たにつけたものもあるだろう。まだ犯罪データベースと照合できていないが、明らかになったばかりの宿泊記録から、少なくともひとりはすぐに合致することがバードにはわかっていた。

い、
あのイーサン・リチャーズ。
ジェニファー・ウェルストゥッドの話に出た夫婦というのが、リチャーズと彼の妻のことだと考えるのは理にかなっていた。インターネットで予約して、リジー・ウーレットの別荘にまる一カ月ずつ滞在したという都会の金持ち夫婦。イーサンは二年連続で宿泊帳に載っていた。七月半ばに到着し、頻繁《ひんぱん》な清掃や毎週の宅配などで追加料金をばんばん課されていたようだ。リジーは彼らのために食料品の買い出しをして、ちょっとした臨時収入を得ていたようだ。むろん、誰もイーサン・リチャーズが彼女の殺害に関わっているとは考えなかった。彼の犯罪は計算機を使っておこなわれるたぐいのものだ。散弾銃ではなく。それでも、彼の名前を見ただけでバードは胸にむかつきを覚え、無意識にこぶしを握りしめていた。リチャーズの企業の強欲が引き起こした混沌《こんとん》と絶望を、彼は間近で見ていた。彼自身の両親が老後の蓄えを失ったのだ。彼らのファイナンシャル・アドバイザーがほかの大勢と同じく、リチャーズの詐欺まがいのファンドに投資していたことがわかったときに。これほど悲惨なことはなかった。当のアドバイザーも自身の金を相当額突っこんでおり、そもそもどこで情報を得たのかすら思い出せなかったという。あまりに多くの人生が破壊された。バードが何より忘れられないのは、何があったかを電話してきた母親の声だった。

「わけがわからない！　ゲイリーはいい人なのに！　〝リスクのない裁定取引〟だって言ってたのに！」母は何度も何度もそう繰り返し、しまいに言葉を失って泣き崩れたのだった。

次に忘れられないのは、その年のクリスマスのテーブルで肩を落としていた父親の姿だった。そのころにはすべてが終わっていた。地方検事が起訴を断念し、イーサン・リチャーズとその仲間たちは無罪放免となっていた。弁護士を雇えば損失の一部は取り返せるかもしれないが、そんな金すらないのだとジョセフ・バードは息子に言った。弁護士費用なら自分が出すとバードが言うと、父親は手を振って断った。

「そんなことはしなくていい」彼は笑顔で言ったのだった。「まあ、年寄りは時間だけはあるからな。最悪、死ぬまで働くだけさ」

バードは思い出して歯ぎしりをした。父は当然享受すべき退職後の生活まであと少しというところで、全財産を失ったのだ。クリスマスの席であんな自虐的な冗談を言ったとき、彼はきっとあと十年かそこらは元気でいられると思っていたはずだ。

十一カ月後、父は心臓発作を起こして急死し、アメリア・バードは夫の葬儀費用を払うためだけに家を売らなければならなかった。

あのホワイトカラーの詐欺師が自分の担当している事件とつながっていたとは、数奇な偶然もあったものだ。ただの偶然であって、それ以上でも以下でもないのだろうが。残念というほかなかった——街へ行ってイーサン・リチャーズの十億ドルの豪邸のドアを予告なしに叩き、バッジをちらつかせて、リジーとドウェインとの関係についてきわどく煽るような意地の悪い質問を浴びせるにはやぶさかでなかったのだが。どんな富豪でも警察の訪問を喜びはしない。この機会にリチャーズの人生を少しでも不快にしてやれるなら、ぜひともそうしたかった。

が、バードが次に訪ねるのは隣の郡の病院になる予定だった。リジー・ウーレットの検視解剖を見守るという嫌な義務を負っているのだった。検視官は彼女の胸骨を割り、臓器を取り出し、重さを量《はか》り、最後にわかりきったことを告げるだろう。

死亡の様態——殺人。

死因——頭部への一発の銃弾。

日時——月曜日の夜。すなわち、マイルズ・ジョンソンが彼女の遺体を発見した時点で少なくとも十二時間は経っていたということだ。そして今、事件解決の鍵を握るとされる最初の四十八時間のうち、すでに半分、ことによるとそれ以上が経過しているのに、これといった成果は上がっていない。

〈ストラングラーズ〉の外には十台あまりの車が駐まっていた。ほとんどが国産のトラックやおんぼろのセダンで、すべて州内のナンバーだった。バードはほかから離れたところに車を駐め、駐車場を歩いて横切った。軋むドアを開けて店内に入ると、瞬時にその場が静まり返り、バードは八年生の登校初日、教室に入ったらみんなが自分の話をしていたときの被害妄想的な感覚を思い出した。つかの間、店内のすべての視線がいっせいに彼に注がれたようだった。その一瞬が過ぎると、人々は見るのをやめ、会話のざわめきがまた室内を満たした。バードはカウンターの奥の端に席を取り、バドワイザーを注文した。バーテンダーはもじゃもじゃ眉毛の強面《こわもて》の男で、まるで首をへし折るかのようにビールの蓋をもぎ取った。

「あんたが噂の刑事か」バーテンダーは言った。

「そのとおり」

「話がしたいのか、食事がしたいのか？」

「両方だ。どっちが先でもかまわない」バードは言った。

「ハンバーガー？」

「いいね」

「ポテトもついてくるぞ」

「すばらしい」

バードはビールを飲みながら、さりげなく店内の客を観察した。隅のテーブルにいる歳の若いカップルが額を寄せ合い、ちらちらと彼のほうを見ていた。それ以外の客は全員男だった。ワークシャツかTシャツを着て、空《から》のビール瓶が何本も集まったテーブルのまえで、バドワイザーかモルソンのボトルを手にしていた。警察の人間は見当たらなかったが、眉の上に黒い煤汚れのある男には見覚えがあった。ボランティア消防隊の隊員のひとりだ。娘の遺体確認に向かうアール・ウーレットを遺体安置所まで送ったのがあの男だった。バードはふと思った――アールは今どこにいるのだろう。身を寄せる仲間がいればいいが。

バーテンダーがキッチンに引っこみ、料理の皿とケチャップのボトルを手に戻ってくると、両方をバードのまえにすべらせ、そっけなくうなずいた。

「ゆうべは働いてたのか？」バードは尋ねた。

「ゆうべどころか毎晩だ」バーテンダーは言った。「保安官の部下にも言ったが、ゆうべは何も変わったことはなかった。店を閉めるころにアールがビールの酔い覚ましに駐車場で眠りこけてたのを別にすりゃあな」

「それは毎度のことだそうじゃないか」バードが言うと、バーテンダーはくくっと笑った。

「あいつはそれがお気に入りなんだ。アールは悪いやつじゃない。言っておくが、ここにいる全員、やつの娘のこととはなんの関係もないからな」

「彼の義理の息子はどうだ？　この店の常連だと聞いてるが」

　バーテンダーは客のほうを示して言った。「常連はこいつらだ。店が開いてりゃ、こいつらがいる。ドゥェインは週に一度は来たかもしれないが、ふだんは家で飲んでた。ほら、あの隅っこに男がいるだろ？」

　バードは店の隅に目をやり、例のカップルがふたりとも自分を凝視しているのに気づいた。彼が顎を上げて目礼すると、ふたりはまた額を寄せ合い、何事か囁きを交わした。

「あいつにドゥェインのことを訊いてみな」バーテンダーは言った。口調が冷たくなっていた。「ついでにあいつを逮捕してくれたらありがたい」

「なんの罪で？」バードは尋ねた。

　カップルの女のほうが椅子を押して立ち上がり、バッグを取り上げると、店を出ていった。バーテンダーは彼女の後頭部にしかめ面を向けて言った。「冗談だ」

　少ししてから、隅のテーブルにいた男のほうが立ち上がり、バードに向かって歩いてきた。歳は三十前後、シャギーの入った黒髪。鼻が高く、体はがりがりに痩せていた。

「あんた、噂のお巡《まわ》りだろ？」

「州警察の刑事だ」バードは言った。「イアン・バード」

　男はずり下がったぶかぶかのズボンを骨張った腰の上に引き上げ、バードの左隣のスッールに坐った。

「おれはジェイク」そう言うと、にやりと歯を見せて笑った。「カッター。それが苗字だ。だいたいはそう呼ばれてる」

「お会いできて嬉しいよ、ミスター・カッター」

「〝カッター〟だけでいいよ。〝ミスター〟は要らねえ」カッターはそう言うと、さっと背後に頭をめぐらした。ドアにいちばん近いテーブルを囲んだ男たちが彼を睨みつけているようだった。

「なるほど」バードは言った。「カッター。ドウェイン・クリーヴスと親しかったそうだな？」

「あいつを捜してるんだろ？」

バードは首を傾げた。「そのとおり。彼に会ったか？」

「いや」カッターはすばやく答えた。「つまり、あんなことになってからは会ってないって意味だ。あんたたちが捜すようになってからは。それまではちょいちょい顔を合わせてた。たいていはここで」

「友達なのか？」

彼はまた落ち着きなく背後に目をやった。「まあな。知り合いと言ったほうが近いけど」そこで間《ま》ができた。バードは待った。相手はしばらくそわそわしてから付け加えた。

「おれはデクスターの出なんだよ。ここよりちょっと東の町だ」

「てことは、昔からドウェインを知ってたわけじゃないんだな」

「ああ」彼は言った。「最初に会ったのは四年前だっけな？　五年前？　わかんねえや」

バードはため息をつきたくなるのをこらえた。「なるほど。で、ドウェインとはちょいちょい会っていたと。最後に会ったのはいつだ？」

「あー。んんと、どうだったっけな」カッターはうろたえた様子で唇を噛《か》んだ。バードはまた苛立ちが湧き上がるのを覚えた。カッパーフォールズの住民の口から情報を聞き出そうとすると実にストレスが溜まるが、彼らの口の堅さにはひとつ利点があった。殺人事件をまるで見て楽しむスポーツかのように扱う、野次馬根性丸出しの連中の相手をしなくてすむということだ。とはいえ、カッターは自分から近づいてきた。何かを知ってはいるが、話すことにためらいがあるのかもしれない。バードは質問を変えてみることにした。

「リジーはどうだ？　彼女にも愛想よくしてたのか？」

カッターの下唇が歯の下からすり抜け、うろたえた表情が笑みに変わった。

「いんや」彼は言った。「ここは嫁さんを連れてくるような場所じゃねえし」

バードは目をしばたたき、カッターの食事の相手が出ていったばかりのドアを示して言った。「じゃあ、さっきまで一緒にいたのは——」「まさか。ないない。おれは選択肢はオープンにしておきたいんだよ」

「なるほど」バードはフライドポテトを咀嚼《そしゃく》しながら、これまでに得た情報、会話の断片について考えた。デボラ・クリーヴスのあの剣幕——〝うちの息子はドラッグなんてやりません〟。リジーは昔から人付き合いが好きじゃなかったというアール・ウーレットの言葉。しかし、誰より大きく迫ってくるのはジェニファー・ウェルストゥッドだった。とりわけリジーたちの夫婦間の問題についてバードが尋ねたとき、目を横に泳がせたあの様子。

彼はいわくありげに声をひそめて尋ねた。「ドウェインはどうだ？　彼も選択肢をオープンにしてたのか？　どういう意味かはわかるよな？」

その質問はリスクではあったが、それだけのリターンはあった。カッターの顔に浮かんだ表情が答えになっていた。さっきまでの笑みは下卑《げび》た薄ら笑いに変わっていた。

「そういう言い方もできるだろうな」彼は言った。

バードはこれ見よがしに店内を見まわして尋ねた。「特定の誰かがいたのか？」

カッターはまた派手な笑い声をあげた。「野郎ってことかよ？　おいおい、ドウェインはそっちじゃないぜ。むしろ英雄タイプだ。いいか、あいつの相手は地元の女とは格がちがった」

ある考えがバードの頭の中に根づきはじめた。「つまり、ここらの出身じゃなかったってことか」

「そういうことだ」カッターはそう言って肩をすくめた。「これくらい別に話したっていいだろ。嫁さんにバレる心配があるわけじゃなし」彼はせせら笑いを浮かべた。「おーっと。悪い冗談だったな。失敬。とにかく、その女の名前は忘れちまったけど、金持ちの気取った女だったよ。湖の貸別荘に旦那と泊まってたんだ。八月じゅうずっと。まあ、旦那のほうはしょっちゅういなくなってたけど。エロい奥さんをひとり残してな」彼はそこで間《ま》をおき、また薄ら笑いを浮かべた。「しょっちゅうだぜ」

今度はバードが大笑いしたい気分だった。カッターの話に当てはまる人物はひとりしかいない。バードは努めて無表情を保ったまま尋ねた。

「リチャーズの奥方か?」カッターが瞬きをした。バードはなおも迫った。「ドウェイン・クリーヴスはイーサン・リチャーズの奥方とよろしくやってたと? そういうことか?」

カッターがチッと舌を鳴らして顎を下げ——肯定しているということだ——バードは鼻を鳴らした。情事はひとつの手がかりになりえただろうが、これはどうも大ぼらくさかった。

「おいおい、嘘はやめてくれよ。その旦那が誰だと思ってるんだ？　それに彼女は美人コンテストの女王だぞ？　今はどうか知らんが。そんな女があんたの友達なんかに引っかかるとは眉唾だ」

嫌味な挑発は狙いどおりの効果をもたらし、カッターはむきになって言い返してきた。

「ドウェインは旦那が与えられなかったものを彼女に与えたのかもしれないぜ」

バードは意地悪く微笑んだ。「ドウェインがそう言ったんだろ？」

「ちげえよ」カッターの大声に店内の数人が振り返った。彼はうっと首をすくめ、声を落として続けた。「証拠の写真を見たんだ。あいつの携帯はクソだっせえ旧式で画面もちっぽけだったけど、充分わかった。彼女のお口がもろに写ってた」彼は下唇に歯を沈ませ、また下卑た笑みを浮かべた。「あの女、ブッ飛んでたぜ」

「おい」鋭い声がして、ふたりとも顔を上げた——カッターは居残りの最中のおしゃべりを見つかった子供のように、ばつの悪そうな笑みを浮かべた。例のバーテンダーがカウンターの上に片方のこぶしを置いて、じっと睨みつけていた。彼はバードに視線を移して尋ねた。「そいつとの話はもう終わったか？」

バードは腕の時計に目をやった。「ああ、もう行く時間だ。勘定を頼むよ。それから、カッター」――そう言いながら、メモ帳をさっとカウンターにすべらせた――「名前と電話番号を書いてくれ。おれの名刺も渡しておこう。ほかにも何か思い出したら連絡をくれ」

バーテンダーが勘定書を持って戻ってきた。それをバードのほうにうなりながら押しやると、カッターに向かって言った。

「おい。何も頼まないなら、とっとと出ていけ」カッターはまたばつが悪そうな笑みを浮かべ、バードにひらりと手を振ると、跳ねるようにドアから出ていった。店内の全員の目が彼のあとを追い、ドアが軋みながら閉まった。

バードが振り返ると、バーテンダーはまだ同じ姿勢でドアのほうを睨みつけていた。

「今のはいったいどういうことだ？」バードは尋ねた。

「あいつはこの店の疫病神だ」バーテンダーはそう言うと、ふたたびキッチンに引っこんだ。

バードはビールの残りを飲み干し、現金とともに新たに取り出した名刺をカウンターに置いて、店をあとにした。

ちょうど運転席にすべりこんだとき、携帯電話が鳴りはじめた。ポケットから端末を取り出しながら、彼はもう片方の手でエンジンキーを回した。

「もしもし？」

「エドだ」声には聞き覚えがあったが、バードは続きを聞くまで誰だか思い出せなかった。

「カウンターの奥の。あんたが今いるのはおれの駐車場だ」

「ああ」バードは言った。「さっきはどうも。チップはちゃんと置いていったよな？」

吠えるような短い笑い声があがった。「それで電話したわけじゃない。あんたがさっき話してた相手だが――」

「おれに逮捕してほしかった相手か？」

エドは喉の奥でうなった。「なんでもいいが。あいつは厄介者で大ぼら吹きだ。おまけに声がでかい。ほかの客にも丸聞こえだった。ほら、ドウェインとあの都会から来た女の話だ」

「ほう。続けてくれ」バードは言った。

「いいか、おれはドウェインが何をしようとしてたかは知らん。仮にやつが何かを企んでいたとしてだ。おれの知ったこっちゃない、知りたくもない。だが、あの都会の夫婦は実際この目で見た。店に来たわけじゃないが、車で通り過ぎるのを見たんだ。でっかい黒のSUVだった。ピカピカの高級車だ。見逃しようがなかった」いっとき間《ま》があった。「名前は出せないが、うちの常連のひとりが見かけたそうだ。夜中にその車が通り過ぎるのを」

「いつの夜だ？」

エドが送話口を手でふさいだらしく、くぐもった音が聞こえた。続いて何かを尋ねているような抑揚が聞き取れた。ややあってから、エドが電話口に戻ってきた。「ゆうべだそうだ。夜の十二時ごろだったと」

「礼を言うよ、エド」

バードは電話を切り、会心の笑みを浮かべた。

第十三章　都会

「口座の清算をお願いします」

静けさに包まれたエイドリアンの車の中で、その台詞はやけに大きく不自然に響いた。彼女は咳払いをしてから、もう一度言ってみた。声をもっと低く落として。アンカーウーマンのような、あるいは年次報告書をプレゼンするCEOのような、自信に満ちたアルトを意識して。怯《おび》えた小娘のような口調になるわけにはいかない。そのときが来たら堂々と言えるだろうか？　声を震わせることなく？

「口座の清算をお願いします」おだやかな声で口にした。「口座の清算をお願いします」

車の流れは遅々として進まなかった。帰宅するころにはすっかり日が暮れているだろう。あのコーヒーショップを出たあと、彼女はあてもなく街なかを歩き、店をあちこちのぞきながら時間をつぶした。何も買わずにただぶらぶらと、陳列棚やラックに並んだ高級雑貨や服を見て愉しんだ。そのうち方角を見失い、レクサスをどこに駐めたかわからなくなり、誤った方向に二ブロック歩いてからまちがいに気づいた。車に戻ったまさにそのタイミングで、夕方のラッシュアワーの大渋滞に巻きこまれたのだが、それすらも決して不快ではなかった。車の中は心地よかった。エンジンのごく静かな低音、本革シートのやわらかさ、隣の助手席にトートバッグが置かれている安心感、空が暗くなるにつれ次々と点灯を始める周囲のヘッドライトや街灯。自分は安全で、包まれている。そして独りだ。やっと独りになれた。ここ半日ずっと、人目を過剰に気にしながら〝死人はゼロですべては順調〟という名のひとり芝居を全力で演じてきたが、少なくともここでは自由に叫んでいい。泣いてもいい。ぐったり沈みこんでもいい。誰かが見ているかもしれないと気にすることなく。自己像を演出することなく。夫の理性をつなぎ止めている唯一の存在として、彼のためにしっかりしなくてはと思う必要もなく。

彼女は唇を嚙んだ。まわりの車が押し出されるようにまえに進んだ。相変わらずゆったりと。けれどもエイドリアンの車はもはやオアシスのようではなかった。夫のことを忘れていられたのはほんのいっときだけだった。

今はもう、彼を長くひとりで放置しすぎたかもと、それだけが気になって仕方なかった。

ドアのまえで鍵を探っていると、家の中から電話の鳴る音が聞こえてきた。なぜ鍵がかかっているのかわからなかった。ようやくエイドリアンの鍵が挿しこまれ、錠が回った瞬間、彼女の頭にある考えが浮かんだ――あるいはそれ以上の何か、希望のようなもの？――家の中はからっぽで、夫はどこにもいないのではないかと。

けれどもドアを押し開けると、廊下の奥で立ちつくす夫の姿があった。電話は壁際のテーブルセットの上にあり、彼はそのまえに突っ立って口を開けたまま、電話が鳴るのを見つめていた。彼女がそろそろと動きながら様子をうかがっていると、夫は手を伸ばし、一歩まえに踏み出した。

「ちょっと！」彼女の金切り声に夫はびくりと振り返り、よろけながら後ずさった。彼女は家の中に突進した。「何してるのよ？」

「ずっと鳴ってるから」夫は言った。途方に暮れた口調で。「ちょっとまえにも鳴ってたし、もしかしたら……きみかもしれないと思って」

「そんなわけ――」彼女は最後まで言うかわりに受話器を取り上げ、黙って唇に人差し指を当ててみせると、受話器を耳に押し当てた。息切れしているせいで、〝もしもし〟の声は小さな喘《あえ》ぎとなって漏れた。彼女は咳払いをした。

「もしもし？」はっきりと言い直してから続けた。「どちらさま？」胃が重く沈んだ。答えがないことはわかっていた。果たして、カチッと小さな音がして電話は切れた。

では、これからそうなるということだ。

もっと時間があると思っていたが、甘かった。

彼女は受話器を戻して夫に向き直った。彼はまだ横に突っ立っていた。ぼうっと途方に暮れた表情で――いつものように、妻の指示を待ちながら。彼女は夫をつかんで揺さぶりたい衝動をこらえて言った。

「もうすぐ来るから。警察が」

彼はぽかんと口を開けた。「なんだって？　なんでわかる――」

「あなたは出ていって。今すぐ」

「あー……」彼の口からだらしなくこぼれたその一音に、首のうしろの毛がぞっと逆立った。彼女はもう一度夫を見た。彼の顔を、ぼうっと突っ立っている姿を。そうしてたちまち嫌悪感の波に襲われた。

「信じられない。また、やってるの？」

夫はたじろいだ様子で、彼女からじりじりと離れた。

「怒鳴るなよ」彼がうめくように言うと、今度こそ彼女は夫をつかんで激しく揺さぶった。彼の肩に爪を食いこませて。

「あれは処分したと思ってたのに。処分するように言ったのに。いったい何を考えてるの？　よりにもよってこんなときに――」

彼は身を振りほどき、目を剝《む》いて叫んだ。「おれはひとりでパニクってたんだよ！　どうすりゃよかったんだ？　きみはずっと出かけてたし、このままじゃ――」

「ずっと出かけてたって、あたりまえでしょ!?」彼女はわめいた。「今日一日、私がどんな苦労をしたと思ってるの？　あなたのためにどんな思いをしたと思ってるの？　あなたなんて、私が帰ってくるまでじっとしてるだけで……」そこで言葉を切り、首を振った。「それにそもそも、どこにあんなものを……もういいわ。時間がないの。頼むからしゃんとして、出ていって。今すぐ」

夫が彼女を睨みつけ、彼女も夫を睨み返した。そのとき彼女はひどくやりきれない事実に気づいた――こんなことはまえにもあった。

残念ながら事実だった。こんなことは何度もあった。なんのためにここまでふたりでやってきたのだろう？　結局こうなるだけなのに？　昨夜、自分はふたりの人生を永久に変えてしまう恐ろしい選択をしたのに――結局、何ひとつ変わってはいないのだ。

夫は不機嫌な子供のような口調で言った。「わかったよ」それから妻を押しのけ、寝室に消えた。彼女はうしろから呼びかけた。

「ゆうべと同じ服を着てね」

「血がついたままなんだけど」夫は怯えているようだったが、今はそんなことにかまっていられなかった。

「だから言ってるのよ、警察が来たときにそんなものが家の中にあったら困るから。メルセデスにまだスーツケースを積んだままでしょ？　ほかに服が必要ならその中から選んで着ればいい。とにかく車に乗って街を出て、ひと晩泊まれる場所を見つけて。〈リッツ〉なんかは絶対駄目。汚らしい安宿にして。支払いは現金よ。現金のみ。わかった？　それからいいかげん、あれを始末して。車の中に隠すのもやめて」

トイレの洗浄音が聞こえた。水の流れる音。ふたたび夫が現れ、依然として不機嫌な表情のまま口を開いた。「ああ、わかったよ。きみはどうするんだ？」

「その話はもうしたでしょ。警察が捜してるのは私じゃない。私がうまく対応して、それから……それからふたりで逃げるまでよ」

「どこへ？」

「南に決まってるじゃない」彼女は言った。間髪を容《い》れずに——そして夫が嘘に気づかないことを祈った。

実のところ、わからなかったからだ。どの方角へ逃げればいいかわからないだけでなく、あの玄関ドアの向こうにふたりの未来があるとはもはや思えなかったからだ。自分がなんとかすると夫に言ったときは本気だった。あのとき、銃が発砲されたあと、逃げ道はあると確信していた。ところが帰ってみればこのありさまだ。十年経ってもうんざりが募るだけで何も変わらないこの状況、不始末をしでかしては妻に肩代わりさせるのが特技の夫……ほんとうにこの先も代わりばえのない未来を望んでいるのかと、どんな女でも自問するだろう。それにこの男にふさわしい未来は何かという問題もあった。結婚しても甘く浮かれた時期など一度もなかった。自分はあまりに長く重荷を背負いすぎた。こんなところで何をやっているの？　今まで何をやってきたの？

けれども、後戻りは不可能だ。選択肢には限りがある。何もかもをあきらめ、警察に自首し、彼を突き出し、人生すべてが無駄に帰すのを受け入れるか。

それともこのまま進みつづけるか。

あなたはまだこれからよ、エイドリアン――彼女は自分に言い聞かせた――そして、夫と南へ逃げるという誓いとはちがい、この宣言には真実味があった。それは別の物語の始まりだった。彼女が朝から無意識のうちに描いていた物語。目を覚まして未来に思いを馳せ、現状を検討し、計画を練りはじめたひとりの女の物語。

〝リジーとドウェインは死んだ。でも、私たちは生きてる〟

〝私は人生に不意打ちを食らう無力な女にはなりたくないの〟

〝口座の清算をお願いします〟

彼女は夫の出かけるまえの儀式を見守った。彼がポケットをひととおり叩いて財布の膨らみを確認し、何か忘れていないかと最後にもう一度家の中を見まわすのを。その目は虚《うつ》ろでぎらついていた。すべて見慣れた動作だったが、そのとき不意に、まるでこれが初めて見る光景であるかのような錯覚に陥った。道で出会った野良犬が近づいてくるのをじっと観察し、何を欲しているのか、噛みつきはしないかと、出方を見定めようとしているかのように。

そうして初めて気づいたのだった。自分は思ったよりこの男のことを知らないのかもしれないと。

「ねえ」

彼は振り返った。

「まだ私に話してないことがあるんじゃないの？　何があったか。あなたと彼のあいだで」言葉がいったん途切れた。「それか、あなたと……彼女のあいだで」

イーサンの鍵の束がじゃらりと音を立て、手から手へと移った。

「馬鹿言うなよ」

そう言ったきり、彼は出ていった。

第十四章　湖畔

イーサン・リチャーズの自宅の電話に出た女は息切れしているようだった。まるで受話器を取りに走らなければならなかったかのように。

あるいは、既婚者で人殺しで指名手配中の愛人とお愉しみのところを邪魔されたか。バードは思った。そんな考えはばかげていたが。しかし、リチャーズの車が昨夜カッパーフォールズで目撃され、リチャーズの妻が今この瞬間ボストンの自宅にいるとしたら……だとしたら、さっぱりわからない。情事を勘案しても、うまく説明がつかない。これは『俺たちに明日はない《ボニー&クライド》』的状況に、ビリー・ジョエルの『アップタウン・ガール』ばりのひねりを加えた話なのか？　それとも実はイーサン・リチャーズもぐるだったという、この世で最も意外な三人カップル《スラプル》の話なのか？

バードは女が咳払いするのに耳を傾けた。

「もしもし？」女はもう一度そう言った。「どちらさま？」

それだけ聞いて、バードは電話を切った。真相を突き止めるには、手がかりを追うしかない。車のエンジンをかけ、〈ストラングラーズ〉の駐車場を出て、元来た道に戻った。ガソリンスタンドを通り過ぎ、食料品店を通り過ぎ、車の修理工場を通り過ぎ、無人で草がぼうぼうの灰色の敷地のところどころに窓明かりの暖かく灯った家が標識灯のように点在するメインストリートを通り過ぎた。さらに町なかを抜け、暗い通りの頭上にひとつだけ信号が吊るされた中央の交差点までやってきた。郡道はそこから左にそれ、北の荒野へと続いていた。バードは右折し、町を出て南へ向かった。ここから百二十キロ先の州都オーガスタで州検視官とリジー・ウーレットの検視前の遺体が待っているが、そこで足を止めるつもりはなかった。カッパーフォールズの灯りが背後に消え去ると、州警察本部の上司の番号に電話をかけた。

上司は最初のコールで電話を取り、うなるように言った。「こちらブレイディ」

「バードです。お疲れ様です」

「よう、どうした、バード」ブレイディは言った。これがこの上司のいいところで、どんなにクソくだらない事件でも、報告できるほどの進展がないときでも、常に上機嫌な声で部下の電話に出るのだった。「地元の聞きこみは終わったか？　検視解剖班がお待ちかねだぞ」

「ええ、だから電話したんです」バードは言った。「ひとつ手がかりがありまして。容疑者のクリーヴスですが、どうやら浮気していたようです。湖畔の別荘を借りていた客のひとりと」

「名前はわかるか？」

「聞いたら驚きますよ。イーサン・リチャーズってわかります？　あの金融詐欺の――」

「やつのことなら知ってるさ」ブレイディが即座に返した。

「実は、やつの奥さんなんです」バードのその言葉は、上司の口笛の音で報いられた。

「そいつはおもしろい」

「でしょう」バードは言った。「そしてなんと、彼女は昨夜、カッパーフォールズで目撃されてるんです」

「彼女が？」

「厳密には、彼女の車が。彼らの車と言うべきですかね。旦那の名前で登録されてます。メルセデス・ベンツのGLE。ここらじゃ滅多にお目にかかれない代物ですから、見た人はまず忘れないわけで」

ブレイディが息を吐いた。「なるほど、におうな。で、その車は今どこに？」

「メルセデスについてはわかりませんが、愛人はボストンの自宅にいます」バードはダッシュボードに目をやった。「途中で給油を挟みますが、四時間もかからずに着くかと」

「ふむ」ブレイディがうなり、黙りこんだ。バードは待った。こういうときの沈黙には慣れていた。上司が熟考しているということだ。やがて、電話の向こうで彼が咳払いをして尋ねた。「彼女が共犯だと思うか？」

「かもしれません」バードはそう言ってから、すばやく付け加えた。「どうですかね。なんとも言えません。ずっと考えてはいるんですが。彼女がぐるじゃなかったら、ただの奇妙な偶然ということになりますね。車の運転以外は関わってないとか？」

「人質に取られてる可能性はないのか？　男が彼女に車を運転させて、カミさんを殺したことを言わずに――」

「それはないんじゃないですかね」バードは慎重に言った。「女はいま自宅にいて、普通に電話に出ましたから。銃で脅されてたような気配はまったくなかったんで。だからといって、彼女が男と逃げたのかどうかはわかりませんが。単なる愛の逃避行ならまだわかるとして、男の犯罪に加担する？　妻殺しの手助けをする？　果たしてそこまでやるでしょうか」

「人間、恋に狂えば何をするかわからんぞ」ブレイディは言った。

「もしくは、金に狂えば」バードはそう返し、思わず自分の言葉にうなずいていた。「その可能性はありますね。クリーヴスが逃げようとしているなら、現金が必要になる。それを融通してくれる相手は限られるでしょう。やつが彼女と一緒なら、あるいは彼女のもとへ向かってるなら――」

「ありえるな。よし、ボストン市警に連絡だ」ブレイディがあとを引き取って言った。「市警の連中を女の自宅へ行かせて、クリーヴスがいたら確保してもらう。いなければ、おまえが行くまで家を見張っていてもらう」

「それと、検視解剖については――」

「気にするな。女を追うほうに専念しろ。地元の保安官、名前はなんだった？　ライアン？　やつが誰か差し向ければいい。こっちが差し向けてもいいしな。やつにもおれから連絡しておくよ」

「ありがとうございます」バードは言った。

「それで全部か？」

バードはちょっと考えて言った。「もうひとつ、これはお願いなんですが。ライアン保安官と連絡がついたら、ジェイク・カッターという男のことを訊いてもらえますか」

「そいつが愛人の件の情報源か？」

「そうです」バードは言った。「落ち着きのないゲス野郎です。やつが地元の連中にとってどういう存在なのか知りたいんですよ。それと、なぜ〈ストラングラーズ〉のバーテンのエドがやつの逮捕を待ち望んでいるのかも」

ブレイディはくっくっと笑って言った。

「連絡するよ」

バードは電話を切り、携帯電話を脇に放ると、アクセルを強く踏みこんだ。ヘッドライトが道路脇で輝くふたつの赤銅色の眼を照らしだした。一頭のシカが頭をもたげて、彼が通り過ぎるのを見ていた。ほかに車は見当たらなかったが、バードはパトカーの屋根の回転灯を点けた。車が近づいてくるのがよく見えたほうがいいだろう。自分にとってもバンビにとっても。


一時間後、オーガスタへの出口が前方に見えてきた。ダークグリーンの背景に白い文字がくっきりと浮かび上がった州間高速道路《インターステイト》の標識を時速百三十キロで通過しながら、バードはリジーの遺体と痺《しび》れを切らした検視官のことを考えた。検視官は遺体にメスを入れるのをあともう少しだけ待たなければならないだろう。数キロ先にサービスエリアがあった。バードはガソリンスタンドに車を乗り入れ、給油ノズルをタンクに突っこんでから、携帯電話を取り出した。これから会う女のことをある程度知っておかなければならない。彼女の家の玄関先に現れるまえに。エイドリアンは何をおいても全米屈指の嫌われ者の妻として有名なはずだが、彼女自身もなかなかに興味深い人物だった。ウォール・ストリートでのインターン中にイーサン・リチャーズと知り合い、大学を出てすぐに結婚。あっという間の略奪婚――捨てられたリチャーズの最初の妻にしてみれば、寝耳に水のひどい話だっただろう。二十歳そこその女子にしては戦略的にすぎる一連の動きだった。だからこそ、夫が不正を働いていたことにエイドリアンがまったく気づかずにいたと信じるのは無理があった。バードは彼女のウィキペディアのページをスクロールし――どうやら夫の金融スキャンダルの発覚以前に、彼女はリアリティ番組〈リアル・ハウスワイフ〉シリーズのひとつに出演していたらしい――それから彼女のインスタグラムのアカウントをクリックした。トップの写真は新しく、今日の午後に投稿されたばかりだった。ピンクがかった髪のエイドリアンが目を見開き、パンプキンスパイスラテを手にポーズを取っていた。バードはハッシュタグの羅列を見て顔をしかめた。

「〝秋ヘアで何が悪いの〟」彼はぼそりとつぶやいた。「勘弁してくれ」まだ救いなのは、写真にコメントしている連中がおおむね自分と同意見なことだった。エイドリアン・リチャーズはふざけたクソ女だ。悪趣味な髪、流行りのラテ、馬鹿丸出しのハッシュタグ。世間の反感を買うためにわざとやっているなら、上出来と言っていいだろう。彼は下にスクロールして、過去の写真を見ていった。つやつやのマニキュア、高価な靴。今や不正行為で刑務所行きになろうとしている政治家の資金集めパーティーでイヴニングドレスを着たエイドリアン。彼女の顔写真も大量にあった。間近で撮られたアップ。ありえないほど濃く長い睫毛《まつげ》——おそらくつけ睫毛だろうが——に縁取られた大きなブルーの目。どれも若い女のアカウントにありがちな既視感のある写真ばかりだったが、やがて確実に見覚えのある景色が目に飛びこんできた。リジー・ウーレットの別荘のデッキから見た湖の景色。前景にピンクのペディキュアを塗ったエイドリアンの足が写っていて、〈#桃源郷《ザナドゥ》からの時差投稿〉とキャプションがついている。バードは一瞬おいて理解した。カッパーブルック湖のまわりは電波がなかったから、エイドリアン・リチャーズはヴァカンスを事後に記録するしかなかったわけだ。一般住民と同じように。彼女は猛烈にイライラしたことだろう。彼は想像しながらくくっと笑みを漏らした。

その次の写真を見た瞬間、彼ははっとした。それはカメラに背を向け、波打つ髪を肩に垂らし、完璧な夕陽のまえでシルエットになったエイドリアンの写真だった。照明は暗く、全体にソフトフォーカスがかかっているので、意識して見なければ気づかなかっただろう。彼がその朝見たばかりの家のデッキをぐるりと囲む木の手すりに彼女の片手が置かれているところまでは。けれども、その写真自体を彼は憶えていた——リジー・ウーレットが

〝夢〟と名づけた写真のコレクションに入っていた一枚だ。

さらに過去へさかのぼってスクロールすると、ほかにも同類の写真が出てきた。チェリーレッドのネイルを見せるために指を広げたエイドリアンの手。高級な革のブーツに収まったエイドリアンの両脚。ダークウッドのカウンターの上でクリスタルグラスに水滴をまとった、エイドリアンのマティーニ。リジー・ウーレットのささやかな夢の元ネタは、自身が所有する別荘のデッキに立った別の女の写真だったというわけだ。

そしてリジーがエイドリアンに憧れ、彼女のネイルの写真を物欲しそうに、まるで手の届かない人生の象徴であるかのように保存していたその期間中ずっと、エイドリアンは陰でこっそり彼女の夫のイチモツをしゃぶっていたのだ。

バードは誤解していた。リジーの夢は平凡などではなかった。ただただ痛ましかった。これほど哀れなものを彼は目にしたことがなかった。

手の中の携帯電話が震動し、思考は中断された。彼は画面をタップし、端末を耳に当てて電話に出た。

「バードです」

ブレイディは前置きなしに言った。「ボストン市警が言うには、女は明らかにひとりで家にいる。ワイングラスを傾けながら、悠々とくつろいでいるそうだ」

ワイングラスを傾けながら、か。バードは胸に毒づいた。たった今あんな写真を目にしたあとで、リジー・ウーレットがこれから解剖されようというときに、エイドリアン・リチャーズが平然とワインを飲みながらくつろいでいると思うと、憤《いきどお》りに近いものを覚えた。

「ノックもせずにそこまでわかるんですか?」彼は尋ねた。

「通りに面した二階のどでかい窓からよく見えるらしい。女は窓際でポーズを取っているそうだ」ブレイディは一拍おいて言った。「おれが昔飼ってた猫もよくそうしてたな」

「すばらしい」バードは言った。

「おまえが行くまで、家には見張りがついている。もしクリーヴスが先に着いたら、連中が踏みこむことになる。男は武装していて危険だと言っておいたが、自宅から紛失してるのは散弾銃だけだったよな? ほかの武器はなかったよな?」

「こちらが把握しているかぎりは」

「よし。それならいい。あんなでかい銃ならひと目でわかるだろうからな。やつがそれを持って歩きまわるような馬鹿なら。それからもうひとつ、おまえが目をつけてるカッターとかいう男だが、やはり地元じゃ名の知れた悪党だった。ヘロインの売人だ」

「ほう」バードは言った。

「意外でもなんでもないだろ？」ブレイディの言うとおりだった。ヘロインは鄙《ひな》びたニューイングランドで一大ブームとなり、ケープコッドからバー・ハーバー、さらにその先の小さなコミュニティまで席巻《せっけん》していた。州ごとにじわじわ進む大麻の合法化による損失を取り戻そうと、麻薬カルテルが躍起になって安い商品を大量にばら撒いた成果だ。バードは自問した――今日会って話を聞いた人々が、リジー・ウーレットが二十八の若さで非業の死を遂げたことにさほど衝撃を受けていなかったのは、それが理由だったのだろうか。事件の残虐性は別にしても、若者の死はカッパーフォールズではそう珍しいことではないのだ。

「意外ではありません。ただ、そういう話は出ていなかったので」言ったそばからバードは思った――いや、それは嘘だ。デボラ・クリーヴスが憤然と否定していた。〝うちの息子はドラッグなんてやりません〟と。さらに続けて彼女が発した質問。あれはただ怒りにまかせて言い返しただけだと思っていたが、こうなってみると……

「いや、今のは嘘です。クリーヴスの母親に指摘されました。リジー・ウーレットは薬物を使用してたんじゃないかと」バードは言い添えた。「皮肉で言ってるのかと思ったんですが、案外本気だったのかもしれません」

「まあ、もうすぐわかるだろ」ブレイディは陽気な口調で言った。「血中に何かあれば、検視官が見つけてくれる。そっちの愛人インタビューが終わったらまた連絡をくれ」

「そうします」

バードは電話を切った。が、すぐにまた手の中で端末が震えはじめた。画面を見ると、表示されているのは携帯電話の番号だった。州警察本部ではない。彼は画面をタップして電話に出た。

「バードですが」

電話の向こうで深いバリトンの声が応えた。「バード刑事？ジョナサン・ハーリーです」

その名前には聞き覚えがあった。元教師だったか？

ハーリーのほうからその問いに答えてくれた。「獣医師です。リジー・ウーレットはうちの元従業員でした。パートタイムの」

それだ。バードは思った。リジーはハーリーの動物病院で獣医の助手として働いていたと、アールから聞いたのだった。向いていたのに、と。アールはなぜ娘が辞めたのか理解できなかったという。バードは携帯電話を耳に当てたまま車から降り、給油ノズルをポンプに戻すと、パトカーの給油キャップを元どおりに閉めた。一刻も早く出発し、ハーリーにはあとでまたかけ直すと言いたい気分だったが、ボストン市警がすでに現地の見張りについている。ここで調査のために何分か費やすくらいならいいだろう。

「連絡が遅くなって申し訳ない」ハーリーは続けた。「病気の馬を連れてスカウヒーガンまで出ていたもんだから、まさかこんなことになっているとは――」

「どうかお気になさらず」バードは言った。「で、リジー・ウーレットはあなたの下で働いていたと。期間はどのくらいでした？」

電話越しに獣医の呼吸音が聞こえた。その場を行ったり来たりしているかのように、せかせかと落ち着きがなかった。

「二年ほどです。しばらくまえですがね。辞めてもらってから、もう二年か三年経つかな」

バードは瞬きをした。アールは誤解していたわけだ。「彼女を解雇したんですか？」

「いいですか」ハーリーは声に苛立ちを滲《にじ》ませて言った。「この話をするのは私も嫌なんです。ご家族に迷惑をかけたくない。リジーのことは最初から気に入ってましたから」

「いったん話を戻しましょう。彼女を助手として雇ったんですよね？　それには専門学校を出ている必要があると思ってましたが」

「もう一度確認してみないとわからないが、たしか二年制大学《コミュニティ・カレッジ》で必要な授業を取っていたはずですよ」ハーリーは言った。「私が求める助手の仕事にはそれで充分だった。動物病院での仕事は週に二、三日程度ですからね。私が主に診《み》るのは大型動物――馬や牛なので」

「動物病院の場所は？」

「デクスターです」ハーリーが言い、バードの脳裏にカッターの顔が浮かんだ。〝ここよりちょっと東の町だ〟。あいつは嘘をついていたのだろうか？　実はリジーと知り合いだったのだろうか？

「カッターという男をご存じですか？　ジェイク・カッター？」

「いいや」ハーリーは言った。当惑気味の口調で、語尾が質問のように尻上がりになっていた。

「お気になさらず」バードは言った。「で、リジーはあなたの助手だったわけですね」

「ええ。そうです。さっきも言ったように、リジーのことは気に入っていました。頭がよくて呑みこみが早かったし、動物の扱いも上手《うま》かった。この仕事をしたくて来る人みんながそうではないですから。自分は動物好きだから大丈夫と思っていても、いざスノーモービルに轢《ひ》かれた犬を目のまえにすると……」彼はため息をついた。「簡単じゃありません。気をしっかり持たないといけない。並の神経じゃできませんよ。リジーはその点、肝が据わっていた。血を見ても尻込みすることがなかった」

たんです？」

「なるほど」バードは言った。「では、あらためてお訊きしますが——なぜ彼女を解雇したんです？」

ハーリーは苛立ちのため息を受話器に吹きこんだ。「ほかにどうしようもなかったんですよ。私だって辞めてほしくはなかった。だから事件のことを知って、連絡しようと思ったんです」

「ええ、わかります。何があったか詳しく教えてください」

「まずい状況でした。要は、医薬品が行方不明になることがあったんです」獣医は弱りきったように言った。バードは思った——〝行方不明になる〟とは、まるで薬が勝手にさまよい出ていったかのような言いまわしだ。

「つまり、盗まれたということですか？」彼は慎重に尋ねた。

「いまだに納得できないんです」ハーリーは言った。「このあたりで仕事してれば、そういうことはよくあるわけでね。いろんな人がいるなかで、誰が問題を抱えてるかわかるもんですよ。リジーは最後までそういうタイプには見えなかった。でも薬の保管場所を知っていたのは従業員だけで、盗んだ人物は鍵を持っていた。私じゃないことはわかってましたから、そうなると……」

「消去法ですね」バードは言った。「なるほど。その薬というのはなんだったんです？」

とたんにハーリーの口調が変わった。亡くなった女を泥棒呼ばわりするより、仕事の話をするほうが気楽なようだった。「トラマドール。オピオイド系の鎮痛薬の一種ですね。主に犬に投与しますが、人にも効きます」

「トラマドールか。わかりました。それからどうなったんです？」

「それがとにかく妙な話でして」彼はまた全力で嘆かんばかりの口調に戻って言った。「私が問いただすと、彼女は口をつぐんでしまった。否定もせずに——だんまりを決めこんで、いっさい何も言わないんです。私もがんばったんですよ、刑事さん。薬を返してくれさえすれば、全部なかったことにしていいと言ったんです。口だけじゃなく、本気でした。解雇だけはしたくなかったので」彼はいったん言葉を切り、歯のあいだから息を吸いこんで続けた。「彼女は何も言い返さなかった。ただ着ていたスモックを脱いで渡してきた。それから部屋を出ていったんです」

「彼女は最後に何か言いましたか？」バードは尋ねた。

「ええ」ハーリーは答えた。「あのひと言は忘れられません。彼女はじっと私の目を見て言ったんです。『この仕事が大好きでした。長くできないことはわかってたはずなのに』って」

第十五章　リジー

話はもうすぐ終わる。あのビッグバンと、その後のすべて。壁に飛び散り、カーペットに染みこんだ血。ベッドカバーに覆われた遺体。砕けた歯や骨のかけらをピンセットでつまみ上げ、〈ウーレット、エリザベス〉と書かれたバケツに落とす警官たち。あのかけらたちはどうなるのだろう。どこかに廃棄されるのか、残りの骨と一緒に埋葬されるのか。私の墓石にはなんて刻まれるんだろう。私にも墓石があるなら。故人を偲《しの》ぶ言葉を決めるのはいつもほかの誰かだ。墓碑銘に刻まれるのは故人がなんと呼ばれていたかだ。

娘。妻。恋人。嘘つき。ゴミ。

唯一絶対に使われないであろう呼称は〝母〟だ。誰も私をそう呼んだことはないから。あの子にその機会はなかったから。

私の赤ちゃん。

私の可愛い小さなぼうや。あの出会いの瞬間はまさに未知との遭遇《そうぐう》だった。ブランケットにくるまれた赤ん坊を手渡されたとき、あの子は一人前のりっぱな赤ちゃんに見えた。目は閉じられ、口は開いて、まるで戦おうとするかのように、ゆるく握ったちっぽけなこぶしを宙に掲げていた。何ひとつおかしなところはなかった。息がなかったことを除けば。決してあの子の話はしなかった。ドウェインと私は。私たちは馬鹿な子供だったから、どうしていいかもわからず、互いになんの準備もないまま親になろうとしていた。どうやって名前を決めたらいいかすらわからなかった。私は待ちたいとドウェインに言った。出てきた赤ちゃんをこの目で見てから、どんな名前がふさわしいか考えたいと。ジェイムズかハンターかブレイデンか。ひと目見ればわかる、目を見た瞬間にわかると確信していた。あの子がまだお腹で生きていたとき、私はその日を楽しみにしていた。でもあの子は生まれ、いなくなってしまった。死亡証明書に記載する名前をドウェインが訊かれたとき、私はまだ麻酔から醒《さ》めきらずぼうっとしていた。なぜ彼はあんなことを言ったんだろう――急に父親の自覚が芽生えたのか、ただ混乱していただけか――ドウェインが口走ったのは、私たちが候補に考えていた名前のどれでもなかった。彼自身の名前だった。ドウェイン・クリーヴス。それがあの子の墓に記された名前だった。丘の上の教会の横にある墓地の、いちばん小さな墓石に刻まれた名前だった。まるであの子が片方の親のものでしかなかったみたいに。まるでそれが私たちふたりの不幸ではなく、私の不幸でもなく、ドウェインだけの不幸だったみたいに。

私たちはその話も決してしなかった。

何も言うべきことはなかった。そうして月日が経ち、あの子を思い出させるものは何もなくなった。あの子自身の名前すら残らなかった。ひとりのドウェイン・クリーヴスが生きて町を闊歩《かっぽ》し、人々はもうひとりのことを忘れてしまったようだった。会ったこともない、人によってはいまだに存在すら認めていないもうひとりのことを。

けれども今なら、私の赤ちゃんのことを思い出す人はいるかもしれない。今なら都合がいいから。丘の上の教会のお高くとまった老女がその話を持ち出すかもしれない。墓穴に土をかけながら、ふたりはようやくあの世で一緒になれたとかなんとか、陳腐な決まり文句を吐いてみせるかもしれない。

もしあの女がそんなことを言うなら、その言葉が喉に詰まればいいと思う。あの女がその言葉で窒息して、灰色になればいいと思う。私が腕に抱いたときのあの子のように。

それにどのみち、そんな言葉は嘘っぱちだ。あの子にはなんの罪もなかったから。あの子は何ひとつまちがったことはしなかったから。まちがえる以前に、何もせずに亡くなったから。あの子がどこへ行ったにせよ――きっと素敵な場所だと願っているけど――そこに私のような者のための居場所はないのだ。

その年は、私のカッパーフォールズでの最後の年になるはずだった。いい年だった。年々よくなっていた。父さんが町の外でおこなわれる州の解体プロジェクトで生じたスクラップを処理する契約を取りつけ、地元のハンターのためにシカの解体処理を代行するという実入りのいい副業を私にまわすようになったので、わが家の家計は突然それまでになく潤《うるお》いはじめた。その年、私たちはリス肉のシチューを食べなかった。一度か二度、好んで食べた以外は。私はあの味が好きになっていたのだと、いちおう言っておこう。そのころには湖畔の別荘の修繕も終わっていた。父さんは約束どおり、地元の相手にしか貸さなかった。テディ・リアドンはもう亡くなっていたけど、そんなことは関係ないと父さんは言った。約束は約束だ、と。

そして私自身も十七歳になり、ようやくひょろひょろの不恰好な少女から、それなりに均整の取れた若い女性らしく成長していた。高校卒業後の進路もすでに描いていた。まずはコミュニティ・カレッジに進学し、それから獣医の助手になる。ほんの何人かには訊かれれば教えていたけど、それだけじゃなかった。私にはひそかな野望があった。鼻で笑われたくなくて、誰にも打ち明けなかった野望が。修了資格を手にしたら、それきりこの町を出て、大きな街に移り住み、パートタイムで働いて自分で学費を払いながら、獣医の専門学校を卒業するのだ。時間はかかるだろうけど、そんなことは問題じゃなかった。カッパーフォールズに十七年もいたあとでは、どこか別の場所に住むのだと思うだけでぞくぞくした。ひどいことばかりだったわけじゃない。しばらくのあいだは、そう悪くはなかった。小さいときから私に嫌がらせばかりしていた子たちも、そのころにはもうやめていた。みんなが飽きたからというだけの理由で。全員が互いを長く知りすぎていた。今さら私をいじめても、もう満足は得られなくなっていた。彼らの悪口はとっくに弾切れしていたし、私も仕返しの言葉を使い果たしていた。残っていたのはかき集めるだけの価値もない、惰性のような生ぬるい軽蔑だけ。私たちは互いに干渉するのをやめた。外の通りや学校の廊下ですれちがっても、彼らの目は私を素通りするだけだった。まるで私が板でふさがれた窓か、ドアノブか、歩道の妙な染みにすぎないかのように。風景の一部にすぎないかのように。

だから信じられなかったのだ。ドウェインが私に目を留めたとき。私を選んだとき。幼なじみと一緒に成長するというのは、そういう意味で不思議なものだ。昔とはすっかり変わったところと、昔からちっとも変わらないところと。彼はその昔ラグスを殺し、廃品置き場の土を踏みしめて私に謝ったのと同じ少年でありながら、もう同じ少年ではなかった。あれからいちだんと背が伸び、肩幅が広くなり、茶色い髪が濃くなり、幼い少年の丸っこかった顔はがっしりした輪郭に変わりつつあった。笑うと歯のあいだに小さな隙間があるのが見えた。彼はよく笑った。そうしない理由がなかった。魅力的なティーンエイジャーがみんなそうであるように、自信満々で、自分は何をしても愛されるか許されるかのどちらかでしかないことを知っていた。あの廃品置き場での謝罪以来、私たちはろくに言葉を交わしていなかったけれど、ときおり彼の視線を感じることが増え、ついに私は気づいた。私たちが秘密を、彼が誰とも分かち合ったことのない特別な秘密を共有していることに。彼はラグスにしたことを誰にも話していないはずで、私はというと、話したくても相手がいなかった。彼のああいう側面に触れたことのある女子がほかに何人いるんだろうと思った。伏せた目、後悔をあらわにした顔。父親の声に身をすくませた様子。私の知るかぎり、彼はあのときのことを隠しつづけていた。いちばん親しい仲間からも。だから私を求めたのかもしれない。カッパーフォールズじゅうの女子の中で、よりにもよって私だけが彼の最悪の秘密を知り、守りつづけていたから。

ドウェイン・クリーヴスが恐れをなしたときの姿を、私だけが知っていたから。

高校三年目の終わりのことだった。ようやく夜もTシャツ一枚で過ごせるほど暖かくなり、夏に向けて町全体が明るいムードに包まれていた。ドウェインは高校の野球チームの先発投手として活躍し、人々の注目を集めはじめていた。誰かがライアン保安官のスピードガンを借りて測った彼の球速が時速百四十キロだとわかったとたん、噂はあっという間に広がった。六月になってリーグ戦のプレーオフが始まると、近隣の町からも彼を見るためだけに人が集まった。最後の試合を、ひとり脇のほうで坐って見ている男がいた。最初のイニングが終わるころには、その男はドウェインをシアトル・マリナーズにスカウトするためにはるばるワシントン州からやってきたのだと囁かれていた。もちろん、そんな話はでたらめだった。実際には、男はオロノの町にある州立大学から来ていて、オファーといってもスポーツ奨学金程度のものだった——それ自体ばかにできない話だったけれど、メジャーリーグのスカウトが来ているという思いこみはその場の空気に魔法をかけた。誰もがそれを感じていた。ドウェインも含め。そしてなんと、彼は大したショーをやってのけた。私もそこにいた。おそらく、町じゅうがそこにいたはずだ。たまたまカッパーフォールズを通りかかった人は、通りに人っ子ひとりおらず、どの家も閉ざされているのを見て、ゴーストタウンにでも来たのかと思ったことだろう。私たちは観客席から彼の投球を見守った。ストライクに次ぐストライク、三振に次ぐ三振。そのうち球審のコールも聞こえなくなった。キャッチャーのミットにボールがズドンとめりこむたびに、観客から熱狂的な歓声が沸き起こったから。みんな足を踏み鳴らし、わめき、もはや完全にいかれていた。ドウェインはマウンドに立ったまま笑みを浮かべ、剛速球を投げこんではバッターを空振りに打ち取っていた。五回の途中、人々がその言葉を低い声でそっと、呪文のようにつぶやくのが聞こえてきた――ノーヒット・ノーラン。

そして七回の頭に、ドウェインの投げたスプリットが落ちそこね、巨漢の左打者がボールをまともにとらえた。打球はライトに高く打ち上がった。誰もがあっと気勢を削がれ、歓声が途絶えたそのときだった。ドウェインが肩を落とし、振り返って私を見た。誰もが打球の軌道を目で追っていたその瞬間、私たちは見つめ合った。まだ陽が出ていて肌寒さはなかったにもかかわらず、私はぞくりと鳥肌が立つのを感じた。

それからカーソン・フレッチャーが――試合前のウォームアップ以来、彼が守っていたライトには一球も飛んできていなかった――外野に猛ダッシュして、フェンスの手前で跳び上がり、巨漢の左打者のあわやホームランと思われた打球を無事グラブに収めて、フェンスの向こうに転がりこんだのだった。そしてもしその瞬間、誰かがカッパーフォールズのメインストリートに立って、地平線の向こうに陽が沈みかけるのを眺めながら、みんなどこへ消えてしまったのかと首を傾げていたとしたら、球場からいっせいに沸き上がる歓声がその答えになったことだろう。

ドウェインは実際、その試合でノーヒット・ノーランを達成し、二度と私のほうを見なかった。試合が終わって彼がマウンドを降りたとき、すべてがあまりに現実離れしていて、夢を見ていたんじゃないかと思った。彼が私に向けた視線、ふたりのあいだを何かが駆け抜けたかのようなあの感覚。みんなが勝利を祝いにフィールドへ押し寄せるのを尻目に、私は自分の自転車まで戻って、埃っぽい八キロの帰路についた。

彼はあの同じ道で私に追いついた。私が汗ばんだ背中にシャツを張りつかせ、うなりながら坂をのぼっている途中で。四年前、私が道端にバックパックを放り捨て、追いかけてくる男子たちから逃げたのと同じ場所で。このとき、私は逃げなかった。うしろに迫るタイヤの音に振り返り、立ち止まった。彼のトラックが路肩に寄り、減速し、停まった。彼に手を取られ、木立の奥へ導かれながら、私は彼の首のうしろを見つめた。ユニフォームのシャツの襟ぐりの上で、豊かな髪が汗に濡れていた。目を閉じてキスするまえの最後の瞬間に私が見たのは、あのときと同じ狩猟小屋の屋根が崩れ落ち、壁が傾いてぬるぬるになり、ついに朽ち果てた姿だった。

私たちは森の中で逢瀬《おうせ》を重ねた。もっと寒くなると、彼のトラックの荷台に寝袋を敷いて――やがて冬が来ると、トラックの座席で。窓が曇り、私たちの体は汗と唾液とセックスにまみれ、車内はヒーターが全開で、ラジオが小さく流れていた。まわりはいつも無人だった。誰も私たちが一緒にいるのを見たことがなかった。誰も知らなかった。それも私たちが共有する、ふたりだけの秘密だった。少なくとも私は自分にそう言い聞かせていた。その年いちばん冷えこんだ夜ですら、彼はうちのまえじゃなく、道のはずれで私を降ろした。私は自分が求められているというスリルに酔いしれるあまり、ドウェインが同じようには見ていないことになかなか気づかなかった。私が胸をときめかせた秘密のロマンスが、彼にとっては誰にも知られるわけにはいかない負い目だったことに。彼にとって、私が隠しておくべき恥ずかしい存在だったことに。廃品置き場の娘。誰にも知られたくない秘密の関係。

それも長くは続かなかった。私がふたりのささやかな秘密を、隠しておけないほど大きくしてしまったから。といっても、嘘をついて彼をはめたわけじゃない。私はピルを服《の》んでいると彼に言った。実際そうしていた。隣の郡のクリニックまで車を走らせ、手に入れた錠剤のパックを自宅の靴下を入れている引き出しの奥に隠し、用法を守って服用していた。

なのに、そのうちやめてしまった。なぜかはわからない。していたことをやめて、それを誰にも言わずにいるのはあまりに簡単だった。それがどういう結果になりうるか、理解していなかったわけじゃない。私はみんなと同じように性教育を受けてきて、どういう仕組みかは完璧に知っていた。それは断言できる。ただ、人は何かを欲していると、知っていることなんてどうでもよくなるのだ。そして、私は心から欲していた。子供をではなく、認められることを。何度も何度も、凍えそうな夜に赤くなった鼻をすすりながら、股のあいだがまだひりひりするのを感じながら、暗闇をとぼとぼ歩いて帰るのを繰り返すうちに思ったのだ。私はただ彼に白昼堂々と私の隣に立って、〝はい、おれたちは付き合ってます〟と言ってほしかった。彼が私を気に入っているのはわかっていた。みんなに見えるところで、それを証明してほしかったのだ。

そんなふうに思ったのは、彼を愛しているからだと思っていた。でもそれは愛だけの問題じゃなかった。彼という概念の問題だった。私はいつの間にか、またごっこ遊びを始めていた。夜ごとトレーラーハウスに歩いて戻りながら、ひたすら感傷的でおめでたいおとぎ話の結末を心に描くようになっていた。なぜなら私がドウェインの彼女だったら、みんなが見直さざるをえなくなるからだ。私がゴミくずなんじゃなく、彼らがまちがっていて、私を不当に非難していたのだと認めざるをえなくなるからだ。私はドウェインのうしろめたい秘密だったけど、私にも秘密はあった。生まれてからずっと拒絶されてばかりいると、この世の何より欲するようになるのだ――そこから逃れるのではなく、迎え入れられることを。みんなに受け入れられ、彼らの特別なクラブに歓迎され、そこに自分だけの特別な席が用意されていることを。そして私は、末永く幸せな結末を夢見ていたか？　私たちふたりが小さな所帯を持ち、小さなレースのカーテンが掛かった小さな家で、可愛い奥さんが可愛い赤ちゃんを抱いて、旦那様に行ってらっしゃいのキスをして仕事に送り出すような生活を？　靄《もや》がけむる八月のバーベキューに家族で参加して、笑顔の同級生たちが私をハグし、ドウェインの背中を叩いて〝よくやったな〟と口々に言いながら、赤ちゃんをあやすような光景を？

もちろん私は夢見ていた。

救いようのない馬鹿だったから。

現実はこう。私は妊娠したとドウェインに告げ、彼の顔からさっと血の気が引くのを見て、自分がひどい過ちを犯したことに気づいた。靄がけむる八月の午後と小さなロンパース姿の赤ちゃんという幻想は凍りつき、一瞬で粉々に砕け散った。そして私が帰宅するころには、そのニュースは先まわりして家に届いていた。あのとき私を待っていた父さんの顔は忘れられない。

その晩、私たちはそれはもういろいろと言葉を交わした。そのいくつかについては、いまだに考えるのも耐えがたい。私は父さんにとって長年、いろんな存在でありつづけてきた――助け、驚き、責任。私が期待はずれになったのはこのときが初めてだった。父さんのやりきれなさそうな口調に、何を犠牲にしてもやり直したいと願わずにいられなかった——けど、何もなかったことにしてやり直すほうが最悪だった。私が中絶という言葉を口にしたとき、父さんは両手を伸ばし、そっと私の頰を包んで言ったのだった。

「リジーよ。おまえが生まれたときからずっと、父さんはおまえのためならなんだってするつもりだった。わかるか？　おまえのためなら殺しもしただろう。自分の命もくれてやっただろう。そんでもこれは……」父さんは口ごもり、唇を引き結んで、みずからを奮い立たせるように続けた。「これは見過ごせんよ。なんの罪もない命だ。だから、おまえが決めなさい。おれは止めん。止められたとしてもな。おまえのお腹にいる赤ん坊なんだから、おまえに決める権利がある。そんでも、なかったことにするのはまちがいだ。それくらいはおれにもわかる」

今でもときどき考えることがある。自分がそうしていた可能性について。父さんの言葉が重くのしかかっていても、私はその選択をしていたかもしれない。でも実際、そうはいかなかった。なぜならドウェインの家でも同じニュースが話し合われ、このときも牧師が牧師らしく主導したからだ。そして結局は、まるでそうなる運命だったかのように感じられた。まるで私たちが何年もまえから、荒っぽいドラマと性質《たち》の悪いユーモアを好むどこかの黒幕にお膳立てされた道をたどっていたみたいに。このときは夏ではなく早春で、私たちはもう子供ではなかったけれど、それ以外は前回とほぼ同じだった。牧師のセダンがわが家のまえで停まった。今回はドウェインが運転していた。彼は車から降りると、足元の土を踏みしめ、父親に言われたとおりの言葉を口にした。

「ちゃんと責任を取りたい」

私は胸のまえで自分を抱えるように腕を組んで、彼を見つめた。お腹が目立つようになるのはもっとあとのことだったけど。

「ほんとうに？」私は訊き返した。

彼は、あのときの少年は、視線を上げて私の目を見た。

「ああ」そう答えると、耳を澄まさなければ聞き取れないほど小さな声でこう言ったのだった。「結婚したいと思ってる」

彼は本気だったのかもしれない。わからない。ドウェインにもバーベキューや赤ちゃんについてのひそかな夢があったのかもしれない。あるいは、彼は自分のために敷かれた道を歩きたくなかっただけかもしれない。カッパーフォールズでは、彼は地元のヒーローだった。ノーヒット・ノーランを達成し、輝かしい将来を嘱望された人気者だった。州立大学では、ライバルの中に埋もれてしまったかもしれない。スポーツ奨学生であっても先発投手にすらなれなかったかもしれない。彼自身がそれを予感し、自分がもはや特別な存在でなくなることを恐れていたのかもしれない。けれども町の人々にしてみれば、ドウェインは人生を狂わされた英雄で、私は邪悪な卵巣を操って彼の将来をぶち壊した腹黒い悪女なのだった。

〝人生これからというときに〟人々はそんなふうに言ったものだ。実際彼らはそう言った。私たちの結婚式で。想像してみてほしい――自分がしずしずと教会の通路を歩いているときにそんなことを言われたら。まるで自分と結婚する男が、人生の盛りに癌《がん》で倒れたかのような言いざま。私はそのとき妊娠四カ月で、黄色いドレス姿でもお腹はまだそこまで目立ってはいなかった。だから赤ちゃんを失ったとき、なおさら悪く言われたのだ。町の人の中には、いまだに私がすべてをでっち上げたのだと思っている人もいる。最初から妊娠してなんかいなかったのだと。

でも私は妊娠していた。十一月のその日までずっと。その日は雨で寒かった。いつもより寒くて、私のお腹はバランスを崩すほど大きくなっていた。朝、玄関ドアを出たとき、自分の吐く息は見えたけど、足元の氷は見えなかった。私はその場で派手に転んだ。これがきっかけだったとあとで教えられた。この瞬間に胎盤が剝がれ、赤ちゃんが死にはじめたんだと。でも私は知らなかった。私は何も知らなかった。元どおり立ち上がり、痛みはあっても出血はなかったので、何も問題はないと思った。それから一週間後に、クリニックの看護師が赤ちゃんの心音を聴こうとしても、何も聞こえなかった。そうして私は麻酔をかけられた。処置が終わるまで。そのあいだ意識がなかったことをありがたく思い、そう思うことに罪悪感を覚えた。

そんなわけで、これが私の哀しい物語だ。もちろん、そのあともいろいろあったけれど、これといって代わりばえはしなかった。カッパーフォールズでのさらなる十年。その十年が私の余命だったわけ。そして、そんな私がなぜこの町にずっといたのかと不思議に思うなら、あなたは知らないのだ――十八で家のローンと夫と、もう存在しない赤ん坊のために母乳が漏れ出て痛みつづける乳房を抱えて生きるということがどんなものかを。家族を養えるだけの生活基盤を築いたこともないうちに、ふたりで檻《おり》に閉じこめられてしまった。思い描いていた暮らしとはちがうとしても、少なくともなじみのある暮らし、安全な暮らしだ。ここに落ち着くのもそう悪くはないと思うはずだ。実を言うと、ドウェインと私は一度も別れ話をしたことがなかった。赤ちゃんを失ったあとで一度もその話をしなかったように。私たちはふたりきりで大海の真ん中で溺《おぼ》れかけながら、同じ一片の粗末な木切れに必死でしがみついている遭難者のようだった。当然、手を離すことはいつでもできる。その瞬間に海の底へ沈んでいくだろう。でも、彼が離そうとしないなら、自分が先に離す？

もしかしたら、私は離したくなかったのかもしれない。まだ彼を愛していたのかもしれない。あのころ、私はドゥェインがもう一度子供を授かることを望んでいるんじゃないかと思いすらした。人々は私が彼をはめたのだと思っていたけれど、ドゥェインがふたりの生活や私について気に入っていることはたくさんあった――実際、どんな男でも気に入ったかもしれない。特異な育ち方をした私は、不充分なものを最大限に活かすすべを身につけていたから。私は賢いお金の使い方を知っていた。シカを狩って解体する方法を知っていた。安い中古の家具であふれ返った家を、実際より価値のある物件に見せるやり方を知っていた。自分のことを自分でできない男を世話する方法を知っていた。ドゥェインが事故に遭ったとき、足全体を切断せずにすむよう医師たちを説得したのは私だった。労災の補償が下りたとき、ダグ・ブウォートの事業を格安で買い取る交渉をしたのも私だった。鎮痛薬《オキシコンチン》が切れ、足の指の断端の痛みに夫がベッドの上で汗だくになって叫びながらのたうちまわっていたとき、私は痛みを止める方法を見出した――それが自分の最愛の仕事を失うことを意味していても。それが不幸の先送りにすぎないとわかっていても。私は愛し、敬い、いたわり、守り抜くことを誓ったのだから。そして父さんが言ったように、約束は約束だった。

そうして日々は過ぎた。そうして十年が経った。とはいえ、あなたが想像しているだろうほどに哀れな生活だったわけじゃない。あれだけのことがあっても、私は幸せに生きる手立てを見つけていた。最終的にはコミュニティ・カレッジに通い、望んだ修了資格は得られなくても、いくつか授業を履修することができた。そのあと動物病院でパートタイムの仕事をした。馘《くび》になるまで。未知の可能性を秘めた湖畔の別荘も所有していた。そして私は父さんとちがって、テディ・リアドンやカッパーフォールズの偏狭でくだらないしきたりへの忠義など、かけらも持ち合わせていなかった。いまだに陰でこそこそと、ときには町で通りすぎざまに、私を〝あばずれ〟だの〝ゴミくず〟だのと呼ぶ人々への忠義など。恥知らずな廃品置き場の娘であるということは、地元の掟《おきて》を破ろうが失うものは何もないということだ――そして、よそ者に別荘を貸したがらなかったドウェインも、転がりこんできた金を目にしたとたん、ぴたりと文句を言わなくなった。

私にも人生があった。それはわかってほしい。大した人生じゃなかったかもしれないけど、私だけの人生だった。もし選択の余地があったなら、私はあのまま生きつづけただろう。

第十六章　都会

エイドリアンは料理が苦手で、食料棚の中身はスパイス類と乾燥パスタ、スープ缶数個を除けば、ほとんどからっぽだった。が、ワインラックの中身はと言えば、こちらはぎっしり詰まっていた。彼女はろくにラベルを見ることなくボトルを一本取り出し、コルク抜きを探そうと引き出しをふたつ漁ってから、そのボトルがコルクではなくキャップを開けるタイプだと気づいた。それもまた、ふたりの落ちぶれようを表しているように思えた。

彼女の名声とイーサンの成功の絶頂期に、エイドリアンはイビサ島でパパラッチに写真を撮られたことがあった。赤いビキニを着て、さるアカデミー賞俳優の所有するヨットの甲板でキンキンに冷えたジンを飲んでいる姿を。今この瞬間からはかけ離れた光景だった。特権階級のクソ女が自宅でひとり、スクリューキャップのシラーズを飲みながら、警察が訪ねてくるのを待っている。そのあいだ、旦那のほうは郊外のどこかの安モーテルで縮こまっている。彼女を憎悪する人々が今の姿を見たら大喜びするにちがいなく、彼女はほとんどそれを望んでいた。入念につくりこまれてきたイメージを一本の動画で吹っ飛ばせたらどんなに愉快だろう――アングルなどおかまいなしで、美化するフィルターもなしで、十秒かけてボトルワインをぐびぐびとラッパ飲みし、最後にカメラに向かってげっぷしてみせるのだ。おまけにそれを便座に坐ってやってのけたらどうだろう。〝これで文句あっか、ブスども？〟

でもそうしたら、何かがおかしいことに誰もが気づくだろう。

彼女はかわりにグラスに手を伸ばした。

ワインは赤というより紫だった。グラスを唇に持ち上げながら、深々と息を吸いこんだ。黒い果実の芳醇《ほうじゅん》な香りが鼻孔に広がった。晩夏の太陽の下でたわわに実り、触れると指が果汁で染まるほど熟れて温かくなったブラックベリーの香り。それからワインが舌の上を転がり、胃に収まった。味はブラックベリーとは似ても似つかず、なじみがなかったが、最初のひと口でこめかみの緊張が解けていく感覚に、ほっとくつろぎを覚えた。ワインをなみなみと注ぎ足すと、大きな窓に歩み寄って窓際に腰かけ、ガラスに額を押しつけた。何か食べたほうがいいことはわかっていた。食べているあいだ、ボトルをまる一本飲み干したい衝動を抑えるべきであることも。警察が来たときに酔っぱらっているようではいけない。とはいえ、酔ってはいないがしらふでもない、ちょうど中間くらい――ならいいかもしれない。そう思い、もうひと口飲んだ。金持ちクソ女が火曜日の夜に超高級デザイナーズ住宅でひとり、ほろ酔い加減でくだらないリアリティ番組を観ている。不愉快なステレオタイプに寄せれば寄せるほど、その表面下にある不穏な真相は見抜かれにくくなる。よし、飲もう。

でもそのまえに、考えなければ。彼女は通りを挟んだ向かいの家のほの暗いファサードを眺めた。建物の一角に蔦《つた》が生い茂り、正面まで這っていた。煉瓦《れんが》をつかむ不気味な指のような蔓、街灯に照らされて黒光りする葉。長方形の窓はぼんやりと明るく、カーテンが掛かっていた。エイドリアンのような隣人にのぞかれないように、あるいは彼ら自身が誰にも見られることなく外をのぞけるように。そう思ったとたん、自分が今まさに――明るく照らされたテラリウムの中の動物のように――外から丸見えだと気づいてぞっとした。通りの向かいの家から、誰かこっちを見ている？　今、ちらりと動いた？　カーテンの隙間から姿の見えない誰かが外をのぞいた拍子に、明かりがひとすじ漏れたのだろうか？

夫は今日の日中、家で留守番しながら誰にも見られないよう隠れていたと言い張った。彼女はその言葉を信じたが――捕まりたくない気持ちはふたりとも同じなのだから――それでも、夫には用心するよう念を押さなければならないだろう。特に夜は。タイミング悪く窓に近づきすぎたり、不用意に明かりを点けっぱなしにしたりしないように。誰が外に潜んで見張っているかもわからないのだ。たまたま下を通りかかった人に見られてもおかしくない。こんなふうに窓際で坐っていれば、確実に見られているはず。自分は外からどう見えているのだろう。ただの人影――グラスを手にした女のシルエット？　下の通りを歩いている人に、目や口元の動きまで見えるものだろうか？

グラスを持ち上げ、またひと口飲み、思わずむせそうになった。車が一台、角を曲がってゆっくりと通りを進んできた。ボストン市警のパトカーだ。青と白の車体。回転灯が点いていなくてもわかる。彼女はじっと動きを止め、車が家のまえを通り過ぎると、安堵のため息をついた。車はそのまま走り去るかと思われた――が、去らなかった。ワイングラスのステムを握る手に力が入り、呼吸が浅くなり、心臓が早鐘を打ちはじめた。車はターンして引き返してきたかと思うと、隣の家のまえの路肩に停まった。彼女は立ち上がってもっとよく見える別の窓まで移動したい衝動をこらえた。まだ時間はあると思っていたが、まちがいなく今がそのときだ。車のドアが開いて、警官が姿を現し、それからすぐにドアがノックされるだろう。考えたり計画を練ったりしている暇はない。さあ、嘘をつく時間よ。

車は街路樹の下に駐まっており、陰になって見えなかった。運転席に坐っている男――長身の女かもしれない――の影は見えたが、ほかは何もわからなかった。彼女は待った。

何かが動く気配、あるいは車のドアの音、警官のバッジの閃《ひらめ》きを。三十秒が過ぎた。一分。それから、何かがちらりと動き、車内にやわらかな光が灯った。車の中の男がポケットから携帯電話を取り出したのだ。

彼女は歯を食いしばった。早く終わってほしかった。あの警官はあそこでただじっとしているつもりだろうか？　見ているだけ？　待っているだけ？　何を？

逮捕状とか。頭の中で答えが飛び出し、たちまち全身に鳥肌が広がった。良心の呵責《かしゃく》から生まれた被害妄想にすぎない——でも、もしそうでなかったら？　もし警察がすでに容疑を固め、家宅捜索に向けて令状を申請済みで、承認されるに足る充分な証拠を手にしていたら……

「くそ」彼女は声に出してつぶやいた。すでに一度、家の中をざっと掃除し、ベッドを整え、目につく部分をチェックして、夫の昨夜からの痕跡が見当たらないことに満足していたが、もし警察が大挙して家じゅうを調べることになったら、何が見つかるかわからない。最悪を想定して、残された時間にできることをするしかない。

無理やりワインをもう何口か飲んだ——ゆっくりと、合間にたっぷり間《ま》を取って、インスタグラム上の見知らぬ人々の写真をスクロールしながら。もしあのパトカーの中にいる男がこっちを見ているなら、その目に映っているのは、暇を持てあましてひたすら携帯電話をいじっている主婦だ。画面をスクロールし、タップし、またスクロールする親指のすばやい動きまで見えるかもしれない。親指が触れた下で小さなハートが咲いたが、画像はぼやけていた。舌の上のワインの味もしなくなっていた。集中力が内に向かい、切迫感と今やすべてが自分にかかっているという思いによって研ぎ澄まされていた。この感覚には覚えがあった。恐怖と高揚と覚悟の混ざり合った強い感情。すでに肚は決まっていた。なんとしてもやるべきことをやるまでだと。自分のものを守るために。夫を。自分の将来を。自分の人生を。これまでもずっと抜け目なく立ちまわってきたが、この二十四時間でさらに深く、暗く、激しい側面が頭をもたげていた。自分の中にもうひとりの女がいた。鋼《はがね》の神経と鋭い牙《きば》を持ち、ここぞという場面で現れて主導権を握る女が。ずる賢く残忍で、注意深く几帳面《きちょうめん》で、生き延びるためならどんなことでも――どんな手を使っても――やってのける覚悟のある女が。それこそは昨夜自分を導き、耳に囁きかけた女だった。引き金を引く瞬間に。

ナイフを振るったときに。

ずたずたの肉塊と軟骨を生ゴミ処理機に投げこみ、スイッチを肘で慎重に点けて消したときに。

そのあとトイレに駆けこんで嘔吐《おうと》したとき、血を踏まないように気をつけてと忠告したのも、第二の自分の冷酷で狡猾な声だった。

画面の上の親指の動きが止まった。昨夜の記憶、寝室からキッチンまでぽたぽたと続く血の痕をよけながら裸足で駆け戻ったときの記憶は薄れ、もっと新しい記憶に塗り替わっていた。そこに重要な事実が埋もれている気がした。昼前の陽の光が窓からぎらぎらと降り注ぐなか、廊下に姿を現した夫。刈ったばかりの短い髪、ひげを剃った顔にくっついていたトイレットペーパーのかす。あのときの夫の言葉がよみがえり、すぐにはっと思い当たった。

〝顔を切っちまった〟彼はそう言っていた。〝当分は血が止まらない〟

バスルームのくずかごに捨てられた血だらけのトイレットペーパーのかす、シンクに剃り落とされたひげ。見過ごしていたのはそれだ。今すぐ対処しなければならないのは。だったらバスルームから始めよう。流せるものは流して、流せないものはキッチンのゴミの中に埋めるのだ。今朝のコーヒーの出し殻の下に――と、また別の光景が脳裏をよぎった。シンクの中にふたつ並んで置かれた、コーヒーを飲んだあとのマグカップ。自分の分はそのままでいいが、夫が使ったほうは洗って片づけなければならない。昨夜眠ったときのシーツも替えたほうがいいだろう、念のために。夫が触れた可能性のある家具の表面も磨いておこう。目に見える夫の痕跡はすべて消してしまおう。今日一日の苦闘の跡も、昨夜の恐怖の名残《なごり》も。あとに残るのは、自分の記憶の中の痕跡だけ。ほかにも残るところはあるけど。頭の中の声が意地悪くつぶやき、彼女は思わず胸に手をやった。その手をこぶしに固め、手のひらに爪が食いこむほど強く握りしめた。その部分についてはほとんど忘れかけていた。忘れようと努めていたので、それがほぼ達成されかけていたことに気づいて驚いた。あのとき出血はあったが、微々たるものだった。もはや痛みもしない。じきに治るだろう。かさぶたができ、傷痕になり、いずれはそれすらも残らなくなるだろう。最初から何も起こらなかったかのように。

　体が忘れてしまえば、自分も忘れられるかもしれない。

ちらりと時計を見て、忘れていたのは痛みだけではないと気づいた。もうすぐ午後八時だ。朝から口にしたものといえば、甘すぎるパンプキンスパイスラテだけだった。もうお腹がすいていなければおかしい。また携帯電話をタップし、デリバリーアプリ〈グラブハブ〉を開いて、注文履歴を見た。最後に注文したのは一週間前だった。〈陰《イン》〉という日本料理の店。前回と同じものを注文しますかとアプリにうながされ、メニューがなんだったかを確かめもせず〈再注文〉をタップした。こうやって何も考えずに決められることもある。そうして届いたものを食べるのだ。見せかけのルーティーンを守るためだけにでも。またひとつ嘘をつかなくてすむ。〝今日？〟戸惑うように目を見開き、小首を傾げてそう訊き返す自分の姿が想像できた。子供時代に身についたエイドリアンの軽い南部なまりは、大人になっても無邪気なふりをしてとぼけるときにたびたび発動された。〝今日は美容院に行って、ファイナンシャル・アドバイザーに会って、コーヒーショップに寄って、夜はテイクアウトを注文して、テレビを観て。いつもどおりの一日でした。いいえ、まさか、イーサンはいません。ええ、私ひとりです――もちろん、ひと晩じゅうずっと。デリバリーの人が私を見たはずよ――訊いてみてくださいな。それで全部、お巡りさん？〟

彼女はグラスを唇まで持っていき、ワインの残りをひと息に飲み干した。外の通りは静かだった。通りの向かいの建物で、カーテンに閉ざされた三階の窓がぱっと明るくなった。隣人たちが夜のくつろぎの時間を迎えているのだろう。市警のパトカーはさっきの場所から動かず、明かりを消したまま待っている。ひょっとしたら警察が来ているのはただの偶然で、自分のためではないのかもしれない。あるいは彼は待っているのかもしれない。逮捕状を……あるいは仲間を。そのとき初めて、カッパーフォールズからも捜査のために人員が送りこまれるのではないかという考えが浮かび、一気に恐怖が全身を駆けめぐった。リジー・ウーレットとドウェイン・クリーヴスを知っていた男たち、ふたりの幼なじみの連中に面と向き合い、しらを切りとおせるだろうか？

すると内なる生存者の声が答えた――〝ええ、できる。あなたにはできる。なぜなら、そうする以外にないから。あなたは自分でもそう信じこむまで嘘をつきつづけるしかないの。必要とあらば。この選択をしたのはあなたなんだから。これからずっとそれを抱えて生きていくのよ〟。

そして、その声に反論している時間はなかった。迅速に動かなければならない。それだけでなく、依然としてもうひとつの問題もあった。ずっと意図していたことが。夫に見つかる心配をせずにそれを実行できる機会はもうないかもしれない。イーサンの金庫の中身を確かめるときはひとりでなければ。彼の書斎のデスクのうしろの壁に造りつけられた金庫。暗証番号はふたりの結婚式の日付だ、もちろん。ふたりとも憶えていられるように。もっとも、イーサンがその場にいるときしかエイドリアンは開けてはならないことになっていたけれど。でも今となっては、のぞきなど罪のうちに入らない。自分は中を見る権利を得たのだ。すべてを知る権利を。そうでしょ？　ああ、そのためにどれほどの罪を犯さなければならなかったか。

あのおびただしい血。

彼女は立ち上がり、磨き上げられた床をぺたぺたと裸足で歩いて部屋を出た。途中でカウンターのボトルの横にワイングラスを置き、ポケットに携帯電話をしまった。イーサンの書斎に窓はない。外から見ている人間は、窓辺の女が奥に引っこんだだけだと思うだろう。誰もいないキッチンの明かりを点けっぱなしにして、明らかにひとりで家にいると思うだろう。

実際、パトカーの中の警官は家を監視しているとはいえ、ろくに見てはいなかった。彼はほんのいっとき窓に目をやってから、またラジオに注意を戻した。アメリカンリーグ地区シリーズの第四戦が始まるところだった。すでにレッドソックスがヤンキース相手に二勝一敗しており、これからバッキー・デントが始球式で投球しようとしていた。ニューヨークの大観衆が沸いた。ボストンの警官はちらりと時計を見た。今夜ソックスが勝ちを確定させたら、ボストンじゅうが狂乱の渦となり、彼は路上で寒さに震えながら、朝の三時まで治安紊乱《びんらん》を取り締まる破目になるだろう――が、それもこんな街いちばんの高級住宅地で、別の州のお巡りのために張りこみと称して何も起こらないのをただじっと眺めているよりはましなはずだった。

家の中で、エイドリアンの携帯電話が震動した。レストランは注文が混み合っていて、通常より時間がかかってしまうが、四十分以内にお届けするとのことだった。これがほかの夜なら、そんなに待たせるなんてとエイドリアンは怒っただろうが、これは天からのお告げのように感じられた。ぐずぐずしないでやりなさいと背中を押してくれているように。彼女は深呼吸をした。大丈夫。自分にそう言い聞かせた。覚悟を決めた女が四十分でどれだけのことを成しえるか、いつになく理解していた。ひそやかに家の中を横切り、真っ暗なドア口に向かった。部屋に入って明かりを点け、金庫のまえに膝をついてしゃがんだ。キーパッドが緑色に光り、暗証番号の入力をうながした。彼女はためらわなかった。

ドアが開くと、彼女は両眉を吊り上げた。口の両端も。

「まあ」そうして、南部人特有のゆったりと間延びした口調でつぶやいた。「これはこれは、驚いた」

第十七章　都会

午後十時半

バードはレッドソックスのラジオ放送を指標にしながら南へ車を走らせた。郡境を越え、州境を越えるたびに、ヤンキー・スタジアムの観客の大歓声はそのつど雑音にまぎれて聞こえなくなった。目的地が近づいていることをGPSの表示に教えられなくても、市の境界に近づくにつれ、ボストンのラジオ局〈WEEI〉から実況のジョー・カスティリオーネの声がはっきり聞こえてくるようになったことでわかっただろう。七回の表、レッドソックスが三点のリードを保っているときに、彼はイーサンとエイドリアンのリチャーズ夫妻が住むビーコンヒルの閑静な通りに車を進めた。通り沿いの街路樹の下にボストン市警のパトカーが一台駐まっているのを見て、バードは小さく呪いの言葉を吐いた。もしリチャーズ夫妻が家にいて、少しでも周囲に目を配っていれば、自分たちが見張られていることにとっくに気づいているだろう。彼は青と白のパトカーのいくらか先のほうに自分のパトカーを駐めて車を降り、歩いて引き返すと、バッジを掲げ、市警の車の助手席側の窓を叩いた。窓が開いたタイミングで、ちょうどバットの打球音が聞こえた――三百キロの彼方でザンダー・ボガーツがショートゴロでアウトになり、ボストンのリードを余裕の四点に広げたかもしれない走者は残塁に終わった。

「こんばんは」バードは言った。

運転席の警官は右手を差し出した。「マレーです」

「イアン・バードだ。ご協力に感謝する」

マレーは腕時計に目をやった。「余裕ですよ。思ったより早かったな」

「何か動きは？」バードは尋ねた。

「特に何も。女はまだ起きてます。何度か窓際を行ったり来たりしてるのが見えました」

「ほかに見かけた人物は？」

「たとえば散弾銃を抱えて足を引きずってる、身長百八十超えでひげ面のメイン男とか？」マレーはそう言うと、にやりと笑ってみせた。「いいや、容疑者は見てません。犬を連れて通り過ぎたのがふたり。十七番地の女を訪ねたのがひとり。飲食店の配達員ですね。二時間くらいまえだったな。ジャパニーズっぽかった」

「配達員が？　それとも料理が？」バードが訊くと、マレーはまたにやりと笑った。

「両方。袋のサイズからして、夕食は一人前。ああいう金持ちの女は全然食わないですからね。クソちっせえ鳥《ファッキン・バーズ》かよってくらい」彼はなまった口調でその言葉を強調した。ふぁっきん・ばあーず。バードは笑いをこらえた。

「なるほど、了解。ほかには？」

「着いてすぐブロックをひとまわりして家の裏側をチェックしたんですけど、特に異状はなさそうでした。このあたりの家の仕組みを知ってます？　通りの裏にも路地があって、裏口から出入りできるようになってるんですよ。十七番地は裏に小さなパティオがあって、そこに車を駐めてます。たしか、メルセデスを捜してるんですよね？」

　バードはうなずいた。「GLEだ」

　マレーは馬鹿笑いして言った。「アホ金持ちのクソたっけえ車《ファッキン・カー》」バードはまたもそのなまりに笑みを漏らした。ふぁっきん・かあー。「係員付きの駐車場を使ってる連中もいるけど、ここは裏にレクサスが駐まってて、その隣が一台分空いてるんで、そこがメルセデス用のスペースじゃないですかね。侵入やなんかの形跡はなし。旦那の気配もなしです」マレーが渋面《じゅうめん》をつくって言い、バードはふと思った。この男にもイーサン・リチャーズを嫌うだけの理由があるのだろうか。

「それならいい」バードは言った。「助かったよ、マレー」

マレーはうなずいた。「お安いご用です」そう言うと、パトカーのギアを入れてから一瞬動きを止め、舌打ちしてから尋ねた。「〝それならいい〟って言いましたよね。あの女の旦那のことで来たわけじゃないんですか？」

バードはにやりと笑って答えた。「あの女の彼氏のことで来たんだ」すると、マレーは吠えるように満足げな笑い声をあげた。

「そいつは贅沢な話で」彼は言った。「それじゃ、おれはもう張ってなくていいんですね？」

「ああ」

マレーはうなずき、ラジオを示して言った。「なら、おれはテレビを観にいきますよ。ソックスが勝ってアーロン・ジャッジがめそめそ泣きだす瞬間に間に合うように」そう言って笑った。バードは満面の笑みで敬礼の真似をしてみせると、マレーが車を出して通りの先で角を曲がるまで見送った。風で街路樹がざわめいた。歩道に落ちた枯葉がかさこそと縁石を横切って通りに飛び出し、追いかけっこを始めた。あたりの豪邸は外壁の隅に蔦が這い、玄関前に石段が並び、高性能の防犯システムの配線を隠すように、窓の外の植木箱に菊の花が植えられていた。バードは通りを渡りながら、明かりの灯った十七番地の窓を見上げ、息を呑んだ。エイドリアン・リチャーズが窓際に立ち、暗いシルエットとなって彼を見下ろしていた。

バードが手を振るべきかどうか迷っているうちに、彼女は背を向けた。一瞬、彼女がずっと自分を見ていたのではないか、待っていたのではないかという疑念に襲われた。自分がノックするまえに玄関ドアが開いて、彼女が姿を現すのではないかとすら思った。が、通りを渡り終えても、窓の向こうにはそれ以上の動きはなかった。こちらの訪問を予期して解錠されることもなかった。彼は十七番地の家の石段をのぼり、呼び鈴を指で押した。

ここまでの道中、獣医のジョナサン・ハーリーと電話で話し、リジー・ウーレットのささやかな〝夢〟のアルバムの元ネタに気づいたあと、メインからニューハンプシャーの州境を越えるころには、バードはエイドリアン・リチャーズへの重度の嫌悪感を募らせていた。そうして、彼女の家の玄関先に着くころには心に決めていた。これから会う女は、悪辣な詐欺師の夫以上にとは言わないまでも同程度には性悪で、ドウェイン・クリーヴスとの不埒《ふらち》な関係については最大限に灸《きゅう》を据えてやらねばならないと——だからドアが開いたとき、彼はすぐに謝りはじめた自分を呪いたくなった。

「エイドリアン・リチャーズ？」彼の問いに女はドアの隙間から顔をのぞかせ、目を見開いてうなずいた。「夜分遅くに申し訳ありません。刑事のバードと申します。メイン州警察の者です」

彼が身分証を掲げてみせると、ドアがさらに開き、バードは彼のバッジを見つめるエイドリアンを見つめた。じかに見る彼女は美人ではあったが、彼の想像した雰囲気とはちがっていた。写真で見たりニュースで読んだりした、唇を突き出しポーズを取って注目を集めたがる金持ちクソ女の面影はなく、目のまえにいる生身のエイドリアン・リチャーズは無防備で不安げな顔をしていた。口元に鋭さはなく、彼と目が合うと、印象的な淡いブルーの目がさらに大きくなった。

「州警察のかた?」彼女は唇を噛んで尋ねた。「なぜ?」

「いくつかお訊きしたいことがあります。中でお話ししても?」

エイドリアンはためらい、それからドアを大きく開けて脇にどいた。バードが家の中に足を踏み入れると、彼女のあとに軽やかなシトラス系の芳香がふわりと漂った。その朝あったこと——血まみれのベッドカバーを剝ぎ取られたリジー・ウーレットの遺体と、飢えて怒れる蠅の大群——が不意にはるか遠い出来事のように感じられた。

「今夜どなたかいらっしゃる予定でも?」彼は尋ねた。

エイドリアンはしっかりとドアを閉め、怪訝そうに彼を見た。「どうしてそんなことを聞くの?」

「あなたが窓辺にいるのが見えたので。誰かを待ってらっしゃるのかと思いまして」

「私はただ……坐っていただけよ。眺めがいいから」彼女は言った。背後の短い階段を振り返り、ついてくるよう手招きをした。「この階上《うえ》で話しましょう」

バードは階段をのぼる彼女のうしろ姿を観察した。服装（裸足、シルク地と思われるスウェットパンツ、巧みにダメージ加工され袖があらかじめほつれたおそらく千ドルくらいするグレーのセーター）、髪（ジェニファー・ウェルストゥッドが〝ローズゴールド〟と呼んでいたあのおかしなピンクがかった赤茶色に染められ、頭の上でねじり上げられている）、姿勢（緊張しているが、ひとりで在宅中に思いがけず警察の訪問を受けた女にはよくあることだ）。踊り場の角の壁に写真が一枚掛かっていた。エイドリアンとイーサンが薄桃色の空の下、見晴らしのいいテラスでポーズを取っていた。ふたりの背後の丘には白壁の建物の海が広がり、そのすぐ向こうに本物の真っ青な海が水平線まで果てしなく広がっていた。彼女はブロンドで陽に灼《や》けた姿で微笑んでおり、夫は彼女の頭のてっぺんにキスしていた。

「いい写真ですね。ギリシャですか？」

エイドリアンは振り向いて身を乗り出し、目を細めた。「ええ……」緩慢な口ぶりだった。「ギリシャの島です。ハネムーンで行ったんです」

「きれいな場所だ」

「夫はここにはいません」エイドリアンは唐突にそう言うと、最後の三段をのぼって二階から振り返り、まだ踊り場にいるバードを見下ろした。腕を組み、重心を移し替えて続けた。「これはどういったお話なんでしょう？」

「では、おひとりで家に？」

「たった今そう言ったでしょう」彼女は言った。「夫はここにはいません。ですから、これがどういった話であれ――」

「実はですね」バードは相手の言葉をさえぎって言った。「あなたのほうにお話をうかがいたかったんです。ご主人より先にお話しするべきだと思いまして」そう言うと、自分も階段をのぼり、また周囲を見まわした。階段をのぼりきった先に居間が広がっていた。幅の広いユニット式のソファとふかふかの肘掛け椅子が置かれ、消音モードになった大きな壁掛けテレビから映像だけが流れていた。居間の向こうにキッチンがあった――少しまえまでエイドリアンがその手前に立っていた大きな出窓が見え、カウンターの上の飲みかけのワインボトルの隣に、赤い液体が半分入ったグラスが置かれていた。

「あなたのですか？」バードはワインを指して尋ねた。

「ええ」エイドリアンの礼儀正しい返事の裏には苛立ちが隠れているようだった。「ですから、ここには私しかいないんです。嘘だと思うなら、どうぞ家の中を捜してください」

バードはかわりにソファに腰を下ろして尋ねた。

「ワインをお飲みにならなくていいんですか？」エイドリアンが首を振り、彼は肩をすくめた。「では、どうぞお掛けください」

エイドリアンはやれやれといった様子で部屋の反対側へ移動し、通り過ぎざまにソファの肘掛けからリモコンを拾い上げた。テレビの画面が真っ暗になった。彼女は肘掛け椅子に坐ると、膝を抱えて胸に引き寄せ、それから思い直したように片方の脚を降ろし、もう一方の脚の上に交差させた。バードは相手の居心地の悪さが落ち着くまで待った。彼女がそわそわしなくなったのを見計らって、まえに身を乗り出した。

「ミセス・リチャーズ、昨夜はどこにいましたか？」

エイドリアンは瞬きをした。「私？　家にいましたけど」

「おひとりで？」

「そうです。刑事さん、これはいったい――」

「最後にドウェイン・クリーヴスとお話しされたのはいつです？」バードはすぐにやり返した。注意して見ていなければ、その名前を聞いた彼女の両手が膝の上でかすかに震え、一瞬の感情――怒り？　恐れ？――に眉がぴくりと寄るのを見逃していただろう。彼女はすぐに落ち着きを取り戻し、淡いブルーの目をさらに見開いた。

「ドウェインって……カッパーフォールズの？　あの――便利屋の？　いったいどういうこと――」

この女は嘘をつこうとしている。バードはそれ以上何も言わせず、追い討ちをかけた。

「ミセス・リチャーズ、あなたとドウェイン・クリーヴスが不倫関係にあったことはわかっています」

今度は注意深く反応を見守る必要はなかった。エイドリアン・リチャーズの口が開き、顔が真っ青になった。こわばった両手が鉤爪《かぎづめ》となって膝に食いこんだ。

「あなたはご存じだと……ドウェインと……」――彼女は息を吸って吐き、ごくりと唾を呑んだ――「私のことを。私たちのことを」バードはうなずいた。エイドリアンはのろのろと首を振り、床を見つめた。長い沈黙が流れた。ふたたび口を開いたとき、彼女はバードの足元のカーペットに視線を据えたままだった。

「誰から聞いたの？」彼女は小さな声で尋ねた。

「ジェイク・カッターという男から。彼をご存じで？」エイドリアンはまた首を振った。いいえ。その表情は読めなかった。バードは唇を引き結んだ。「ドウェインがあなたの写真を撮っていたことはご存じですか？　その、あー、いかがわしい行為の最中の写真を？」

「信じられない」彼女は両手で頭を抱えた。その狼狽《ろうばい》ぶりを平然と眺めながら、バードは思った。この女は誰にも知られていないと思っていたのだ。彼女は長々と息を吸って吐き、ようやく顔を上げて彼と目を合わせた。「写真を見たんですか？」

「いいえ」バードは言った。「ジェイク・カッターが見ました。ほかにも見た人はいるかもしれません。私の受けた印象では、ドゥウェインは秘密を守りたかったというより、自慢したかったようです」

彼女は唇をぎゅっと閉ざすと、にわかに立ち上がって彼のまえを通り、キッチンへ向かった。バードはとっさに腰に手をやり、頭をめぐらした。

「奥さん、何を……ああ」彼が見守っていると、彼女はカウンターの上のワイングラスを手に取り、ひと息に中身を飲み干した。それからすぐにおかわりを注いだ。室内は静かだった。ボトルがグラスの縁にカチンと当たる音と、エイドリアンの呼吸音だけが聞こえていた。泣きそうになるのをこらえているような、浅く不安定な息づかい。彼女はグラスを手に戻ってきたが、飲まずに下に置いて言った。

「私には何を言えばいいかわかりません」

「ご主人は知っているんですか？」

エイドリアンは激しく首を振った。「いいえ、まさか」

「最後にドゥェインに会ったのはいつです?」

「それは……わかりません。六週間前?」

「カッパーフォールズで?」彼女はうなずいた。「この家ではなく? 彼をここに連れてきたことは?」

すると彼女はぴしゃりと言い返した。「あるわけがないわ」失礼な問いに憤然としてみせるだけの図太さはあるようだった。

「ご主人はどうです? 彼はドゥェインと付き合いがあったんですか? 接触があった?」

エイドリアンの声が甲高くなった。「いいえ! イーサンが誰と親しいかなんて知らないけど、いったいなぜそんな——どうして私が——」

「ドゥェインの奥さんはどうです? 彼女とは最近話をしましたか?」

「リジーと?」彼女の目は怒りに満ち、膝の上の両手はねじれていた。「それがなんの関係があるの? ああ、まさか、彼女も知ってるの? 私にはわけがわからない。どうしてそんなことばかり訊いてくるの? どうしてここに来たの?!」

バードはその問いに答えずにおいた。この女が何かを隠している気がしてならなかったが、それはかすかな違和感でしかなかった。宙に漂う彼女の香水の匂い程度の。彼女が浮気の事実を隠そうとしたとき以外、明らかに嘘だとわかるような答えはこれといってなかった――それに、相手は単に恥ずかしさから曖昧な態度を取っているのかもしれなかった。浮気を指摘されたときのショックと狼狽ぶりは演技には見えなかったからだ。写真を撮られていたと知ったときのあの反応は本物だった。今ですら、彼女はいつ泣きだしてもおかしくなさそうに見えた。

そんな彼の考えを裏づけるかのように、エイドリアンはすんと鼻をすすり、高価なセーターの袖で鼻を拭った。バードは顔をしかめた。すでにこれほど打撃を受けているのだ。このあとさらなる事実を告げれば、彼女は大泣きするかもしれなかった。

「ミセス・リチャーズ、リジー・ウーレットは亡くなりました」

彼女は息を呑んだ。「なんですって？ いつ？ どうして？」

「それはまだ調べている途中ですが、彼女は今朝、湖畔の別荘で発見されました。銃で撃たれたようです」彼はあえて間《ま》をおいた。「そして、ドウェイン・クリーヴスは行方不明です」

「行方不明」彼女は繰り返し、胸を手で押さえた。「なんてこと。じゃあ、それが理由で――でもまさか、私が関わってると思われてるわけじゃ――だって、私はリジーのことはほとんど知らなかったから。彼女の別荘を借りていただけで」

「それと、彼女の夫と寝ていただけで」バードがおだやかな口ぶりで言うと、彼女はまるで平手打ちを食らったかのように身をすくませた。「これまで、ドウェインから離婚を考えていると言われたことはありませんか？　あるいは、あなたからそういった話をしたことは？　彼に期待を持たせるようなことを言いませんでしたか？　奥さんさえいなければ彼にもチャンスがあると思わせるようなことを？」

エイドリアンはまぎれもない嫌悪の表情で彼を睨みつけた。「そんなことあるわけないでしょう？」

バードは肩をすくめて言った。「この仕事をしていれば、どんなことでもありえるとわかります。誤解しないでください、あなたがそそのかして彼に奥さんを殺させたなどとは思っていません。でもひょっとしたら、あなたは何か不用意なことを言ったかもしれない」彼はそこで睫毛をぱちぱちさせながら、エイドリアンの話し方にそっくりの、軽い吐息まじりの口調になって続けた。「ああ、ドウェイン、あなたの奥さんさえいなければ、もっと長い時間ふたりで一緒にいられるのに」

それまでのバードとの短い会話の中で、エイドリアン・リチャーズは傷つき、怯え、追い詰められても、常に自分を制御している様子を見せていた。が、ここに来て彼女は爆発した。

「私がそんなことを言うとでも？」鋭い言葉が次々飛び出した。「誰が言うものですか。馬鹿にしてるの？　私みたいな女があんな男に何を望むっていうの？　あんな田舎者に？　私がドウェインくそクリーヴスなんかを私の人生に欲しがると思う？　この日常に？　現実の暮らしに？　あんな男をここに、この家に入れたがると思う？　股間を掻《か》きながら私の五千ドルのソファにビールをこぼすような男を？　酔っぱらって起きたらバスルームがわからなくてキッチンのシンクに放尿するような男を？　あんな男と一緒になれるわけがないじゃない。同じ人間とすら思えないのに。あの男がそれを理解してないなら、ここに自分が入る余地があると思ってるなら、私が思ってた以上に愚かだってことね。私がなぜあの男とヤったか教えてあげましょうか？　暇で暇で死にそうなところにあの男がいたから、それが理由よ！」

最後の一文は叫びと言ってよく、バードは驚いて目をぱちくりさせた――エイドリアン同様。彼女は蜂でも呑みこんだかのような顔をしていた。今のが本音だ。彼は思った。そういうことだ。この女は自分の未来を危険にさらしてまでドウェイン・クリーヴスを助けたりは絶対にしない。

残る唯一の問題は、ドウェインがそれを知っているかどうかだった。

「なるほど」彼はようやく言った。「最後にドウェインと接触したのはいつです？」

彼女はため息をついた。「私たちは夏に湖畔の別荘を借りました。去年と同じように。ただ、今回は少し長く滞在して、八月の終わりごろに帰ってきました。正確な日付は憶えていませんけど、ドウェインとはそれ以来、会っても話してもいません」

「リジーとはどうです？　あなたが湖畔の別荘にいるあいだ、彼女はよく出入りしていたと聞きましたが。あなたたちが親しくしていたと考えている人もいるようです」彼は一拍おいてから付け加えた。「もちろん、ほんとうのことを知ったら、彼らもそうは思わないでしょうが」

エイドリアンは冷ややかに彼を見た。その手には乗らないとばかりに。バードは肩をすくめた。彼女がもう一度感情を爆発させることはないにしろ、少なくとも口を開かずにいられないことはわかっていた。

「カッパーフォールズの人たちにどう思われようが、私にはどうでもいいことです」彼女は淡々とした口調で言った。「ええ、リジーと私は仲よくやっていました。親しげにね。彼女が亡くなったと聞いて心から残念です。でも〝親しげだった〟からといって〝友達だった〟わけじゃありません。彼女が別荘にいることが多かったのは、私が余分にお金を払っていたからよ。それに、一年じゅう彼女と連絡を取り合っていたわけでもありません。最後に彼女から連絡があったのは……」言葉が途切れ、彼女は少し考えてから続けた。

「一カ月くらいまえでした。彼女のほうからメッセージを送ってきたんです。別荘の冬じまいのまえに、もう一週間滞在しませんかって。なぜかはわかりません。たぶん私が以前に一度、秋に湖を見たいと言ったからだと思うけど、別に本気だったわけじゃないんです。話を合わせていただけで。だからメッセージをもらって、また連絡するとは言いました。それはほんとうにそのつもりだったんだけど、そのあといろいろ忙しくなって……」

バードは少し居ずまいを正した。リジーのカレンダーに記されたメモが脳裏に浮かび上がった。〈AR 7?〉。銃ではなく、宿泊客のことだったのだ――エイドリアン・リチャーズ、七日間。

「滞在予定は昨日からのはずでしたね」彼は言った。

「ええ、でもさっきも言ったように、確定はしませんでしたから」

「ご主人は？」

「夫がなんですか？　彼は出かけています」

「ご主人が昨夜カッパーフォールズにいたという可能性は？」

「ありません」彼女は即答してから、眉間にしわを寄せた。「というか、わかりません。ちょっと待って。何をおっしゃりたいの？　イーサンがこの件になんの関係があるんですか？」

バードは厳めしい顔をして尋ねた。「ミセス・リチャーズ、あなたは黒いメルセデスを所有されていますか？　大きなSUVを？」

「ええ」

「それは今どこにあります？」

「夫が乗っていきましたけど」

「なるほど。彼はどちらへ？」

エイドリアンは首を振りながら、しきりに瞬きを始めた。「さあ……憶えていません。そもそも行き先を言われなかったのかも。夫はたまに言わないことがあるんです。出張だとは言っていました。一泊くらいですぐ帰る、できるときに電話するって」

バードは彼女の顔を探るように見つめた。今のは嘘か？

「ご主人から電話はありましたか？」

「いいえ」彼女は小さな声で言った。

「彼はいつ発ったんです？」

エイドリアンは唇を噛み、ほとんど囁くような声で答えた。「昨日です」

「あなたからも電話していないんですか？」

「イーサンは大事な仕事をしているので」彼女はそう言うと、訴えかけるような口調になって続けた。「仕事中に私が邪魔すると嫌がるんです」

バードはあきれ顔をしたくなるのをこらえ、口調を和らげて言った。「わかりました。では、今ここでご主人に電話していただきたい。お願いできますか?」

エイドリアンはうなずいて携帯電話を手に取り、画面をタップした。不安げな表情で彼を見ながら端末を耳に当て、すぐにまた眉根を寄せた。

「いきなり留守電になったわ」彼女がそう言ってスピーカーのアイコンをタップすると、自動音声が途中から室内を満たした。〝……ただいま電話に出ることができません。発信音のあとにメッセージをどうぞ〟

「メッセージを残しましょうか?」彼女が尋ねると同時に、バードの携帯電話が震えはじめた。彼はポケットから端末を取り出して画面を見た。カッパーフォールズのライアン保安官からだ。検視解剖のことで連絡してきたのだろう。あとで折り返せばいいとバードは判断した。

「電話を切ってください」彼はエイドリアンに言った。彼女は言われたとおりにしたが、戸惑った顔をしていた。

「怖いんですけど」彼女はそう言ってからもう一度、もっと切羽詰まった口調で言った。「怖いんですけど。私に話があるんだと思っていたのに、どうしてイーサンのことを訊くんですか?」

バードがどこまで話すべきか量りかねているあいだに、また携帯電話が手の中で震えた。彼は画面を見て険しい顔をした。ライアン保安官は留守電にメッセージを残しただけでなく、すぐにメッセージも送ってきていた。バードはメッセージを開いて凍りついた。

〈クリーヴスの車が見つかった。車内に遺体。至急連絡乞う〉

「すみませんが、奥さん。ここでいったん終わりにさせてください」彼はそう言って立ち上がり、名刺を取り出した。「もしご主人から連絡があったら、私に電話するようお伝えいただけますか」

エイドリアンは恐怖の面持ちで名刺を受け取った。バードはなぜだろうと思い、すぐに思い出した。この女は誰にも知られていないと思っていたのだ。打ちひしがれた表情は夫のことが心配だからではない。浮気の事実が夫にばれるのを怖れているだけだ。

「秘密はお守りします」彼は言った。が、機会さえあればそんな約束は平気で破るつもりだった。自分の妻が田舎者のクズに抱かれていたと知ったときのイーサン・リチャーズの顔を拝むためだけにでも。

けれどもエイドリアンがそれを知る必要はなかった。

彼は階下《した》へと階段を引き返し、幸せそうな新婚時代のエイドリアンとイーサンの写真のまえを通り過ぎた。階段を降りながら、エイドリアンの視線を感じた。玄関ドアに手をかけると、彼女がうしろから呼びかけた。

「バード刑事。私は危険にさらされてるの？」

彼は戸口で振り返り、彼女を見て言った。

「そうでないことを願います」

エイドリアン・リチャーズに背を向けて夜の中へ踏み出したとき、彼は自分が本気でそう思いかけていることに気づいて驚いた。

第十八章　都会

刑事が出ていくのを彼女は戸口に立って見送った。身震いを止めるために自分の体をぎゅっと抱き寄せながら。気持ちのいい夜で、外の空気は季節はずれに暖かく、肌を優しく包んだが、震えは止まらなかった。思い出さずにいられなかったのだ。イアン・バードが〝あなたとドウェイン・クリーヴスが不倫関係にあったことはわかっています〟と言ったときのあの目つき。エイドリアンの〝いかがわしい行為の最中の〟写真に言及しながら、口の端がくくっと動いた様子。独善的な嫌悪の眼差し。彼女を辱《はずかし》めて愉しんでいることを隠そうともしていなかった。

ほんとうのことを知ったら、あの男はどんな顔で私を見ただろう。

彼女はまた身震いし、上腕に指を食いこませた。したたかな内なる生存者の声が、ありがたく思えと告げていた。刑事のエイドリアンに対する偏見は、彼女に都合よく働いたのだから。とりわけ自分を制御できなくなり、必要以上に口をすべらせ、感情に支配されていた瞬間に。〝喜んでいいのよ〟――声は言った――〝彼はあなたがどんな人間か、すでに知ったつもりになってる。わかったつもりになってる〟。そしてわかったつもりになったイアン・バードは、彼女が恥じ入っているのだと思いこんだ。すべてをほしいままにしてきた金持ち女が、クッキーの瓶に手を突っこんだところを見られて泣きべそをかいているのだと。けれども、彼女がこらえていたのは涙ではなかった。怒りの咆哮《ほうこう》だった。なんとか抑えこめたのは幸いだった。いったん解き放ってしまえば、叫びはじめてしまえば、もはやどうにも止まらなくなっていただろう。

実際、こうなったことを喜ぶべきだった。刑事がポケットから携帯電話を取り出し、画面をタップしながら立ち去ったことを。彼は一顧だにしなかった。それもまたいい兆候だ。最初に訪ねてきたとき、バードはエイドリアンに狙いを定めていた。それが今や、彼女のことなどすっかり忘れてしまったかのようだった。彼女はパトカーが路肩から離れて通りを進んでいき、角を曲がって消えるのを見守った。それから街灯に照らされてさわさわと揺れる木々を見つめた。静けさが訪れ、彼女はじっと息をひそめた。一瞬ののち、静寂は破られた。都会の環境音によって――街灯のジーといううなり、遠くで鳴り響くサイレン。けれども依然として通りにひとけはなく、彼女はじっと押し殺していた息を、ふうーっと満足げに吐き出した。刑事が裏をかこうとして、何本か先の通りの角に隠れていることも考えられたが、それはないだろうと思った。少なくとも当面、イアン・バードは彼女から手を引くことにしたようだった。そして、次に彼がこの家を訪ねてくるときには……まあ、状況は大きく変わっているはずだ。

刑事に何から何まで嘘をつかずにすんだのも助けになった。夫は出かけています――事実だった。メルセデスに夫が乗っていったこと――事実だった。リジーが秋にカップーブルック湖を見たいというエイドリアンの言葉を憶えていて、紅葉が見ごろの季節に一週間の滞在をオファーしたこと――これも事実だった。

ただし、エイドリアンはその件を忘れてなどいなかった。ああ、忘れていたならよかったのに。それが事実であってもなんらおかしくなかったのに――彼女がリジーのオファーなど無視して、すっかり忘れてしまっていたというのが。それこそいかにも彼女のやりそうなことだった。が、事実はちがった。彼女はリジーのオファーどおり、一週間押さえてちょうだいと言い、イーサンとふたりでカッパーフォールズに到着したのだった。昨日、スケジュールどおりに。何もかもが取り返しのつかない惨劇に陥るのに完璧なタイミングで。そして、あのときの安堵といったら！　バードがようやくあの言葉を口にしてくれたおかげで――〝リジー・ウーレットは亡くなりました〟――彼女は何も知らないふりを、自分が現場にいなかったふりをやめることができたのだ。それまではありったけの自制心を要した。完全にいかれた人間のように飛び跳ねながら真実を叫びださないように――死んじゃった、彼女は死んじゃった、彼も死んじゃった！

〝イーサンがどこにいるかは知りません〟

それも嘘だ。

彼女はドアに鍵をかけた。階段をのぼり、バードの目を引いた写真を無視して、二階に着くと左に向かった。てきぱきと歩いて寝室へ行き、一時間前にシーツを替えたばかりのベッドのまえに立った。そのときはまだ、このすべての先におとぎ話のエンディングがありえるのではないかと思っていたのに。そっと、彼女はベッドから枕を持ち上げた。

それから枕に顔を押しつけ、絶叫した。

朝からずっと、台詞を練習し、筋書きを自分に言い聞かせ、真実だと思えるまで言葉を反芻《はんすう》してきた。自分はこんな人間だ――目を覚ますなり、あらゆる可能性について考えはじめた女。みずからが主導権を握らなければと気づいた女。未来を確かなものにするために計画を練りはじめた女。〝私は人生に不意打ちを食らう無力な女にはなりたくないの〟

そうしてついに、あと少しというところまで来た。

あと少し。

けれど今、自分でも驚くほどはっきりとわかっていた。このあとどうなるべきか――なぜならもう選択肢は残されていないから。それはぞっとする事実のはずだったが、むしろ自由への道のように思えた。あらゆる扉が閉まり、あらゆる出口が閉ざされた。ただ一箇所を除いて。ただひとつ。この窮地を切り抜けるチャンスはひとつだけ。そこに賭ける強さがあれば。

本人には知る由もなかったが、彼女の直感は正しかった。時計が午前二時を告げるころには、バードは三百キロ近く離れた場所にいたので、大きな黒いメルセデスがリチャーズ邸の裏の小路を進んできてパティオのひとまわり小ぶりなレクサスの隣にすべりこんだのを見ていなかった。一日分の無精ひげを生やした大柄なスポーツ刈りの男が車を降りたのを見ていなかった。男は十七番地の両隣の家の真っ暗な窓に用心深く目をやり、鍵の束を探って裏口の鍵を見つけだした。彼は朝まで家に近づかないよう彼女に言われていた。が、もちろんろくに聞いていなかった。

ろくに聞いていたためしがなかった。

彼女の耳に裏のドアの軋む音が聞こえた。続いて階段をつっかえつっかえのぼってくる重い足取り。体を支えるため壁についた指の先がこすれる音。踊り場にどしんと片方の足が降りる音がし、男の影がハネムーンの写真をゆらりとよぎって居間に姿を現した。呼吸が荒く、汗をかいていた。その饐えたような臭いが鼻をついた。禁断症状の前触れ。じきに彼は汗だくになり、髪を湿らせ、腋をぐっしょり濡らし、震えながら悶《もだ》え苦しむことになる。彼女は辛抱強く待った。彼が寝室に向かうのを——暗がりから溶けだした彼女の影が背後にいることに気づかずに。彼は寝室のドアを通り抜け、ベッドのほうをのぞきこもうとして壁にぶつかった。

「くそっ」小さく毒づいてから、彼は囁き声を発した。「おい？　いるのか？」

「ここにね」彼女が背後から言うと、彼は悲鳴をあげて振り返った。

「おい！　なんだよ？　とっくに寝てると思ってたのに。脅かすなよ」

「朝まで待つように言ったはずだけど」彼女は言った。「忘れたの？」

彼はばつが悪そうに体を動かした。「どこに行けばいいかわからなかったんだよ。道に迷うんじゃないかと思って……気分も悪かったし。変な安宿でひと晩じゅうゲロ吐く破目になったら最悪だからさ」そう言うと、暗がりに目を凝らした。「暗くて顔が見えない。何があった？　警察は？　やつらは、その……」

「刑事が来た。いろいろ訊かれたけど、肝心なことは何もしゃべってない」

彼は壁にもたれた。ほっとして力が抜けたようだった。

「来て」彼女は手招きして言った。「見せたいものがあるの」

うなりながら、彼はついてきた。ふたりは寝室を離れ、廊下をさらに奥へ進んで、書斎に入った。彼女がデスクランプに指を触れると、やわらかな光が室内を満たした。彼はドアロにもたれて片手を額に当て、こめかみを揉みほぐしながら言った。

「ひどい気分だ」

「すぐ終わるから」彼女はデスクの奥にしゃがんで見えなくなった。彼女の指がキーパッドに触れた。

彼は咳払いをした。「で、その刑事だけど。きみの予想どおり、イーサンを捜してたのか？」

「いいえ」彼女は振り向くことなく言った。「あなたを捜してた」

汗まみれで具合が悪く、その朝身につけたイーサン・リチャーズの小さすぎる大学のロゴ入りスウェットを着たままのドウェイン・クリーヴスは、額から手を離し、唖然として彼女を見た。

「刑事はあなたがここに来ると思ってたのよ」彼女は大きく息をついて振り返り、鋭く彼を見据えた。「なぜなら、あなたには自制心ってものがないから。そうでしょ？　あなたは言いふらさずにいられなかったのよね。あのくそったれの麻薬ディーラーも含めたあなたの馬鹿なお仲間に、おれは自分の湖畔の別荘に泊まってる都会の金持ち女をファックしてるんだぜって。刑事さんがそう言ってた」ふたりはじっと見つめ合った。彼女の左手の中で、金庫のラッチがかすかな音を立てて開いた。彼女はゆっくりと歌うように言った。「ドウェインとエイドリアン、木の上でー、バレないようにファックしてるー。刑事はあなたが自慢してたって言ってた。写真を見せてまわってたって。そうなの？　写真なんか撮ったの？」

「聞いてくれ」彼は慌《あわ》てた口調で言い、急いでまえに一歩踏み出した。「頼むから、いったん説明させて――」

そのとき彼女がくるりと向き直り、彼は口をつぐんだ。その場に凍りついた。薄明かりに照らされた室内で、彼の死んだ魚のような目が見開かれ、彼女の手の中のものに釘づけになった。その手に握られた、黒っぽくてつややかで、フルに装弾されたものに。

〝これはこれは、驚いた〟

「待ってくれ」彼は言った。

彼女は撃鉄を起こした。

「リジー」彼は言った。

彼女は首を振った。

「もうちがうわ」そう言うなり、彼女は引き金を引いた。

第二部

第十九章　リジー

死はとかく人を正直にさせる。私は最初にそう言った。

そして、あなたに真実を話した。

ただ、すべてを話したわけじゃなかった。不完全な真実でも真実にはちがいないので、いくつか詳細を省いた。湖畔でのあの忌まわしい日のことだけでなく、それまでのことも。たとえばこんな話はしなかった。トラックの荷台にきちんと固定されていなかった丸太が夫の上に転がり落ちて、彼の骨をぐしゃぐしゃに砕いたとき、私が病院へ――その二年前に死産の息子の亡骸を腕に抱いたのと同じ病院へ――車を走らせながら、これでドウェインも自分の一部を失えばどんな気持ちになるか思い知るだろうと、一瞬胸のすくような満足感を覚えたこと。

たとえばこんな話もしなかった。彼が私たちのベッドで上腕にゴムバンドを巻いたまま気を失っているのを初めて見つけたときのこと。あるいは彼が息をしているか確かめようと身を屈めながら、どうしようもない嫌悪と軽蔑の念が腹の底から湧き起こったこと。彼の鼻孔の下に指を当て、熱く湿った浅い息がかかるのを感じたとき、ほんのいっときでも考えずにいられなかったこと――このまま彼の口を手でふさいで鼻をつまみ、窒息するまで押さえつけたりできないものかと。

あるいはそのとき、私が彼を心から憎んだこと。彼が踏みつぶしたあらゆる壊れたものたちのせいで、あらゆる破られた誓いのせいで、私たちの壊れた浅はかな暮らしのせいで。その暮らしに私がひとり閉じこめられているあいだ、彼が注射針ひとつで逃れることができたせいで。私はここまで何かを憎悪したことはないというほど彼を憎んだ。千の肢を持つ生き物が腹の中をうじゃうじゃ這いずりまわっているかのような、それほど激しい憎悪だった。そして私はそのとき、彼の耳元に屈みこんで囁いた――「死ねばいいのに」と、自分でもほとんど聞こえないほど小さな声で、ましてや彼には絶対に聞き取れないほど小さな声で。だから彼が瞼をぴくりと動かし、「ふたりとも死ねばいいのにな」とつぶやき返したとき、私は危うく叫びそうになった。

そのあと彼は横に寝返りを打ったかと思うと、枕に嘔吐してまた気を失い、私は口を開

けたままその場に立ちつくしたのだった。今の一瞬のやりとりが、それまで夫婦間で交わされた唯一の高尚な議論だったかのように感じながら。

それから、こんな話もしなかった。彼と別れずにいるのが、次第にどちらが先に瞬きするかの競争のように思えてきたこと。私たちが互いを傷つけながらも現状にしがみついているのが、ほとんど誇りのようになっていたこと。まるで年々毒を飲みつづけるうちに、それ以外の味が思い出せなくなり、いつしか毒の味になじんでしまったかのような、そんな日々だったこと。

私から問い詰めたことはないけれど、彼にはほかの女がいたか、いたことがあったようだった。流産のあとでは何もかもが変わってしまった。何より性生活が。初めのうち、彼は酔っているときだけ私に触れた。爪に土が詰まったまま、ビールくさい息を吐きながら〈ストラングラーズ〉から帰宅して、シンクのまえで食器を拭いている私の背後ににじり寄り、膝を突っこんで私の脚を開かせ、上体を前屈みにさせて、うしろから覆いかぶさるのだった。それが私に憎しみをぶつける行為であることはわかっていても、哀しいことに、もっとあとになってから、私はあの乱暴な行為を恋しく思うようになった。彼がどんなに酔ってもいっさい私に触れなくなってから。あの電流が走るような感覚――目に怒りと欲情をたたえて向かってくる彼を見上げるたびに全身を駆け抜けた感覚は消えてしまった。

最初、私はそれが事故のせいだと思っていた。問題が残るかもしれないと医師が言ったから――医師はそれを〝外傷性の負傷による性機能への副作用〟と呼んだ。よくあるふにゃちん、つまり勃起不全をしかつめらしい言葉に置き換えただけだ。ところがその数カ月後、誰かの裏庭でおこなわれたバーベキューに参加したとき、私はトイレを借りにいって、ドウェインとジェニファー・ウェルストゥッドに出くわしたのだった。彼はズボンを足首まで下ろして便座に坐り、彼女は両手であれをしごいていて、次に彼女が叫びはじめ、私がドアを叩きつけるまでに見えたかぎりでは、それはなんの問題もなく自力で立っていた。

けれど私は知らなかった。彼があの女と浮気していたとは。イアン・バードが現れて、その事実を私に正面から突きつけるまでは。あの刑事はエイドリアンを辱めているつもりで、その実、私が必死で見まいとしていたものに目を向けさせたのだった。いま思えば、自分で気づくべきだったのかもしれない。気づきたくなかっただけなのかもしれない。思い当たることはいくらでもあった。彼女の香水の残り香。私のクローゼットの奥に埋もれた彼女のお下がりの服から漂っているにしては、あの匂いは強すぎた。あの長い長い髪の毛――私の髪に似てやや赤いけど、傷んでいて、根元の一センチほどがくすんだ茶色になっていた。湖畔の家の排水口を詰まらせ、彼女が頭を載せていた家具のそこらじゅうにひっついていた。それらはどういうわけか布地に絡みつき、掃除機でも吸い取れず、私が一本一本指でつまんで抜き取らなくちゃならなかった。そんな髪の毛がドウェインの服やドウェインのトラックの中やドウェインの下着のゴムにまでくっついているのを見つけたとき、私は髪の毛が自分と一緒にくっついてきただけだと思いこもうとした。なんといっても、彼女と長い時間をともにしていたのは私のほうだったのだから。そして、もうひとつの可能性については考えてみようともしなかった。

私の夫がエイドリアンをファックし、エイドリアンが私の夫をファックしていた。いまだにありえないことのように思える。ばかげたことのように。胸くそ悪い下劣なジョークのように。

それでも私は気づくべきだった。気づけたはずだった。彼女がどこにいたかは、いつだって一目瞭然《いちもくりょうぜん》だったのだから。

そして、この状況がどう見えるかはわかっている。まるで私たちが、ドウェインと私が、金持ち夫婦を殺して彼らの金を奪って逃げようと計画したかのように見えるだろう。私がエイドリアンとお近づきになり、忠実な友人のふりをして、彼女の癖やなまりやスマートフォンの暗証番号を覚えたかのように見えるだろう。彼女の顔を撃ったあとで身元を盗めるように。私は自分の外見を彼女により近づける方法すら編みだした。彼女の髪のスタイリングや、彼女が唇をぽってりさせるためにリップラインを大きく縁取るやり方を真似て。けれども断じて、彼女に死んでほしかったからじゃない。私は彼女の暮らしを欲しただけだ。それに、私は昔からごっこ遊びが得意だったと言ったはずだ。空想の中で自分の小さな哀しい人生から抜け出て、彼女の人生にすべりこむのはあまりに簡単だった。不可能なことじゃないと自分でもはっきりわかった。映画やなんかで見たことがあるだろう。薄汚い娘が眼鏡をはずして眉毛を整えたら、次の瞬間、内気で地味な存在から、堂々たる華やかな存在へと変貌を遂げるのを。それが私たちだった。私とエイドリアン。私が変身前《ビフォア》で、彼女が変身後《アフター》。

最初に私がそれを口にしたとき、ドウェインは一笑に付した。夫妻が湖へやってきた最初の夏、私が初めて彼らに食料品を届けたあとの何気ない会話だった。私が何も考えずにその言葉を口走ると──「あの人と私、ちょっと似てると思わない?」──彼は大笑いするあまりむせはじめ、私は頬が真っ赤になるのを感じながら床を見つめたのだった。

「いやいや、ないだろ」彼は言った。「百万ドルかけて整形でもすりゃ別だけどな」

でも百万ドルはかからなかった。そんな大金は要らなかった。私は正確な金額を知っている。私とエイドリアン・リチャーズとの最大のちがいを消し去るのにかかった費用は五百ドル。それが私の目の下のたるみと額のしわを注射で埋めるのにかかった費用だ。そして何より笑えるのは、エイドリアン自身が私にそうするべきよと言ったことだ。あのときの彼女の声は忘れられない。私を褒めているようで侮辱しているときほど、彼女が甘ったるい口ぶりになることはなかった――〝私なんて、しわ予防のボトックスをずうっと打ちつづけてるのよ。私ももっとあなたみたいに、自分の見た目を気にせずにいられたらと思うわ。目の下がそんなにたるんでたら、きっと正気じゃいられないもの。注射で簡単に治せるのよ〟。

私はそれをクリスマスの直後に実行した。ドウェインが薬物依存の治療に中途半端に取り組んでいるあいだに。彼は州東部のバンゴー市で短期治療をおこなっている施設を見つけ、母親にばれないように、周囲の人々には狩りに行くと嘘をついて、五日間の解毒プログラムに参加したのだった。私は自分の役目を果たした。夫のあとについて自分の車でリハビリ施設まで行き、彼が建物に入るのを見届けた。けれどもそこで引き返して帰路につくかわりに、南へ車を走らせ、海岸沿いに運転を続け、やがて事前に旅行サイトでチェックしていた、洒落た雰囲気の小さな町にたどり着いた。裕福な女性の観光客が連れ立ってその町を訪れるということだった――美術館をそぞろ歩き、ワインを味わい、顔を充填剤《フィラー》でふっくらさせてから、海辺の民宿でぐっすり眠る〝週末女子会〟を愉しむために。私はその町で唯一オフシーズンでも営業している宿に一泊し、ほとんどの店やギャラリーが冬季休業で閉まっている瀟洒《しょうしゃ》な小路を、別人になりきって歩いた。そして翌朝、町を発つまえに、エイドリアン・リチャーズに別荘を貸して稼いだ金の一部を使って、自分の外見をもう少しだけ彼女に近づけた。自分が数百キロ離れた別の場所で、別の親のもとに生まれたならそうなっていたかもしれない外見に。自分の夫が薬物依存者でなければそうなっていたかもしれない外見に。ちなみにその夫がまさにそのとき何をしていたかというと、二十四時間も経たずにリハビリから逃げ出し、自分が欲しい注射を求めて見知らぬ街をうろついていた。ドウェインがすでに元に戻っていたとわかっていれば、私は自分の施術をあきらめていたかもしれない。けれど、私は何も知らずに実行した。幸いなことに。注射は私の顔から十年分の悩みや苦しみや誤った判断をひと晩で消し去った。眉間の縦じわへのボトックス、目の下のたるみへのフィラー。施術した男はなんと歯科医だったけど、私は気にしなかった。町の郊外の小さなショッピングモールにある小洒落たメディカルスパに行くより安かったから。しかも術後に無料で歯のホワイトニングまでしてくれた。

誰も気づくことはなかった。もちろん。人というのは来る日も来る日も、年がら年じゅう同じ顔ばかり見ていると、そのうちあたりまえになりすぎて、相手の外見には目もくれなくなるものだ。熟年の夫婦があまりに長いあいだ一緒にいすぎて、互いの顔にゆっくりと時が刻まれていく様子を気にも留めないように。当然ながら、誰も私の顔の変化に気づくほど私をまじまじと見たりはしなかった——ジェニファーを除いて。それも施術の翌日に目のまわりのあざを彼女に見られたからにすぎない。私が貸していたことも忘れていたローストパンを彼女が返しにうちの玄関先にやってきたときに。私たちはあのバーベキューの日の件について話し合ったこともなければ、その件に触れたことすらなく、ジェニファーはいつも私のまわりでびくついていた。まるで私がいきなりわめきだすか、彼女に殴りかかるか、その両方が始まるのを警戒しているかのように。私はあえて説明しなかった。私には怒りを持ちつづける気力がないのだと。夫が便座に坐って地元の美容師に手で抜かれている場面を目撃するというのは、ほとんど詩的にさえ思えた。運命だか神だかそういうものから、これはまだいいほうだと囁かれているようなものだった。そしてきっと今、ジェニファーは罪の意識を感じているはずだ。ドウェインが私を殴っていると思っただろうから。皮肉な話じゃない？　彼がほんとうに私を殴っていたならよかったのにと思うほどだ。私が殴られるに値したからじゃなく、もし彼が暴力を振るったりしたら、私はきっと家を出ていただろうから。

　真実はこうだ。私は決してエイドリアンを殺すつもりじゃなかった。たぶん信じてはもらえないだろうし、私も自分を信じないと思う。でも私が切望したものは、彼女とはなんの関係もなかった。すべては自分の問題だった。私はいかれた夢想を抱いただけなのだ。

惨めな結婚生活から解放されたいと。出だしのしくじりや失われた機会やポテンシャルの無駄遣いばかりで戒《いまし》めにしかならなかった惨めな人生から抜け出したいと。私はエイドリアンを殺したくなんかなかった。彼女なくして何ができただろう？　どうしてよりよい生活が送れただろう？　彼女が〝よりよい《ベター》〟の手本を示してくれることがなければ？　私は彼女に触発されたのだ。彼女を見るたび、まだ手遅れじゃない、別の人生を送れるかもしれないと少しずつ思えるようになっていった。私は自分が町を出るところを想像した。大きな黒い車を運転手に運転させて、自分は後部座席でシャンパンを飲みながら――あるいは屋根を開けたクリーム色のコンバーチブルを自分で運転して。去り際に廃品置き場に火を放つところも想像した。車で通り過ぎざまに窓から火炎瓶を投げ、バックミラーの中で次第に轟々《ごうごう》と燃えさかる炎に投げキッスを送るところを。父さんとこのクソ同然の町の最後のつながりを破壊するところを。父さんもこれでやっと町を出ていってくれればと願いながら。私があの注射針を持った歯科医に金を払ったのは、もうひとつの人生を垣間見せてほしかったからだ。私が過去に別の選択をしていればそうなっていたかもしれない見た目にしてほしかったからだ。もし裕福な結婚をしていれば、その豊かさが私と世界とのあいだにクッションのようにやわらかく分厚い層を築き、どんな不幸に触れられても私の顔にその爪痕が残ることはなかっただろう。エイドリアンは私より五つ年上だったけれど、疲れきった目をして、眉間に二本の険しい縦じわを刻みはじめていたのは私のほうだった。

私は心の中で囁き返し――〝みんな、久しぶり〟――彼女のなじみの場所を次々訪れる自分を想像したものだった。街なかにある大きな石造りのタウンハウス。白い大理石のカウンターに、地下プールまでついている。南部のどこかの広々としたポーチ。スパニッシュ・モスがレースのように垂れ下がったライブオークの大樹の陰で、甘いアイスティーを飲む自分。私は手の指を広げ、きれいに塗られたネイルとなめらかな肌にうっとりする自分を想像した。彼女のベッドで眠り、彼女の食事をし、彼女の猫をなでる自分を想像した。

彼女の暮らしを生きる自分を想像した。

だから私の夢の中で、エイドリアンは不滅なのだ。彼女が死ぬことはありえない。彼女には生き方を、あり方を示してもらうはずだった。私のまえを軽やかに歩いて、私がたどれるように小さな可愛い足跡を残してもらうはずだった。私の夢想を築き上げたのは彼女だ――そして、その夢想に彼女を殺すことは含まれていなかった。それはわかってほしい。それは信じてほしい。私は自分がそんなことをするなんて知らなかったのだ。そんなことが自分にできるとは。

銃を手にするまで知らなかったのだ。

引き金を引くまで知らなかったのだ。

そしてほかに道があったなら、絶対にそんなことはしなかった。

もちろん、今ならわかる。エイドリアンの一見美しい暮らし、私がたどりたかった小さな可愛い足跡は、巧妙なまやかしでしかなかったんだと。私は文字どおり一日じゅう彼女の靴を履いて——皮肉にも私の足には半サイズ小さすぎる靴を履いて——歩きまわる破目になり、そこで初めて理解した。彼女がいかに凄《すさ》まじい吸血鬼だったのかを。夢魔《サキュバス》だったのかを。彼女はブラックホールのように他人の注目やエネルギーや愛情を吸いこみ、自分が別にありがたいともなんとも思っていない人生にフィルターをかけハッシュタグをつけ広告として吐き出していたのだ。想像してみるといい。あれだけのものを潤沢《じゅんたく》に手にしながら、それを空費する一方の人生を。あれだけのものを手にしながら、なお飽き足らず、欲し、奪いつづける人生を。その欲したものが他人の所有物であっても。自分の欲望だけが重要で、ルールは自分には当てはまらないと確信している人生を。そうして死ぬまで平気で逃げおおせる人生を。あの湖畔での惨劇の日、彼女は私からすべてを奪おうとしたのだ。

想像してみるといい。私のような田舎女に頭を吹っ飛ばされた彼女の驚きを。

正直な話を聞きたい? これが本音だ——すべてが終わり、後戻りできなくなった今、私には後悔も罪の意識もない。

リジー・ウーレットは死んだ。私はそう言ったけど、それはほんとうだ。私が彼女を終わらせた。あらゆる意味において、彼女はもうこの世にいない。そして、いなくなったのは彼女だけじゃない。あの日、湖畔で四人の人生がなんらかの形で終わったのだ。

けれども、ひとりだけ生き残った者がいる。ふたつの名前を持つ女。あるいは見方によっては、名前を持たない女。この女が何者かは、私にもまだわからない。だからこれは彼女の物語だ。私の物語だ。真実の物語だ。

そして、物語はまだ終わっていない。終わりにはほど遠い。

第二十章　リジー

湖畔

最初は何もわからなかった。夫が悲痛な大声を発している以外は。電話に出た瞬間からそれは聞こえてきた。怒鳴っているのではなく、むせび泣き、うめき、何やらとめどなく叫んでいた——リジー聞こえるかああクソああクソ今すぐ来てくれお願いだクソちくしょうクソ——それを聞いて、全身の毛がぞっと逆立った。自分の名前と、あともうひとつの言葉しか聞き取れなかったにもかかわらず。ぞっとしたのは〝お願い〟のひと言だ。それはドウェインが使う言葉じゃなかった。とりわけ私に対して、それによほどのことがないかぎり。最後に私がその言葉を聞いたのは、電話してきた彼の同僚が私に病院へ来るようにと大声で伝えているうしろで、夫が足をぐしゃぐしゃに砕かれて叫んでいるときだった。あの〝お願い〟のひと言は忘れられない。あれほど恐怖を感じたことはなかった。だから私はとっさに銃を持ち出したのかもしれない。

ときどき、私はドウェインに何もかもを踏みつぶされるためだけに小さな城を築いたり小さな庭を育てたりしているような気がしてならなかった。彼はわざと、あるいは悪意からそうしているのですらなかった。ただそういう人間なのだった。あらゆる行動には結果が伴うということが理解できない、ちょっとした残酷もしくは親切な行為がやがてもっと大きな影響を及ぼし、すべてを破壊する可能性があるなんて考えたこともない、不器用で身勝手で愚かな生き物なのだった。とはいえ、人のことは言えない。私も理解していなかったのだから。何もかもが手遅れになるまで。ドウェインはカッパーフォールズにとどまって私と結婚したから、州立大学へ行って野球をすることはなかった。妊娠した妻と請求書の山を抱え、大学を出ていなかったから伐採の仕事をせざるをえず、その仕事の現場で片方の足の半分を失った。その事故のせいで薬に溺れた。薬が切れると、麻薬に手を出した。

そして、エイドリアンは——自分自身でいることの倦怠《けんたい》から抜け出すためならヘロインでもなんでもやるほど必死だった、あの傲慢な特権階級の金持ちクソ女は——ドウェインに頼めば麻薬が手に入ると知っていた。なぜなら私が全部話したから。私は彼女と坐ってシャルドネを飲みながら、酔って考えなしにべらべらしゃべってしまったのだ。私たち夫婦の果てしない物語を。見送られた夢、失われた命と体、薬と注射針と耐えがたい苦しみ。

すべては自動で動く機械仕掛けの人形劇のようだった。そしてカーテンを開けたら、そこには私がいた。毎回。いつだって。すべてが狂いはじめたいちばん最初の瞬間から。最後に私がそこにいたのも当然だった。銃を持っていたのはドウェインじゃなく私。裏で糸を引き、選択したのも私。夫の尻ぬぐいのために何度となくそうしてきたように。私はすでに彼のために嘘をつき、盗みまで働いていた。どのみち彼のために人を殺《あや》める運命だったのかもしれない。

家を出るまえに壁から散弾銃を降ろしたことは憶えていない。装塡した記憶もない。けれども湖畔の家のまえで車を駐めてからふと横を見ると、それはそこにあった。助手席の上に。とりあえず一緒に乗ってきていた。ドウェインが外で私を待っていた。取り憑かれたような目をして、家のまえを行ったり来たりしながら。私は瞬時に怒りを、次いで恐怖を覚えた。リチャーズ夫妻の大きな黒いSUVはカーポートにきれいに収まっていた。すでに到着済みということだ。そしてドウェインが病気でも怪我をしているわけでもないなら、あの取り乱した電話は別の何か――誰か――のことにちがいなかった。

私は銃を持って車を降りた。ドウェインに何を言ったかは憶えていない。彼が別荘を指差して、「彼女は寝室にいる」と言ったことは憶えている。私は開いたドアから中に駆けこんだ。何が自分を待ち受けているか知らずに。ただならぬ事態だとだけわかっていた。

夫が身も世もなく私の助けを求めるということは、ひどいを通り越して最悪な事態にちがいないとわかっていた。

エイドリアンはベッドの端で両足を床につけたまま丸くなっていた。その緩慢で朦朧《もうろう》とした様子から、ひと目でラリっているのだとわかった。過剰摂取《オーバードーズ》だ。私は思った。ドウェインのドラッグを見つけたの？ 彼からもらった？ 彼があんなに取り乱す理由がほかにあるはずないし――とにかく、なんて馬鹿なことをしてくれたの？ 私は銃を脇に置き、大声でドウェインを呼んだ。彼女がどれだけ摂取したのか、彼がどれだけ与えたのか、救急車は呼んだのかを問いただすために。救助が間に合えば、ナロキソンの静脈注射で助かるかもしれない。私は膝をついてしゃがみ、エイドリアンの肩をつかんで激しく揺さぶった。彼女は唇を半開きにして私を見つめ返した。瞳孔が真っ黒に広がっていた。肘の内側に乾いたまん丸な深紅の血の染みがあり、足元の床にゴムバンドが転がっていた。目はとろんとしていた。

「ちょっと！」私は真っ向から彼女を怒鳴りつけた。「起きて！ しっかりしてください！」

それには彼女はびくりと反応した。大きな青い目を見開き、私の肩越しにドウェインを見つめた。

「あたしねえ」エイドリアンは言い、深々と息を吸いこんでから、間延びしたため息のように続きを吐き出した。「もうわーーーーーけわかんなーーーーーーい」

彼女の視線がちらりと外のデッキに向かった。私は立ち上がってドウェインのほうを振り向いた。彼は中腰になって両手を膝につき、荒い呼吸を繰り返していた。

「ドウェイン？」私は言った。「どういうこと？　この人は――あなたは――いったい何がどうなってるの？」

エイドリアンがもう一度深く息を吸いこみ、今度はそっと囁き声を発した。

「彼は外にいるわ」彼女の息から酸っぱい臭いが漂った。これから嘔吐するのか、すでに吐いたのか。

「ドウェインはここにいますよ」私が言うと、彼女もドウェインも揃ってかぶりを振った。

彼は中腰から立ち上がり、ついてくるよう私に身振りで示した。

「おれじゃなくて」ドウェインは言った。「あの人。旦那のほうだ」

エイドリアンがベッドに両手を押しつけ――ベッドにはすでに高スレッドカウントのシーツが敷かれていた。ここのリネンはごわごわしていると彼女が文句を言ったから、私が彼女のためだけに取り寄せたのだ――うなりながら体を起こした。喘ぐように歯をむき出し、顔をしかめながら、振り返って窓の外を見た。

「イーサンよ」そう言うと、彼女は瞬きをした。実にゆっくりと、その動作が完了するまでに何秒もかけて。重い睫毛が伏せられ、それから中途半端に開いた。彼女は唇をすぼめ、希望に満ちた口調になって言った。「もしかしたら、あの人、生き返ってるかもね」

イーサン・リチャーズは別荘のデッキから続く長い階段の途中でだらしなく伸びていた。階段は木々に覆われた湖岸を急勾配で下っており、彼は頭から落ちたようだった。血は流れていなかったけど、周囲の水の動きやそよ風にざわめく木々に対して、まったくぴくりとも動かないその体を見れば、疑う余地はなかった。片方の脚が体の下で不自然に折れ曲がり、ズボンの前面の失禁した部分が黒くなっていた。いちばんひどいのは頭だった。階段の縁から、見るもおぞましい角度で垂れ下がっていた。まるで首の骨が粉々に砕け、皮膚だけで頭をつなぎとめているかのように。彼の目は湖を向いたまま、虚ろに見開かれていた。最後に彼が見たであろうものは——この体勢になった瞬間にまだ生きていたなら——燃えるように赤く色づいた対岸の木々と、陽の光をきらめかせる暗く冷たい湖面だった。死んだ人間が無残な姿で前景に転がっていても、その光景は美しかった。息を呑むほどに。以前エイドリアンに言ったことはほんとうだ——この季節の湖が、私は一年でいちばん好きだった。

同時に、この景色を愛《め》でるのもこれが最後だという不吉な予感がしていた。「どうしてこうなったの？」私は静かな口調で言った。そのときですらまだ、事故かもしれない、事故であってほしいと祈るような気持ちでいた。もっとずっとひどい事態であると、私の中のあらゆる直感が告げていたにもかかわらず。エイドリアンはまともに頭が働いていなかった──私の問いに答えるまでに数時間とひと眠りが必要なはずだった──けれど、ドウェインは至って正気で、彼の顔に浮かんでいるのは純然たる恐怖の表情だった。その昔、ラグスを殺した少年がそのまま大人になった顔をしていた。彼がずっとちらちら寝室のほうを気にしているのを見て、私は確信した。彼は自分のヤクを準備するより先に、エイドリアンが打つのを手伝ったにちがいないと。〝レディファーストで〟

「こうなるはずじゃなかった」ドウェインは言った。目が真っ赤に充血していた。両手をしきりに髪に突っこんで、まるで頭蓋骨がばらばらになるのを食い止めようとするかのように、頭の両側を押さえていた。私はイーサンの遺体をもっとよく見ようと、まえに足を踏み出した。優に五メートルは離れた頭上からでも、彼の顎のあたりがうっすらと変色しているのが見て取れた。あざになるまえの兆候。見ると、ドウェインの頬にも同じような痕があった。

「向こうが先に殴ってきたんだ」ドウェインは言った。私はさっと彼に向き直った。

「それで階段から突き落としたの？」

「ちがう、おれは――」彼は言いかけ、すぐに激しく首を振った。「おれはそんなつもりじゃなかった。自分を守ろうとしたんだよ。引き下がってほしかっただけだ。まさか死ぬなんて思わなかった」

「でも、どうして？　なんでそもそも殴り合いになったの？」

ドウェインの視線が横にそれ、エイドリアンの甘ったるい声がかわりに答えた。

「イーサンは私が新しいものを試すと嫌がるの」舌っ足らずな口調だった。彼女はいつの間にかベッドから這い出ており、デッキに通じる引き戸の枠にもたれ、むき出しの膝を崩して坐っていた。「イーサンは知らずにいるはずだった。ボートに乗ってるはずだった。ボートが好きだから」そう言うと片手をのろのろと持ち上げ、ドウェインを指差して、世にもけだるそうに非難した。「ボートに乗ってるって言ったくせに」

「最初は乗ってたんだ」ドウェインは言い、どうしようもなさそうに私を見た。「ふたりが到着したとき、おれは薪を割ってた。きみに言われたとおり、家の中に通したら、彼がスーツケースを中に運んでくれと言ってきた。陽が出てる今のうちにカヤックに乗りたいからって。彼がカヤックで乗り出すとこは見たけど、たぶん……そのあと気が変わったんだろう。途中でいきなり戻ってきて――けど、この人が自分から試したいって言ったんだよ！」

　エイドリアンの瞼はまた垂れ下がってきていた。

「横にならなきゃ」彼女は言った。「なんだか具合がおかしいの。今回はちがう感じがする。腕がすごーくだるーいの」

　私はドウェインを見つめた。「今回は？」歯を食いしばって尋ねた。「今まで何回同じことをしてきたの？」

「憶えてないけど、ちょっとだよ」夫はもはやべそをかいていた。

「いつから？」

「この夏から」彼は答えた。「この人がくれ、って言うから」

「この人はなんでもくれ、って言うのよ」私は噛みつくように言った。

　エイドリアンがぐえっと妙な音を発した。嘔吐とげっぷの中間のような音を。私が振り返った瞬間、彼女の頬が膨らみ、それから引っこんだ。自分の吐物を呑みこんだ彼女は顔をしかめ、よろよろと歩いて両手で手すりにつかまり、階段の途中にある遺体を見下ろした。木々がそよぎ、湖がきらめいた。イーサン・リチャーズは死んだままだった。

「あの人、殺されちゃったんだあ」彼女はまた朦朧とした調子で言った。そのあと、補足するかのように付け加えた。「ワオ」

その〝ワオ〟が効いた。私はこぶしを口に押し当て、ヒステリックな笑いがこみ上げるのを懸命にこらえた。あの階段は父さんが手作りしたものだ。そして今、イーサン・リチャーズがその上で首をへし折られて大の字に転がり、彼の妻はヤクでぶっ飛びすぎたあまり、自分の口の中でゲロを吐いて〝ワオ〟と言うしかないのだった。

エイドリアンはよろめきながら家の中に戻った。

「警察を呼ばないと」私は言った。

ドウェインは青ざめた。「でも――」

「呼ばないと。今すぐ。あなたがすぐに通報しなかった時点でまずいのに、これで彼女が正気に戻ったら、何があったか気づくに決まってる。彼女が自分で通報しないなら――」

「ああなるまえから、彼女はぼうっとしてた」彼は私の言葉をさえぎって言った。「きみも見ただろ？　あと一時間はあんな調子だ。それにどっちみち、きみに電話してすぐ電話線を抜いたから。念のために」

私は唖然として夫を見つめた。彼の口調は誇らしげですらあった。が、なお悪いのはその顔に浮かんだ表情だった。怯え、恐れ、やましさ、それだけでなく、希望に満ちた表情。彼は私に電話してから、電話線を抜いたのだ。私が急いで駆けつけるとわかっていて。私ならこの取り返しのつかない状況をなんとかするだろうと確信して。殴ってやりたかった。

絶叫したかった。なぜこの男は自分がハマっているものをここに持ちこまなければならなかったのか――エイドリアンに、湖畔に、私をよりよい人生へ導いてくれるはずだったこの別荘に？　この先何があっても、私の手元に少なくともひとつは自分の資産と呼べるものが残るよう、父さんが私に、私だけに譲ってくれたこの家に？

それももう私の資産ではなくなるはずだった。このすべてが終われば。ドゥェインがそれを確実にした。宿泊契約書の細則に書いてあるから。自分の敷地内で負傷者が出た場合、訴えられる可能性について。事故なら責任は免れる。夫が億万長者を階段から突き落とした場合は免れない。夫は刑に服するだろうけど――おそらくは長いあいだ――私自身も終身刑を言い渡されたも同然だ。これまで私がさんざん苦労し、夢も希望も簡単には手に入らないこの場所でようやく築きはじめていたそれなりの暮らしと将来が、今にも炎に包まれ灰に帰そうとしていた。

私はデッキに置かれた椅子のひとつにどさりと腰を下ろし、両手に頭をうずめた。ドゥェインが私のそばにしゃがんだ。

「口裏を合わせりゃいいんだよ」彼は言った。「警察が事故だと納得するように」

「事故？」私は鋭く言い返した。「あなたに階段から突き落とされて、あの人は首の骨を折ったのよ。それのどこが事故なの⁈」

ドウェインは私の手をつかみ、切羽詰まった表情で私の顔をのぞきこんだ。「でも、そんなふうじゃなかったんだよ！　おれが階段から突き落としたんじゃない。一発殴ったら、相手がうしろによろけたみたいになって、それから階段を転げ落ちたんだ。それって事故にならないのか？　その、法律的に言って？」

「ならない」私は言った。「ああもう最悪。法律的に言って、あなたは人を殺したのよ。それに、ドラッグはどうするの？　それも事故でしたって言うの？　麻薬が詰まった注射器を持って家の中を走ってたら、つまずいてエイドリアンの上に転んで、おっとっとー、針が刺さっちゃいましたって？」

「笑えないって、リジー」

「誰も笑ってないわよ、ドウェイン。私が駆けつけたらどうなると思ってたの？」

「知らねえよ！　きみが何か思いつくかと思ったんだよ！　きみは世界一賢いんだろ？　いつもおれを見下してるもんなあ、自分のほうが百倍賢いと思ってるみたいになあ!?」彼は今や口から泡を飛ばして叫んでいた。飛んだ泡が顎ひげに着地した。彼は立ち上がり、その場を行ったり来たりしはじめた。声が次第にかすれてきた。「おれは悪人じゃない。おれは悪人なんかじゃない！　ただちょっとしくじっただけだ！　一回しくじっただけでムショにぶちこまれるわけがない！」

「無理よ、ＤＪ」私は言った。声が詰まった。そのあだ名で彼を呼ぶのは何年ぶりだっただろう。「もちろんぶちこまれるに決まってる。それに、何がすばらしいかって？　あなたが私を呼んだから、これで私も関与したことになるわけ。もうそういうふうにしか見えないでしょ。私が加担したようにしか。だからきっと、ふたりとも刑務所行きよ。あなたは私まで地獄に引きずりこんだってこと」

ドウェインは歯のあいだから息を吸いこみ、ため息をつくと、私の隣のデッキチェアに腰を下ろした。

「そうか、それがおれたちってわけか」彼は淡々とした調子で言うと、私を見やり、くっと口の端を引きつらせて笑みを浮かべた。「おれがきみを地獄に引きずりこんで、きみがおれを地獄に引きずりこんで。ずっとその繰り返しで。それがおれたちのクソ人生ってわけか。そういうことだよな」そうして、またため息をついた。「わかったよ。警察を呼ぶんだろ？」

私は湖を見渡した。傾きかけた太陽が、長く深い影を湖面に落としていた。向こう岸のどこかで、水鳥がたった一羽、箍《たが》がはずれた笑いのようにけたたましく鳴きはじめた。私たちはじっと坐ったまま耳を傾け、やがて同時にびくりとした。近くにいる別の鳥が突然、呼応するように鳴き声をあげたのだ。対岸の相手に呼びかけるように。二羽が揃って鳴くにつれ、そよ風が強くなり、頭上の木々がざわめき、みしみしと軋んだ。私たちの背後の寝室からエイドリアンの軽いいびきが聞こえてきた。私はふと考えた。どうにかして、このすべてを彼女になすりつけることはできないかと。私たちが別荘に到着したゲストを迎えにきたら、彼らはすでにこの状態だった――ひとりはラリって眠りこけ、もうひとりは死んで冷たくなっていた、ということにしたらどうだろう。警察は信じるかもしれない……と思ったのも五秒ほどで、すぐに想像の中のエイドリアンが目を覚まし、洗いざらいしゃべりはじめた。

私はため息をついて言った。

「ちょっと考えたいから黙ってて」

彼は黙った。

エイドリアンが目を覚ましたのは二時間後、陽が沈もうとするころだった。私はドアロに立ってその様子を見守った。彼女は体を起こして坐るのに苦労したが、私に視線を向けたその表情に混乱は見られず、意識ははっきりしているようだった。私が落ち着かなげに体を動かすと、彼女は訝しそうに目を細め、咳払いをして言った。

「もう警察が来てるころだと思ったけど。夫は死んだんでしょ？　知ってるんだから。ドウェインが殺したのよ。この目で見たもの。どうして警察が来ないの？」

私は部屋の中に足を踏み入れた。「あなたが目を覚ますのを待ってたんです。話し合うために」

「話し合うって、何を？」彼女は吐き捨てるように言い、目をこすった。「まったく、いま何時なの？　それに、イーサンはどこ？　まさか、あのまま……外に転がってるわけ？　放置されてるの?!」

「そのことを三人で話し合いたいんです」私は言い、肩越しに廊下を振り返った。これがドウェインへの合図だった。私が手招きすると、彼は部屋に入り、エイドリアンのほうに何歩か近づいてから、思い直したように私と彼女の中間あたりでぎこちなく立ち止まった。私を見てから彼女を見て、また私を見た。

「いいですか」ドウェインは言った。「この件を全員で乗り切りましょう」

エイドリアンが彼を見て目をしばたたいた。「なんですって？」

私も彼女に一歩近づいて言った。「ドウェインが言いたいのは、警察にどう説明するかを考える必要があるということです。状況が状況なので。あなたがヘロインを手に入れるよう彼に頼んだことはわかっているので――」

「あら。あなた、奥さんにそんなふうに説明したの？」彼女はドウェインを見てせせら笑いを浮かべた。いつの間にか口調が変わり、言葉の端々に南部なまりが忍びこんでいた。

私は両手を挙げてみせた。「とにかく、そのせいでややこしくなってるんです。全員にとって。あなたが麻薬を打ったりしなければ、こんなことにはならなかったわけですから」

エイドリアンは小首を傾げ、腕を組んで、唇を引き結んだ。刻一刻と時間が流れ、私は返事を待った。ドウェインはまた両手を髪に突っこんで頭を抱えていた。

「つまり」彼女はようやく口を開いた。「脅迫ってわけね。そういうことでしょ？ イーサンが自分で階段から転げ落ちたことにしてくれれば、違法な薬物を試していたことは黙っててやると。あなたたちはそう言いたいのよね？」

「誰も脅迫なんかしてません」私は急いで言った。心の中の皮肉な声はこう付け加えていたけど――〝表向きには〟。「私が言いたいのは、つまり……やむをえない事情があったということです。いろいろなことがあったわけですよね」

また嘲《あざけ》るような笑みが彼女の唇に浮かんだ。「やむをえない事情？ その半分も知らないくせに」

「ええ、ですから詳しく教えてください」私は言った。「私がここに駆けつけたとき、あなたは――」

「私はあなたの旦那に無理やり打たれた麻薬でハイになってた」彼女がドウェインを睨みつけてそう言うと、彼はあんぐりと口を開けた。

「あんたがくれと言ったんじゃないか！」彼は言った。「イーサンが出ていくなり、おれに言ってきたじゃないか、あったらちょうだいって！」

「そんなこと言った？」エイドリアンは言った。「私はそんなふうには憶えてないけど」

「エイドリアン、お願いですから」私の口調は捨て鉢になりつつあった。「これについては冷静に考えないといけません。ドウェインだけの問題じゃないんです。あなたが関与していると警察に思われたら、私たちだけじゃなく、あなたも大変なことになるんですよ」

ほんとうにそうなるかどうかは正直わからなかった。けれどイーサンの遺体はもう何時間も放置され、ドウェインが殴った証拠に顎が変色しており、エイドリアンはそのときここにいた。これが二時間ずっと考えた末に私が導き出した最善策だった。エイドリアンと話し合い、イーサンが事故死したことにするのが全員のためだと説得を試みるのが。彼女が完全には納得せず、言いくるめられていると取りかねないことは予想していたけれど、これは——あの妙に不敵な笑み、細められた目、嘲るような口調、そしてしきりにドウェインを見るときの目つきは——なんとも不気味で不快で、予期した反応ではまったくなかった。ふと疑問が胸をよぎった。彼女は何か私に隠しているんじゃないか。ここにいる三人の中で、私だけが知らないことがあるんじゃないか。その問いを突きつめるべきだった。彼女に尋ねるべきだった。

でも、私はそうしなかった。

なぜならそのときエイドリアンが立ち上がり、私に指を突きつけて言ったからだ。「これがどういう状況か教えてあげるわ、リジー。ふたりとも。被害者は私。生き残るのは私。警察が私を差しおいてあなたを信じると思う？　あなたの田舎者のヤク中夫が、私に麻薬を打ってイーサンを殺したの。そして、あなた——そう、あなたも加担してたのよね。きっとあなたが計画したのよ！　そもそも私は目を覚ますことになってたのかしら？」

今度は私が訝る番だった。「なんですって？」すでにそのとき、私は無意識に彼女の真似を始めていた。ほんの数分前にエイドリアン自身が発したのと同じ言葉を使って。

エイドリアンが急にドウェインに向き直った。「あの注射。今回はちがう感じがした。私、そう言ったわよね。中身はなんだったの？」

彼は口を開けて彼女を見た。「なんでもない。何もちがわない」そう言うなり、目を見開いて私を見た。「ほんとだって。嘘じゃない。おれはまちがっても——」

「何よ？」エイドリアンが金切り声をあげた。「まちがっても何？　人を殺したりしない？　私の夫はそれを聞いてどう思うのかしらね？」

私は深呼吸した。耳が燃えるように熱く、目の奥がどくどく脈打っていた。まだどうにかできるはず。そうでしょ？　どうにかするしかない。

「エイドリアン、あれは事故だったんです。誰もあなたを殺そうとはしていません」私は言った。

「あんたの言うことなんて信じない！」彼女は叫び、私からドウェインに荒々しく視線を向けた。そして次の瞬間、いきなり鋭い笑い声を発したかと思うと、やれやれとばかりに首を振った。「なんてこと。ま、どうだって関係ないけど。ねえ、自分たちを見てみなさいよ。私を見て、自分たちを見てみなさいよ。あんたたちはなんの価値もないゴミ夫婦よ。私があんたたちのしたことを話せば、いくら否定したって無駄よ、誰もあんたたちの言うことなんて信じないもの。私たちはこんな何もないド田舎におびき出されて、あんたたちに殺されて犯されて強奪されるところだったって言えば、みんな私を信じるんだから」彼女は今や早口になって手をばたつかせ、うわずった声でまくし立てていた。「警察だって、メディアだって。まあ恐ろしい、なんという事件。世間は大騒ぎしてくれるわ。本を出しませんかって話も来るでしょうね。まったく。ねえ、リジー。見てみなさいよ。私とあんたがどんなにちがう人間か」

エイドリアンは息を荒らげていた。私の息も荒くなっていた。ドウェインが何やら言い返していたが、私は彼を無視し、自分の感覚に集中した。ある重要なことがわかりかけていたからだ――エイドリアンに言われたとおり、観察するうちに。

私は彼女を見ていた。注意深く、食い入るように見ていた。

彼女の髪はひどく乱れ、メイクは落ちてドロドロになっていた。身につけているお気に入りの赤いビキニと縞柄のスラブ地のTシャツは、私が自分用に買ったのに、一度も着ることなく彼女にあげたものだった。湖畔の泥や松脂でドライクリーニングオンリーの高級服が汚れるのを彼女が嫌がったから。彼女の肌はまだらで、唇はひび割れ、片方の膝に青あざまでできていた。

こんなに似ていただろうかと思うほど、私たちはよく似ていた。

エイドリアンが勝ち誇ったような笑みを浮かべた。

私は銃に手を伸ばした。

子供のころ、初めてライフルの撃ち方を教わったとき、父さんに言われた。狩りをするときいちばん大事なのは、最適なタイミングを待つことだと。視界に入ってきた雄ジカが、こちらのにおいに気づいて駆けだすまでの勝負。いくら射撃が上手くても、辛抱強くなれなければなんの意味もない。父さんは言った。引き金を引くコツは、ぎりぎりまで引き金を引かないことだと。じっと待たなければならない。把握しなければならない。その瞬間を見極めなければならない――が、見極めたが最後、一瞬の躊躇も許されない。その瞬間が訪れたら、ひと呼吸して、なすべきことをなすまでだ。

吸って。

吐いて。

引き絞って。

そして、覚悟しなければならない。弾丸《たま》の破裂音と反動の跳ね上がりだけでなく、そのあとに何が起こるかを。瀕死《ひんし》の喘ぎ。最後の痙攣《けいれん》。一瞬前まで動いていた生き物が、ぴくりとも動かなくなり、もはや生き返ることはないという現実。

父さんは私に教えた。命を奪うということは、それが動物の命でもなんでも、取り返しがつかない行為なんだと。けれども辛抱強さがあれば、耐える力があれば、最適な瞬間を見極めれば――なすべきことをやりとげられる。そして、そのとき心から、自分が正しい選択をしたとわかるんだ、と。

私は正しい選択をしていた。エイドリアン自身ですら、私がもっといい暮らしをするべきだと毎回のように言っていた。彼女が本気で言っていたとは思わない。本気で私を気にかけていたとも思わない。それでもいつからか、私は彼女の言葉を信じるようになっていたんだろう。

エイドリアンはその場に突っ立ったまま、散弾銃を見つめていた。

「ドウェイン」私は言った。「退がってて」

「なんのつもりだ？」彼は困惑しながらも、このときばかりは素直に従い、うしろに退がった。

私は弾丸《たま》を薬室に送りこんだ。

エイドリアンが中途半端に片手を挙げた。人差し指を伸ばして。私を非難しようとしてか、〝ちょっと待って〟のつもりなのか。

「あんた、いかれてる」そう言うと、頭をめぐらして私の夫を見た。「ドウェイン」彼女は歯嚙みしながら言った。「ドウェイン！　この女を止めて！　なんとかしてよ！」

私はひと呼吸した。太陽が木々の向こうに沈み、室内の光が黄金色から薄紅色に変わった。〝吸って。吐いて〟

「そんなに彼を見てどうするの？」私は言った。それはすでに自分の声ではないようだった。

〝引き絞って〟

散弾銃が肩に撥ね返った。

外で、無人の湖上で、一羽の水鳥が鳴き声をあげた。
私の横で、夫がもうひとりの女の名を囁いた。
おびただしい血が流れた。

第二十一章　リジー

湖畔

私は目のまえにあるものが肉だと思おうとした。ただの肉。父さんと一緒に罠で捕えて皮を剝いでシチューにしたリスのように。私が小遣い稼ぎのために解体した雄ジカのように。いったい何度バンダナで鼻と口を覆って、死骸を捌《さば》く作業に取り組んだことだろう？ 肛門をぐるりと切り取り、内臓をごっそり摘出し、足から吊るして血を抜く。ひれ肉を切り身にし、脇腹肉をスライスする。ラップできちんと包装する。実にきれいに衛生的に。食料品店に置かれている商品のように。

肉。

私が引き金を引き、ドウェインがエイドリアンの名前をつぶやいてから黙りこんだあと、私たちは途方もなく長い沈黙のなかで立ちつくした。私はパニックを起こして当然だったけど、実際は落ち着いていた。銃声は異常なほど大きかったものの、それを聞きつける人間がまわりにいないことはわかっていた。近くにいるのは水鳥だけで、彼らはただひたすらケタケタ笑うだけだった。空が薄紅から紫に色を変え、水鳥の笑い声が湖上にこだました。私たちはふたりきりだった。もう取り返しはつかない。そして頭の中の、冷静で合理的な声が言った。〝やるべきことはわかるわね〟

隣でドウェインが足を踏み替えた。発砲の瞬間、彼は私よりエイドリアンの近くにいたので、額にそばかすのように血が散っていた。

「死体に触らないで」私は言いかけたけど、彼はエイドリアンに近づこうとしているのではなかった。怯えた目で私を見つめながら、後ずさりしているのだった。

「ほんとうに撃つなんて」彼は言った。「なんてこった。なんで撃ったんだよ？」

私は床に目をやった。エイドリアンが、あるいはエイドリアンの残骸が、銃弾の威力でひっくり返って横向きに伸びている光景に。背後の壁は赤く染まり、その下で広がる血がカーペットをぐっしょり濡らしていた。胃の中身がせり上がるのを感じ、私はぐっと唾を呑みこんだ。

「彼女が言ったことを聞いたでしょ」私は淡々と言った。「どうするつもりだったか」

「それは聞いたけど――」

私がさっと向き直り、両手で持った銃を押しつけると、ドウェインはびくりと身をすくませてのけぞった。まるで噛みつかれるのを恐れるかのように。「これを持っていって」私は言った。「あなたのトラックの中に置いてきて。それからあの人の遺体を階段から運んで、助手席に乗せて。そこまで大柄な人じゃないから、あなたひとりで運べるはず。もし血の痕があったら、踏まないように気をつけて」

「けど──」彼がまた言い、私はまえに踏みこんで、銃を乱暴に彼の胸に押しつけた。

「いいから。持っていって。私が何か思いつくのを期待してたんでしょ？　これがそうよ。これが私の思いつき。残りはあとで説明する。今はとにかく、外が真っ暗になるまえにこれだけ終わらせないと。銃と遺体をトラックに積んだら、外で私を待ってて。あなたの折り畳みナイフは？」

「ポケットに入ってる」

「貸して」

ドウェインは無言でナイフを差し出した。私はナイフを胸のまえで握りしめた。

「言ったとおりにして、外で待ってて。中には戻ってこないで」

反論してくるかと思ったのに、彼は何も言わなかった。むしろほっとした様子で、最後に横目でちらりと床の上の遺体を見てから、両手で銃を持って部屋を出ていった。あれは恋人に向けた最後の眼差しだったんだと、私はのちに気づくことになる。彼は何を思っていたのだろう。それは愛情と言えるようなものだったのか。そもそも本気で彼女を思っていたのだろうか。

網戸がばたんと閉まり、ざくざくとドライヴウェイを横切る彼の足音が遠ざかるまで、私は待った。これから取りかかる作業をドウェインに見られたくはなかった。彼がいなくなったあとですら、ためらう気持ちがあった。頭の中の声は私を駆り立てていたけど、そのときはまだ、その声に従う必要はないと心のどこかでわかっていた。まだほかにも選択肢はあると。たとえば電話線を元どおり差しこんで警察を呼び、駆けつけた彼らに、血まみれの夫がちょうどイーサン・リチャーズの遺体をトラックの助手席に押しこんでいる場面を目撃させるとか。遺体の横には発砲されて間もない散弾銃が置かれていて、私はドウェインがふたりともを殺したのだと説明する。止めようとしたのに間に合わなかったか、恐くて夫を止められなかったのだと。私と彼の言い分は当然食いちがうけれど、私のほうが正しいと警察に思わせる自信はあった。必要とあれば。私がそれを望めば。そのほうがまだ、この計画を強行するより勝ち目はあるはずだった。何しろこの計画はまだ考え抜かれていないし、うまくいくかも怪しかった。あまりにもとんでもなく常軌を逸していたから――あの最後の瞬間のエイドリアンが、何から何まで、びっくりハウスの鏡に映った私自身のように見えたことからして。

実を言うと、私はすぐにこの案に飛びついたわけじゃなかった。先にもうひとつの案を徹底的に検討してみた。どんな結末が待っているかを想定してみた。ドウェインが刑務所行きになった場合——もしくは警察が最悪のタイミングで駆けつけたか、本人が愚かにも銃に手を伸ばしたかで、彼が死んでしまった場合。ひとり残った私が、私たちの薄汚れた小さな家の中でぽつんと立って、ソファの座面の長い凹みを見つめている。どんなときもいたわり守り抜くことを誓った相手が、一日の終わりに寝転がっていた場所を。彼がいなくなり、私が無罪放免となった場合の人々の目つき、囁き、怒りを想像してみた。彼らは私が夫を犯行に追いやったのだと言うだろう。私も一緒に殺せばよかったのにと言うだろう。警察は私の言うことを信じるかもしれない。陪審も信じるかもしれない。でも、町の人々は？　絶対に信じないだろう。それでも私はカッパーフォールズにいられるだろうか？　出ていくとしたら、どこへ行けばいい？　私は想像しようとしてみた。金もなければ学もない三十手前の女が、なんのつてもない場所でやり直そうとするところを——そして気づいたのだった。ここでこんなことになった以上、そんな新天地は存在しないのだと。どこへ行こうが、私は烙印《らくいん》を押されたままなのだ。廃品置き場の悪女。ど田舎のあばずれ。夫が人をふたり殺したあと、まんまと罪を免れた女。エイドリアンの言ったとおり、これは大した事件だった。ただし彼女とちがって、私が生き残った被害者の手記を出版したり、トークショーに出たりすることはありえない。私はそういうたぐいの女じゃない。いまだに彼女の言葉が、その真実が、頭の中でこだましていた。

〝見てみなさいよ。私とあんたがどんなにちがう人間か〟

私はナイフを握り、仕事に取りかかった。

ドウェインのナイフはよく研がれていた。私の胸の下のほくろは鋭い痛みとともにぽろりと取れた。喘がずにいられないほど激しい痛みだった。今までずっと自分の一部だったものが、次の瞬間、指でつまんだただの小さな黒い塊となり、それがくっついていた部分の鈍い疼《うず》きだけがあとに残った。出血が心配だったけど、血はほとんど出なかった。私はキッチンの引き出しに超強力接着剤《ゴリラグルー》のボトルを保管していた。その夏、エイドリアンが愛用していたコーヒーマグの壊れた把手を修復するのに使ったから。ほんのひと塗りで事足りた。ほくろをくっつけるには——それと、一生分の噂を押しつけるには。その昔、森の中まで私を追いかけてきた男子たちのことを思った。私のシャツを頭までめくり上げ、その下に見つけたものを町じゅうに言いふらした連中のことを。あのときの恥辱はどこまでも私につきまとったけれど、今となってはありがたかった。別人の体を自分のものに見せかけるのにこれ以上簡単な方法はないからだ。私は血で汚れた彼女の指からダイヤモンドの指輪を抜き取り、そこに自分のシンプルなゴールドの指輪を嵌めた。それからうしろに退がり、目を閉じてひと息ついた。心臓が激しく打ちつけていたけれど、頭の中は妙に冷静だった。背後にある明かりのスイッチに手を伸ばした。次の作業のためには、細部まではっきりと見えなければならない。

〝私とあんたがどんなにちがう人間か〟

私は明かりを点け、まじまじと見た。

赤みを帯びた彼女の髪は、私の髪だとしてもまったくおかしくなかった。体はさすがに同じじゃなかった――彼女は胴がやや長く、胸に丸みがあった――けど、長年ドウェイン以外は誰も服を脱いだ私の体を見ていないのだから、そこは大した問題じゃなかった。彼女の足の爪にはペディキュアが塗られていた。私の家にも同じ色のものがあったか思い出せなかったものの、誰がそこまで確認するだろう？　とりわけ遺体が私だと確信しているなら。警察に確信させる自信はあった。ほくろは正しい位置にある。身につけている服もこれでいい。肌の色は私と同じ白、目の色も私と同じブルーだ。顔の下側に関しては、銃でひどくやられているので問題にはならない。もっとも、鼻は……私は目をすがめた。似てはいるけど、彼女のほうが若干低くて上を向いているかもしれない。些細なちがいだ。意識して見なければわからないくらい。ほとんど誰も気づかないと言っていいだろう。

〝ほとんど〟ではリスクに見合わない。

私は眉根を寄せた。ためらった。

肉だ。自分にそう言い聞かせた。ただの肉だ。

作業が終わると、まわりの血の痕を踏まないように気をつけながら、キルトのベッドカバーで遺体を覆った。すばやく、徹底的に、慎重に――したたかな内なる声の命じるままに。

生ゴミ処理機のスイッチを肘で押した。指紋がつかないように。

抜かりなく便座を上げてから、便器に嘔吐した。

念のため、キャップ一杯の漂白剤《クロロックス》をトイレに入れて再度流した。

振り返ると、バスルームのドアの裏に長袖のシフトドレスが掛かっているのに気づいた。床の上のエイドリアンの旅行バッグの隣には、ロングブーツ一足がきちんと揃えて置かれていた。彼女がここに到着したときの装い。バッグのサイドポケットに突っこまれていた下着も含めて、私はそれらをすべて身につけた。ブーツだけがきつかった。レースのTバックショーツは腰骨にぴったりフィットし、私の胸は彼女のブラに心地よく収まった。シフトドレスはスムーズにファスナーが上がり、すとんと体になじみ、裾が太腿の素肌を軽くなでた。自分が着ていたものはすべて洗濯かごの中に放りこんだ。彼女がそうしたように、私が暖かな秋の日の午後に別荘を訪れ、水着に着替えて日光浴をしていたのだと、誰が見てもわかるように。エイドリアンの痕跡はひとつ残らず彼女のバッグに収め、かわりに私自身の痕跡を現場に残した。

自分の姿を確かめようと鏡を見ると、見知らぬ女が私を見つめ返していた。私に似ていなくもないけど、むしろ彼女のほうに似ている女。まるでもっと洗練された自分に変身しかけていた私が、その過程を終えるまえに蛹《さなぎ》から飛び出したかのように。鏡の中の私は堂々と胸を張って立ち、つんと顎を上げ、唇を軽く突き出していた。私はエイドリアンのバッグを漁って口紅を取り出し、唇にさっとひと塗りすると、彼女がやっていたように指で端まですりこんだ。それから口角をにっと上げてみた。

〝いいじゃない〟

エイドリアン・リチャーズが気取った笑みを浮かべて私を見た。私は小首を傾げた。彼女もそうした。私が腰に手を置くと、彼女も同じポーズを取った。

そのとき、壁の向こうでくぐもった物音が聞こえ、鏡の中の女はたちまち私に戻った――片手で胸を押さえ、口を小さな〝O〟の字にして凍りついた。

寝室で何かが動いている。

私は息を詰めてドアの向こう側をのぞき、ほっと息を吐いた。ドウェインがいるだけだった。外で待つように言ったのに、やっぱり聞いていなかったのだ。それぱかりか、彼はあのベッドカバーの手前で屈みこんで手を伸ばし、今にも布端をめくってその下にあるものをのぞこうとしていた。私はバスルームから出て咳払いをした。

ドウェインが顔を上げた――そして、私がこれから自分の役割を演じるための自信を持つには、彼の反応を見るだけで充分だった。彼は大声をあげ、よろめきながら後ずさり、私を寄せつけまいとするように両手をまえに突き出した。

「来るな！」そう叫ぶなりドレッサーの角にぶつかり、呼吸を荒らげながら、部屋の反対側から私をうかがった。私は腰に手を当てて言った。

「外で待つように言ったはずだけど」

「くっそ、なんだよ、おい」彼は言った。「生き返ったのかと思ったよ。マジで寿命縮んだって。いや、でも正直、本人かと……待った。それ、彼女の服か？」

「そうよ」

「なんで？」

「外で話しましょう」ドウェインはためらい、もう一度床に目をやった。血染めのベッドカバーの下の動かない人影に。私がさっさと歩み寄り、きれいに拭いた折り畳みナイフを差し出すと、彼は物問いたげにそれを受け取った。

「悪いことは言わない」私は言った。「その下にあるものは見ないほうが身のためよ」

寝室でのそんなひとときのあと、計画のあらましをドウェインに理解させるのはそう難しいことじゃなかった。運がよければこうなるはずという計画。ふた夏の滞在期間中、何度となく会話を重ね、ワインのボトルを何十本と空けるうちに、エイドリアンはうっかり私に——私たちに——重要な情報を漏らしていた。私たちが彼女の口座を空《から》にしてから姿を消すのに必要なすべての情報を。あるとき、彼女はひどく酔った状態で私に打ち明けたのだ。イーサンが有罪になりかねないと思われていた時期、彼女と夫は国外へ逃げる準備をしていたのだと。私がショックを装うまでもなく、唖然として固まっていると、彼女はますます饒舌《じょうぜつ》になった。

「ちょっと、今のあなたの顔、傑作よ」笑ってグラスにおかわりを注ぎながら、彼女は言った。「あなたってほんと、世間知らずで可愛いんだから。ああ、こんな話をしてるのがイーサンに知られたら大変。でも気にすることないわ。だって、あなたが誰に話すっていうのよ、ねえ?」そう言ってけらけら笑い、ワインを長々とあおって続けた。「イーサンが刑務所に行くなんてことはありえなかった。だってコネがあるから。ぜーんぶ手筈《てはず》は整ってたわけ」彼女は肩をすくめた。「でも結局、有罪にはならなくて、私たちはどこへも行かずにすんだ。助かったわ。モスクワなんて大っ嫌いだもの」

「あの夫婦は現金をあちこちに隠してる」私はドウェインに言った。私たちは彼のトラックにもたれて、彼がイーサン・リチャーズの硬直しつつある遺体の奥に手を伸ばしてグローヴボックスから取り出した煙草を吸っていた。「パスポートやなんかも隠してるかも。それと、彼女の口座に入ってるお金――それが手に入れば、こっちのものよ」

ドウェインは眉を寄せた。「ATMの暗証番号とかわかるのか?」

「ドウェイン。ああいう人たちはATMなんか使わないの。ファイナンシャル・アドバイザーを使うのよ。私がその担当者に会って、資産をいくつか清算したいと言えば……」

「きみが本人じゃないって気づかれるんじゃないのか?」

私は唇を引き結んだ。「いいえ。そうはならない。その男にしたって、そう何度も本人と会ってるわけじゃないし、最後に会ったのはだいぶまえのはず。もしエイドリアン・リチャーズが彼のオフィスに予約を入れて、そのあと現れた女がエイドリアンの車に乗ってエイドリアンの服を着て、エイドリアンみたいに歩いたりしゃべったりしてたら……彼は期待どおりのものを見るまでよ。私は充分彼女に似てたでしょ? あなたが腰を抜かすくらい。彼女が死んでるって知ってたのに」

ドウェインは煙草を深々と一服した。「その口座の金ってのは、どのくらいあるんだ？」

「たくさん。私たちが一生暮らせるくらいあるかもね。ちゃんと計画的に使えば」私の声ははずみ、胸は高鳴りはじめていた。その日一日の恐怖、自分たちのした取り返しのつかない行為のあとでは、逃げられると思うだけで舞い上がりそうだった。背後のトラックの中で遺体がひとつ、寝室の床の上でもうひとつが冷たくなっていたけれど、私は生きていた。私の夫も。まだ間に合うのかもしれない。やり直せるのかもしれない。そして今度こそ、私たちはきっとうまくやれる。

「どこへでも行けるわよ、ドウェイン」私は言った。「ほとぼりが冷めるまでは用心して、世間から離れてなくちゃならないけど。一年くらいは。うまくやらないとね。でも私たちはやり直せる。あなたは依存から立ち直れる」――彼が鋭く私を見つめ、私はもう一度その手を取った――「大丈夫よ。あなたならやれる。私が力になるから」

彼は最後に一服吸うと、吸い殻を落として土の上で揉み消した。私は屈んでそれを拾い上げ、なんの痕跡も残すまいとする自分の脳の適応の早さに驚いた。自分の煙草を揉み消し、両方の吸殻をトラックの荷台に放りこんだ。ドウェインが唇を嚙んで尋ねた。

「ほんとうにできると思うのか？　その、口座の金を手に入れるってことが」

「ええ」私は言った。自分で思うより自信に満ちて聞こえた。正直なところ、確信はなかった。それでも、可能かもしれないこと、私が自分の役目を正しく演じさえすればさらにい、もっと可能になることを想定しはじめた以上、やってみなくてどうするという気持ちだった。すでに逃亡は始まっているのだ。どのみち私は危険を冒している。それならもうひとまわり大きなリスクを取って、はるかに大きな見返りを手にしたほうがいいんじゃない？

「フロリダ」ドウェインが出し抜けに言い、私ははっと現実に引き戻された。

「え？」

「フロリダに行くのはどうかな。伐採の現場にいたとき、そういう話をしてるやつがいたんだ。沼地で野生のブタを狩ったりできるって」彼はそう言って肩をすくめた。「知らないけどさ。世間から離れてないといけないんだろ？　だったら――」

「へえ、いいじゃない」私はすばやく言った。フロリダと聞いただけで身の毛がよだつ思いだったけど。蚊、ワニ、靴のサイズほどもある巨大ゴキブリ、延々と続く逃れられない暑さ。けれどもドウェインにはこの計画に乗ってもらわねばならず、仮にも沼地で野ブタを狩る未来図が彼を乗り気にさせるなら……私は微笑んだ。「フロリダ。完璧ね」

ドウェインはうなずいた。「だろ？　そこなら警察がおれたちを捜しにくるとも思えないし」

「まあ、うまくすれば、どこだろうと警察が捜しにくることはないけど」

彼は疑わしそうに私を見た。「ほんとかよ？」

「誰も死んだとわかってる相手を捜しにはこないもの」

私たちは真夜中過ぎに湖畔を離れた。外は真っ暗で、そよ風が吹いていた。最後に見た別荘は、バックミラーの中で揺れて軋む松の木々に囲まれた黒い影でしかなかった。私がドウェインのトラックを運転した。ハンドルをきつく握り、イーサン・リチャーズの遺体をその永眠の地へと慎重に運んでいた。遺体にはシートベルトを装着させていた――急ハンドルを切った拍子に、死んだ男がうつ伏せで私の膝に倒れこむことだけは避けたかった――けれど、路上の石や穴ぼこが車を揺らすたびに、彼の頭が前後にがくがく不気味に揺れるのはどうすることもできなかった。道が直線になると、ずっと後方のメルセデスのヘッドライトがかろうじて見えた。ドウェインが距離を保ってついてきているのだ。ふたりとも道を知っていたため、連れ立って進む必要はなかった。

廃品置き場はひっそりと静まり返り、ガラクタの山が真夜中の空にギザギザの峰のようにそびえていた。トラックのヘッドライトが私の行く手を照らしていた。真っ暗闇の中でも運転しようと思えばできたのだけれど。長年経っていても、この道は完璧に憶えていた。曲がりくねったどの部分も、私の記憶に刻みこまれていた。トレーラーハウスは真っ暗で、道路側の端のよろい戸が閉ざされ、明らかに誰もいなかった。予想どおり。私は思った。父さんは今ごろ〈ストラングラーズ〉にいて、午前二時まで飲んだくれ、そのあと酔い覚ましにトラックの中で眠るはず。夜明けになって帰ってくるころには、この場所全体が炎に包まれているだろう。

私が湖畔の家で語りはじめた物語は、そうして最終章を迎えた。それはこんな話だ。昔むかし、十年に及ぶ不幸せな結婚生活の果てに、ドウェイン・クリーヴスは奥さんを殺し、みずからも命を絶ちました。いろいろあった末、ふたりが初めて出会った廃品置き場に戻って、人生を終えることにしたのです。引き金を引くまえに火を放ち、すべてを燃やしつくして灰にしてしまったのでした……。町の人々が信じそうな話だと私は思った。ドウェインと私がことさら不幸だったからではなく、その逆で、ことさら不幸というわけではなかったから――そして、その手の悲劇に見舞われる夫婦というのは、どちらかが遺体となって転がるまで、充分幸せそうに見えるものじゃない？

私は舞台を整え、火を放ち、永遠の別れを告げるだろう。リジー・ウーレットに。彼女をついぞ歓迎することのなかった町に。彼女がわが家と呼んでいた廃品置き場に。別れを告げながら、私を生《な》し、育て、あたうかぎりの人生を与えてくれた男にキスを送るだろう。おまえのためなら殺しもしただろうと、かつて本気で私に言った男に。

そうして私はたいまつを手に掲げた。火を点けた。息を吸って、吐いた。

今夜私が選んだ道を、父さんなら理解してくれると思った。赦《ゆる》すのではなく、わかってくれるだろうと。これが私からの最後の贈り物になるだろう。父さんの生活は保障される。少なくともそれはわかっていた。結婚して町なかに越してからも、私は何かと実家の維持管理を手伝っていたから――火災保険の契約更新を忘れずに手続きすることも含めて。父さんは毎回、もっと安いプランがいいと言っていたけど、私は常にフルカバーにすべきだと言い張った。何度父さんは冗談を言ったことだろう、この場所は売っぱらうより火事で焼けたほうが倍儲《もう》かると？ それがほんとうであるようにと私は願った。父さんが保険金を受け取り、荷物をまとめて、町を出ていくことを願った。

そんなことを願うべきじゃなかったのかもしれない。私たちをこの町につなぎ止めていた何もかもを焼きつくすのは、私自身の夢だったのかもしれない。父さんの夢じゃなく。

けれども、火はすでに放たれた。

炎がイーサン・リチャーズの虚ろな目の中で揺らめき、やがて燃え上がって彼を包んだ。私はうしろに退がって見守った。炎がトラックを満たし、すぐ隣のガラクタの山に燃え移るのを見届けてから、背を向けて走りだした。轟々と風を切りながら、涙を流しながら、廃品の山々の上の満天の星空を見上げながら、もう二度と踏むことはない土の通路を駆け戻った。あまりの速さに宙を飛んでいるような気がした。このあとどうなるかもわからず、それでもかまわず走った。背後で炎がいよいよ高く燃え上がった。私のまえにはただ夜の闇だけが広がっていた。

第二十二章　リジー

都会

発砲の瞬間、ドウェインはびくりと身を固くし、それからボクサーのように両足を突っ張ったまま、ふらふらとまえによろめいた。口が大きく開き、私は一瞬ぞっとした。彼が何か言うんじゃないかと。狙いがはずれたなら、もう一度引き金を引くべきなんじゃないかと。もう一度撃てる自信はなかった。それどころか、自分がそれを望んでいるかも急にわからなくなった。夫は私のまえに立っていた。彼のスウェットの前面、私が撃ったところに小さな穴があいていた。穴の縁が赤く染まりはじめ、私の頭の中はその昔、彼がラグスを殺した日のあの言葉でいっぱいになった。

〝あんなことしなきゃよかったと思ってる。あのときすぐ、そう思った〟

けれど、私の場合はそうではなかった。私が自分のしたことに対して抱いた感情は、後悔と呼べるほど単純明快なものではなかった。私はあんなことをしなければよかったとは思わず、選択をやり直したいとも思わなかった。ただ、同じ選択を繰り返したくなかっただけだ。

そして結局、繰り返さずにすんだ。ドウェインの脚がくずおれ、彼は不恰好な体勢でまえのめりに倒れ、イーサン・リチャーズの高級マホガニー材のデスクの角に顔から突っこんだ。鼻の骨がぐしゃりとつぶれる音、続いて全身がカーペットの上に崩れ落ちる鈍い音がした。両腕は転倒を防ごうと持ち上がることなく、体の脇にだらんと垂れたままだった。倒れこむまえにもう死んでいたのだろう。

そうであってくれたならいい。即死だったと思いたい。私がドウェインに怒りを抱いたのは事実だけれど――私の人生を台なしにしてくれたばかりか、私の死までぶち壊しにするところだったのだから――それでも彼を苦しませたかったわけじゃない。怒りや憎しみからこうなったわけじゃない。どうすれば生き残れるかが問題で、私には自分ひとりしか救えないと悟ったのだ。夫を彼自身から救うことができなかったから。やめられないドラッグ、たび重なる嘘、周囲に見せびらかしても私にはどうしても明かせなかったクソ低画質なエイドリアンの携帯写真――彼はそんなことの繰り返しで、そのうち私にもどうにもできない過ちを犯し、ふたりともを破滅させていただろう。ドウェインは遅かれ早かれ、なんらかのへまをして捕まっていただろう。そして今、私が別の道を選ぶ決断をしなければば、私は彼の手を握りしめたまま一緒に引きずられ、ふたりして奈落の底へ落ちていっただろう。

手を離すしかなかったのだ。

彼が倒れたあと、私はまる一分間その場に立ちつくした。銃をだらりと手に持ったまま、刻一刻と時が流れるなか、ドウェインがじっと動かず、息もせずにいるのを見守った。そんな必要はないとわかっていたけど。十年も同じ家を、ベッドを、生活を共有していれば、夫とその脱け殻のちがいなんてすぐにわかる。彼はもはやこの世にいなかった。

そろそろ新たな物語を語りはじめる時間だ。

折り畳みナイフはまだ彼のポケットの中だった。私は銃を脇に置くと、ナイフを出して刃を開き、胸のまえで握った。

〝目が覚めたらあの人がいて、ナイフを持っていたんです〟

〝あの人は私の夫を殺したと言いました〟

〝金を出せと言いました〟

〝私たちが金庫に銃を保管していたのを、あの人は知らなかったんです〟

私は壁に背中を押しつけ、もたれかかり、そのままずるずると坐りこんだ。もう一分ほど、ドウェインが動かないかどうか見守った――ほんとうに動くかもしれないからじゃなく、彼女ならそうするだろうから。頭の中では抜け目ない生存者の声が、より信憑性《しんぴょうせい》のある別バージョンの説明を続けていた。

〝私はあの人を撃って、ナイフを奪いました。あの人がまだ襲ってくるかもしれないと思ったんです〟

私は大きく息を吸って吐いた。それからもう一度。深く吸いこむと心拍が上がり、視界の端で銀色の火花がチカチカと踊りはじめた。

〝しばらく待って、あの人が死んだとわかると、部屋から逃げ出しました〟

私は部屋から走り出た。

エイドリアンの携帯電話で九一一に緊急通報した。オペレーターの女に住所を告げ、救急車を呼んでほしいと言った。

それから、そのままお待ちくださいという彼女の声を無視して電話を切り、弁護士に電話をかけた。

エイドリアンならそうするからというだけでなく、私も馬鹿じゃないからだ。

弁護士の名前はカート・ゲラーといった。結局裁判にならなかったイーサン・リチャーズ事件のニュース記事でその名前を見かけたはずだけど、思い出す必要はなかった。エイドリアンは携帯電話の連絡先にすべてメモをつけていたから――〝家政婦〟、〝メイク担当〟、〝トレーナー〟といった具合に。その日すでに私は彼女のアドレス帳を調べていた。たとえばあの〈ソウルサイクル〉のブロンド女、アナ。彼女のメモ欄には〝SCで同じクラスのバカ女。でもルルレモンのアンバサダー〟とあった。いかにもエイドリアンらしかった。友達はひとりもおらず、毛嫌いしているのに利用できそうな相手だけキープしておくというわけだ。私自身のメモ欄には〝湖畔の家〟とだけあり、ドウェインは電話番号自体が登録されていなかった。それには困惑したけれど、すぐに彼女には必要なかったんだと気づいた。私がいたから。ドウェインにやらせるためのくだらない仕事を見つけては、彼を寄越すように言うだけで、私が世界一の間抜けのようにいそいそと従ったから。彼女は私のメモ欄にふたつ目の言葉を付け加えるべきだった――〝ポン引き〟と。

ゲラーは〝イーサンの弁護士〟として、複数の電話番号とともに登録されていた。オフィス、アシスタント、緊急時。私はその最後の番号にかけ、呼び出し音に耳を傾けた。相手は二度目のコールで出た。ざらついた声が言った。

「カート・ゲラーですが」

私は息を震わせて深呼吸し、声をうわずらせた。

「ミスター・ゲラー、エイドリアン・リチャーズです。起こしてしまったならごめんなさい。ほかに誰を頼ればいいかわからなくて」

「エイドリアン」彼は言った。電話の向こうで、くぐもった女の声が「誰？」と尋ねるのが聞こえ、ゲラーは咳払いをして続けた。「イーサンの奥様ですよね。しかし、なぜ――」

「イーサンが死んでしまったの」私は言った。「それで私はたった今、夫を殺した男を撃ったところです」

自分が何を期待していたのかはわからない。ショックで息を呑む音か、あるいは愕然とした沈黙か。かわりにわかったのは、なぜカート・ゲラーが依頼人に深夜の緊急連絡用の電話番号を教えるたぐいの弁護士であるかということだ。

「わかりました」ゲラーはよどみなく言った。「九一一には電話しましたか？」

「ええ」

「よろしい。ほかに電話は？」

「していません」

「よろしい」彼はまた言った。「この会話は手短にしましょう。彼らが最初に調べるのはあなたの通話の履歴ですから。これからすべきことをお伝えします」

私は居間のソファにどさりと腰を下ろし、ゲラーの指示に耳を傾けた。廊下の先の部屋でうつ伏せになって死んでいるドゥェインのことは考えまいとした。携帯電話を握っていないほうの手が震えはじめていた。自分の暴力行為のためでも、夫を喪《うしな》ったからでもなく、自分が完全に独りであることに気づいたからだった。すべてが動きだしてから初めて、もしかしたら人生において初めてと言ってもいいかもしれない。何よりおかしなことに、私が頼みにするしかないこの新しい自分自身の存在に、私はまだほとんどなじんでいなかった。エイドリアンの人生に足を踏み入れ、ほんの何日か演じてみせるだけのつもりだったのが、今や無期限に引き延ばされ、想定よりずっと大勢の観客を相手にしなければならない。つかの間、電話を切って持てるだけの荷物を持ち、逃げる自分を想像した。私はリジーを殺したのだ。エイドリアンもお役御免にしていいかもしれない。むしろするべきじゃないか。どこか知らない土地で生まれ変わり、新たな名前を選び、新たな自身を築けばいい。誰でもない人間になればいい。現金とダイヤモンドの入ったトートバッグは、ほんの数メートル先のクローゼットの中にある。九一一に通報してからまだ三分も経っていない。彼らが到着するまえに逃げようと思えばまだ間に合う。

廊下で何かが動いていた。書斎の開いたドアからうっすらとこぼれた長方形の光のすぐ向こうで。私ははっと息を呑み、やがて小さな安堵のうめきを漏らした。例の猫が暗がりから音もなく姿を現し、床の上をそっと歩いて私のほうに向かってきた。

「エイドリアン？」カート・ゲラーが鋭い口調で言った。「電話を切りますよ」

猫が私の膝に飛び乗って喉を鳴らし、伸び上がって私の顎に顔をこすりつけた。私はまた息を吸った。ゆっくりと、落ち着いて、冷静に。

私はどこへも行かない。

「ええ、わかりました」


どのくらいそこに坐っていたかわからない――ゴロゴロと喉を鳴らす猫をなでながら、サイレンの響きかドアを叩く音が聞こえないかと耳を澄ましながら。今夜はひとりだろうけど、明日はカート・ゲラーと会うことになる。彼がどの程度エイドリアンと接したことがあるのかが問題だった。最後に彼女と会ってどれくらい経つのか。何かがおかしいと感づくほどに彼女のことをよく知っているのかどうか。彼女が言いそうなことを想像しようとしてみた。〝誰だって夜中に突然、頭のいかれた男に襲われたりすれば、ふだんどおりじゃいられないわ〟

やがて私は猫を抱いて立ち上がり、書斎へ引き返してドアロに立った。撃たれる直前のドウェインが立っていた場所に。彼の最後の言葉、彼が最後に口にしたのは、私の名前だった。

それについても考えまいとした。まえにも言ったように、私はエイドリアンを殺したくはなかった。彼女の死を願ったことは一度もなかった。それはほんとうだ。けれど正直に言うと約束した以上、本心を言うと、ドウェインに死んでほしいと思ったことはある。何度も。いつも考えていたと言ってもいい。ドラッグ漬けになって伸びている彼の鼻をつまんで、このまま永遠の眠りにつかせようかと想像したこともあったけど、そこでは終わらなかった。もし彼が死んだら、といつも脳裏で思い描くようになっていた。私自身が彼を手にかける必要はなかった。たとえばこんな想像をした。玄関先に立っていたら、帽子を脱いだ警官が厳めしい顔をして近づいてくる。まちがいなく悪い報せだ。狩猟中の事故だろうか。あるいはオーバードーズ。私の母がスリップ事故を起こしたのと同じ、氷の張った道路でのブレーキ故障。想像の中の私はドア枠に手をつき、体がふらつくのを支える。誰かに電話して来てもらったらどうかと警官が言う。〝こういうときはひとりでいないほうがいいですから〟と。それがお決まりの台詞だから。

誰も考えてみようとはしない。〝ひとり〟が〝自由〟と同義でもあることを。

今、私が感じているのは自由だった。それまでずっと、ドウェインと一緒にただ流されるままに漂い、しみったれた人生にしがみついていた。それがなければ溺れてしまうとでもいうように。今はもう、しがみつくものは何も残されていない。何にもつなぎ止められることなく、いまだかつてない速さで未知の潮流に乗って流れている。ひとりで、軽々と。自由に。

階下《した》で誰かがドアを叩きはじめた。何人かが大声をあげ――「警察です！」――驚いた猫が私の腕から飛び出して一目散《いちもくさん》に逃げ、家の暗がりの中へ姿を消した。私は振り返って叫んだ。

「ここにいます！　いま行きます」

私は感傷的な人間じゃない。最後に立ち止まって見つめたり、彼の冷たくなりかけたこめかみにキスしたりしたいとは思わなかった。ほかのあらゆるものを置いてきたように、夫のことも置いていくつもりだった。別れを告げることなく。彼がうつ伏せで死んでくれたのがありがたかった。出ていく私の背中をその目が追うことはないから。その顔に刻まれた驚愕の表情を見なくてすむから。不自然な恰好で床に倒れてさえいなければ、彼は眠っているだけのように見えただろう。血もほとんど出ていなかった。標的の心臓を確実に射止めると、そうなるものなのだ。

第二十三章　バード

バードは十一時少し前にリチャーズ邸をあとにし、車に戻っていた。ちょうどレッドソックスが九回の裏、四対一のリードをふいにするかと思われた場面に間に合い、ラジオを聴きながらハンドルを握りしめた。街の明かりが背後に薄れ、暗くなめらかな幹線道路が前方に延びていた。ニューヨークでは満員の観衆が声援を送るなか、ヤンキースがふたたびチャンスを迎えた。

インターステイトを北へ数キロも行かないうちに、抑え投手のキンブレルが、死んでも抑えなければならない局面で満塁デッドボールを投げ、押し出しの一点を許した。バードは思った――ソックスはこのままずるずると逆転され、まさかの敗北をつかみ取るのではないか――そしてヤンキースが犠牲フライでさらに追加点を入れ、一点差に迫ったとき、ここでの負けは何かの不吉な前兆かもしれないと思った。ソックスにとってだけでなく、自分個人にとって。現に自分は尻尾を巻いてカッパーフォールズへ取って返そうとしている。ボストンまでの長距離運転で無駄にした時間を呪いながら。エイドリアン・リチャーズという有望な手がかりを追っていたはずが、一通のメッセージで骨折り損だとわかったのだ。

バードは顔をゆがめた。こうなることは想定できたはずだった。あの廃品置き場の火事はとても偶然とは思えなかったのだから。それなのに、ただの妙な偶然だと自分を納得させようとしていた。廃品置き場の火災自体は珍しくもなんともないからだ。まったくついていない。懐中電灯を手に焼け跡を見てまわっていたアール・ウーレットが、スクラップの山に半ば埋もれたドウェイン・クリーヴスのトラックを見つけたのだという。トラックは焼け焦げた残骸と化しており、そこにあると知らなければ見過ごしていてもおかしくなかったが、アールはその場所に駐めた覚えのないトラックがあることに気づいた。運転席のドアは焼け落ち、車内にあったものは消火ホースの高圧放水で押し流されてしまっていた——黒焦げの遺体の一部も含めて。アールの話では、トラックをよく見ようと歩み寄ったとき、足元の灰の中で何かがぐしゃりと砕けた。ガラスを踏んづけたのだと思ったが、ガラスはすべて溶けてしまっており、懐中電灯を足元に向けてみると、自分がへし折れた人間の大腿骨を踏んでいることに気づいたのだという。

まったく、いいザマじゃないか。バードは胸に毒づいた。リジー・ウーレットの殺害犯を追うのにまる一日を費やした。何十人もの聞きこみをおこない、何百キロもの距離を駆け、不眠不休のまま事件発生後四十八時間の早くも半分に達しようとしている。そしてそのあいだずっと、当のクソ犯人はみずからが開催した人間バーベキューにより真っ黒焦げでお亡くなりになり、あとは串刺しになるばかりの状態で、カッパーフォールズから一歩も動かず待っていたというわけだ。とはいえ、思いがけない幸運ではあった。アールがたまたまそのときを選んで廃品置き場の焼け跡を探索しなければ、遺体が見つかるまでに数カ月、あるいはもっとかかっていたかもしれない。

それからグレイバー・トーレスがゴロで打ち取られ、逆転ランナーふたりを塁に残したまま試合が終わると、野球と不吉な予兆についてのバードの懸念はすべてかき消された――ニューヨークの大観衆の怒りのうめきと、アウェイのボストンファンから散発的にあがる勇ましい声援によって。ダッシュボードのほのかな明かりに照らされた車内でひとり、バードはこぶしを突き上げ、アクセルを踏みこんだ。パトカーは夜の中へ加速した。

ソックスがロッカールームじゅうにシャンパンをぶちまけ、明け方まで続く祝宴を始めるころには、バードは州境を越えてメインに入り、来たるべきものを覚悟していた。ドウェイン・クリーヴスの死はひとつの区切りを意味していた。正義の裁きではないとしても。

警察は後者を好みがちだが、遺族の思いはしばしば異なる。アール・ウーレットにすればこのほうが幸せかもしれないとバードは思った。裁判にはマイナス面がつきものだ。司法取引、仮釈放、犯人がいつか罪を許され自由の身になるかもしれないという不安。愛する家族がいかにむごたらしく命を奪われたかを、生々しい細部に至るまで聞かせられることは言うまでもない。リジーの父親はクリーヴスが散弾銃でめちゃくちゃにした娘の顔についての説明を法廷で聞く必要はない。そして、あのクソ野郎がふさわしい報いを受けることなく、自殺という楽な運命に逃れたのだとしても、娘を殺した男とそれ以上世界を共有せずにすむことは、アールにとってせめてもの慰めになるだろう。

午前三時、カッパーフォールズへ向かう郡道の最後の数キロを走行していると、バードの携帯電話が鳴りはじめた。

「バードです」

「よう、バード」ブレイディが言った。「まだ運転中か？」

「もうじき着きます」バードはあくびをかみ殺した。

「いったん車を停めたらどうだ」

「いや、大丈夫です。早く着きたいんで。今のうちに現場を見ておきたいんですよ」

「おれは仮眠を取れと言ってるわけじゃないぞ」ブレイディが乾いた口調で言い、バードの背すじに嫌な予感が走った。この感覚には覚えがある。数時間前にも感じたばかりだ——なんの収穫もなくエイドリアン・リチャーズの聴取を終えて車で走り去るときに。あれはあの場かぎりだと思っていたが、今また同じ感覚が、いちだんと強くなって戻ってきた。引っかかるのはブレイディの口調だった。上司の声はほとんど申し訳なさそうに聞こえた。

「じゃあ、どういうことです？」

「たった今、ボストン市警から電話があった」ブレイディは言った。「マレーという巡査から」

バードは反射的にアクセルから足を浮かせた。パトカーは惰行を始めた。

「聞きましょう」彼は言った。

「リチャーズ邸で発砲があった。現場でひとりが死亡した。マレーが言うには、うちの容疑者だそうだ」

バードはブレーキを踏み、路肩の薄れた白線を半分またいで車を停めた。ヘッドライトを茫漠とした闇夜に光らせたまま。

「クリーヴスですか？」

「向こうが言うにはな」

「いやいや、冗談きついですよ。どういう状況ですか？」

「詳細はわからん。すまんな。市警から連絡があっただけ、運がいいと思えよ」

「ほんとうに確かなんでしょうね？」

「そう思うが」

バードは携帯電話を膝の上に落とし、指先で鼻梁《びりょう》をつまんだ。急に顔の皮膚が薄すぎるのに比して骨が多すぎるように感じられ、両目が痛みはじめた。瞼が紙やすりでできているかのように目の縁がざらざらした。彼はうなった。膝の上の携帯電話から、ブレイディの声が甲高く響いた。

「バード？　いるのか？」

彼は端末を持ち上げて耳に当てた。

「ええ。すみません。ただちょっと……」そこで言いよどみ、しばし考えてから首を振った。「だとしたら、クリーヴスの車の中で死んだのはいったい誰なんです？　カッパーフォールズの廃品置き場で見つかったのは？」――その問いを発すると同時に、彼は自分でその答えに気づいた。

イーサン・リチャーズに妻の不貞を告げる場面を思い描いてほくそ笑んだのはほんの数時間前のことだが、今ではほぼ確信していた。その機会は永遠に失われたのだと。

なぜならリチャーズがすでに知っていたからというだけではない。リチャーズがすでに死んでいるからだった。

バードはため息をついた。「なんでもありません」

ブレイディはおもしろがっているようだった。「ほんとうに？　そんなにすぐわかったのか？」

「おそらく」バードは言った。「たぶん」そこで間《ま》をおき、ハンドルに手を叩きつけた。一度。二度。強く。

「バード？」

「聞いてますよ」彼は深く息を吸いこみ、すぼめた唇の隙間から盛大に音を立てて吐いた。「ちっくしょう」

それからすぐにパトカーはふたたび路上にすべり出し、先へと進んだ。カッパーフォールズへ、廃品置き場へ、ドウェイン・クリーヴスの乗り捨てたトラックとその中で黒焦げになった遺体へと。結局クリーヴスではないと判明するはずの遺体——クリーヴスではありえない。やつは三百キロの彼方で愛人に撃ち殺されたばかりなのだから。バードは首を振った。今すぐ引き返したくても、引き返したところでどうしようもない。ボストン市警はリチャーズ邸の監視には協力してくれたが、まだ起きたてほやほやの殺人事件に州外の刑事が割りこんでくるのにはいい顔をしないだろう。かわりに自分はこの旅を出発点に戻って終えるのだ。新たな犯罪現場に夜明けが訪れるのを眺め、願わくはそれをもって事件解決とする。決着と言ってもいい。一周まわって元に戻ったというわけだ。それはなんとなく正しいように思えた。

自分の直感が冴《さ》えていたとわかっただけ、まだよかった。ボストンではクリーヴスと行きちがいになったのだろう。夜の海をゆく二隻のボートのようにすれちがい、自分は街をあとにしたのだ。それも奇妙な偶然だった――あるいはクリーヴスはどこか近くに潜んで、こちらの動きを見ていたのかもしれない。警察がいなくなるのを待ってから動きだしたのかもしれない。それもまた正しいように思えたが、それはつまりクリーヴスが想定よりはるかに賢かったということになり、そうなるとまったく愉快ではなかった。

バードはため息をついた。インターステイトを降りるまえにコーヒーを買いに寄ればよかった。もう少しで何かを突き止められそうな、もつれた糸をほどけそうなもどかしさがあったが、もはや頭の中がまとまらず、やがてすべての思考は巨大なあくびによって中断された。彼はまた目をこすった――と、とっさに叫び声をあげ、思いきりブレーキを踏んだ。前方の暗闇から何かがぬっと姿を現し、ヘッドライトに照らされて凍りついた。パトカーはタイヤをきしらせながら停まった。バードがフロントガラス越しにのぞくと、道路の真ん中に青白く浮かび上がったシカが、立ちすくんだまま彼を見つめ返していた。雌ジカだった。その背後の暗がりに仔ジカや仲間の群れがいないかと目をやったが、一頭きりのようだった。バードが苛立ってクラクションを鳴らしても、雌ジカは元来た方向にぐるりと頭を向けるだけだった。彼はまたクラクションを鳴らした。もっと強く。

「おい、どうするんだ。早く決めてくれ」すると雌ジカがまた頭をめぐらし、バードは思わず小さく笑った。ヘッドライトを反射した眼がきらりと琥珀《こはく》色に光った。まるでほんとうに彼の言葉を聞いて迷っているかのようだった。シカはしばらくそのままじっとしていたが、やがて優雅にひと跳ねして中央線を越え、尻尾を高く上げて走り去り、暗闇の中へ姿を消した。

第二十四章　リジー

〝あれは正当防衛でした〟

私はその台詞をいつでも言えるよう、頭の中で用意していた。警察に訊かれたらこれを言うのだ、これだけを言うのだと決めていた。ところがいつまで経っても、誰も何も訊いてこなかった。救急隊員のひとりが私のバイタルを測定し、怪我はないかと尋ね、私が「大丈夫です」と答えると、うなずいてみせた。そのままそこにいてくださいと言うので、それに従った。暗い通りの縁石の上にちょこんと坐り、チカチカするパトカーの赤と青の回転灯やせわしなく動きまわる警官たちの中で、小さな孤島のようにじっとしていた。大勢の警官たちが私をよけながら家に出入りしていた。まるで私が低木の茂みか消火栓でもあるかのように。風景の一部にすぎないかのように。ちらりと私に目をやる者もいたけれど、誰もまともに見ようとはしなかった。その人たちを責めることはできない。私はその場で最もつまらない存在だった。毛布にくるまった物言わぬ塊。誰もが家の中にいる死んだ男を見にきているのだ。私はひとりの警官が通りを行ったり来たりするのを眺めた。彼は近隣の家々の玄関へと続く短い石の階段をのぼったり下りたりしていた。どの家の玄関先も見るからに洒落ていて、通路はブドウの蔓のリースか、華やかな鉢植えの菊の花で飾られていた。彼は順番に一軒ずつまわり、ノックしては待ち、明かりが点きはしないかと窓を見上げていた。一度、ドアがわずかに開いて誰かが顔を出すと、警官は私のうしろの家を示して、何やら早口でまくし立てた。何か見たり聞いたりしませんでしたかと尋ねたのだろうけど、〝いいえ〟以外の答えがありえない早さで、ドアはすぐにまた閉まった。物見高い隣人たちが何事かと出てきて、ゴシップの種になりそうな場面を見物しにくるんじゃないかと恐れていたのに、誰も外に出てくる気配はなかった。仮に見物しているのだとしても、家の中から悠然と見ているのだろう。カーテンをなるべく揺らさないよう気をつけながら。それでも、警察がいなくなったあとで——私が連れていかれたあとで——みんな家から出てきて、噂をし合うのかもしれない。ほらやっぱり、あの女は何かがおかしいと思ってたんだ。あの夫婦はどうもいかがわしい感じがした。そのうち必ずひどいことになると思ってたよ。そんなことを口々に言うのかもしれない。

思った以上に、この街はカッパーフォールズに似ているのかもしれなかった。

家々をノックしてまわる警官は、通りの端に達すると引き返し、すぐそばにいる別の警官に話しかけた。周囲の家を身振りで示して首を振り、肩をすくめてみせた。私は縁石の上で坐り直し、靴の中でつま先をもぞもぞ動かそうとした。私が裸足なのに気づいて、誰かが家の中から持ってきてくれた靴。自分では気づいていなかったから。

無理もない。私はそれほどのショック状態にあったのだ。なぜなら、カート・ゲラーがそう言ったから。

「警察には正当防衛だったと言ってください。それから、供述するまえに弁護士と話したいと言うように」彼は電話でそう言った。「警察はどうにかあなたを説得して話をさせようとするでしょう。絶対にやめてください。今夜は何も言ってはいけません」

「何も？」私が訊き返すと、ゲラーは孫に言い聞かせるような優しい口調になって続けた。

「今のあなたの立場でまともに話ができる人はいませんよ、エイドリアン。すぐには無理です。あなたはご主人を亡くしたうえに、人をひとり死なせたばかりなんですから。自覚があろうがなかろうが、あなたはトラウマを負っているんです。警察が放免してくれたら、すぐに立ち去ってください」

実のところ、自覚はなかった。私は何も感じていなかった。疲れたとしか。一日じゅう体を酷使したあとのように、骨の髄《ずい》まで疲れていた。茂みの刈り払いや錆落としの作業をしたあとのように。ドウェインがその冬三度目のへまをやらかして雪の中に突っこんで埋めてしまった車を、カチカチに固まった雪と氷の中から苦労して掘り出したときのように。シャベルを大ハンマーのように振り下ろし、泥や砂利が混じって削り取るのがほぼ不可能な汚い氷をかち割ったものだった。両手が痛み、冬用ジャケットの中の両腋が汗びっしょりになるまで、掘って掘って掘りつづけた。全世界がシャベルの動きと自分の切れ切れの息だけになるまで没頭した。やがて作業が終わると、疲労がどっと襲ってきた。動きを止めたとたん、あまりに体が重くてその場から動けなくなった。もうそれ以上何もできないほど。身を屈めてブーツのひもをほどくことすら、手を持ち上げてジャケットのジッパーを下ろすことすらできないほど。

私のエイドリアン・リチャーズとしての二十四時間に、除雪作業や錆落としは含まれていなかった——彼女は自分でそれをする必要がなかった。あの猫ですら、排泄《はいせつ》するたび勝手に片づけてくれる全自動くそ猫トイレを使っていた——けど、疲労感は同じだった。私は一日じゅう別の女の身元を人工皮膚のようにまとって歩きまわっていた。それは途方もなく重かった。私はただもう家の中に戻ってあの信じられないほどやわらかなシーツのあいだにすべりこみ、目を閉じてしまいたかった。ありのままの自分としてひと晩を過ごしたかった。ただのリジー、生ける死者として、ほんの数時間だけでもエイドリアン・リチャーズの重さから解き放たれたかった。目を覚ましてもう一度彼女を身にまとうまえに。

けれど、彼女を脱ぎ捨てるわけにはいかない。今はまだ。いつまでも続くわけじゃないにしても、このままえに進みつづけるしかないと思うと、疲労感はいっそう重くのしかかった。

ゲラーの言葉がまた頭の中で響いた――〝自覚があろうがなかろうが、あなたはトラウマを負っているんです〟。これが以前の人生なら、そんなことを言ってくる男には平手打ちを食らわせたいと思ったことだろう。でも今は、その言いざまをありがたく思った。上から目線ではあるけど――だからこそありがたいのかもしれない。そのほうが楽にことが運んだ。エイドリアンには友人がひとりもいないかわりに、カート・ゲラーやリック・ポリターノのような人々がいた。彼女がどんな人間で、何を感じるべきかを、こと細かに教えたがる人々が。私はなぜか子供のころに読んだ怪談を思い出した。それはこんな話だ。女が夜中にふと目を覚ますと、夫がそっと彼女の服を脱がそうとしている。女はベッドサイドランプに手を伸ばすが、夫に手を引き戻されてあきらめる。何かがおかしい、いつもと様子がちがうと感じるものの、眠くてそれ以上考えられない。ほのかにエロティックな気配すら漂う。ふたりは暗闇の中で愛し合う――そして翌朝、女が目覚めると、夫は寝室の床の上で手足を広げて死んでいた。何時間もまえからずっと。彼女の全身は血染めの指紋で覆われ、バスルームの鏡にメッセージが殴り書きされていた。〈明かりを点けなくてよかっただろう?〉と。

エイドリアンのまわりには常に彼女の手を取って暗闇の中を導き、彼女にふさわしい行動をうながす人々がいた。今、その人たちは私の手を取っていた。私がどうすれば彼女になれるかを知りたければ、彼らに尋ねるだけでよかった――そして怪談の中の女とはちがって、彼らが真実に気づくことはないだろう。

「ミセス・リチャーズ?」

私は視線を上げた。男がひとり、目のまえに立っていた。私はまず彼のくたびれた茶色い靴に目をやり、それから顎を上げて相手の顔を見た。疲れた目をした中年の男だった。その小汚いブロンドの顎ひげを見て、ちょっとばかり気の毒になった。顎ひげが見るにたえないからというだけでなく、似合ってないよとはっきり言ってくれる親しい相手が彼にはいないようだから。男の指に結婚指輪はなかったけれど、〈刑事〉と記された金色のバッジが首から下がっていた。私は彼を見上げてうなずき、怯えた顔をすべきだろうかと思いかけて、どんな顔もしなくていいのだと気づいた。ゲラーの指示は実にすばらしい名案だった――私は自覚があろうがなかろうがトラウマを負っており、それはつまり、何をしようがトラウマのせいにできるということだった。私が泣き叫んで髪の毛を掻きむしったら、それはトラウマのせい。落ち着きすぎているように見えたら、それもトラウマのせい。

トラウマが今夜の過酷な体験の一部始終を私の脳裏に焼きつけたのだ。もしくは私の話が矛盾している場合、私の記憶を寸断したのだ。すべてはトラウマで説明できる。トラウマが私の新たな信仰というわけだ。

「ミセス・リチャーズ、刑事のフラーです」男はそう言って片手を差し出した。私も自分の手を差し出したけれど、彼は握手するかわりに、私を引っ張って立たせた。立ち上がった拍子に肩から毛布が落ち、私は震えながら自分の両肩を抱いた。背後で石の上を転がる車輪の音が聞こえた。振り返ると、ちょうど玄関ドアからストレッチャーが運び出されるところだった。黒いゴム製の袋が上に固定されていた。すでにジッパーは閉められ、ドウェインは中に収納された肉塊でしかなかった。どちらの端が頭なのかも判然としなかった。いい、最後の見納めはなし――私は思った――最後のお別れもなし。ストレッチャーはヴァンの後部に積みこまれ、警官のひとりが勢いよくドアを閉めた。

刑事のほうに向き直ると、彼は眉を上げて私を見ていた。

「あれは正当防衛でした」私は言った。

「お話は全部うかがいますから、ご心配なく。ひとまず署まで同行いただけますか」

「私は弁護士を呼ぶべきでは？」

「ちょっとした雑談ですよ。供述する必要はありません。まだしばらく現場検証でお宅の中には入れませんから、もっと居心地のいい場所に移動しましょう。私の車に乗ってください」

彼にうながされ、私はエイドリアンのきつすぎる靴を履いた足を引きずってついていった。落ちた毛布はその場に放置した。夜気は冷たく、肩を覆っていた毛布の重みがすでに恋しかったけれど。私が警察に協力的なのをゲラーはどう思うか気になったものの、今さら手遅れだった。今夜もう一度彼に電話することがあるとしたら、それは私が逮捕されたときだ。

警察署までは車でいくらもかからなかったけど、エイドリアンの自宅の近隣を離れて数ブロックも行かないうちに、自分がどこにいるのかまったくわからなくなった。目印になるものを探そうと首を伸ばしても何も見当たらず、息苦しさが胃を締めつけた。陽の光を浴びて行き交う人々に囲まれていたとき、都市の匿名性はこのうえない自由のように感じられた。今、私は延々と続くがらんとした通りを見て、自分が閉じこめられ、無防備にさらされている気がした。単調な煉瓦の海の中で途方に暮れた気分だった。シャッターの閉まった店、街灯の下でほの白く光るショーウィンドウの奥の無人のロビー。やがて道が曲がると、背の高い建物の群れが見えてきた。

「ここです」フラーが言い、私は「んんん」と曖昧に応じた。目のまえにある建物のどれが〝ここ〟なのかわからず、知っているべきかどうかもわからなかったから。警察署は巨大だった。横広の四角い煉瓦造りの建物で、側面に細い窓が一列に並んでいた。監獄というより砦《とりで》のように見えた。人々を閉じこめるためではなく、寄せつけないためにあるかのように。フラーが先に立ってドアを抜け、警官があくびをしている警備デスクの脇を通り過ぎ、エレベーターに乗ってボタンを押した。私たちは無言のまま六階に着いた。ドアが開くと、長い廊下を右に進んだ。廊下の両側にドアが並び、部屋はいずれもからっぽだった。

「今夜はちょっと人手が足りないんですよ」フラーがくだけた調子で言った。「ヤンキースを負かしてチャンピオンシップに進出すると、興奮しすぎて街を焼きつくそうとする連中が必ず出てくるんでね」

「あら」私は言った。

「野球はお好きじゃなさそうですね？」

「あら」私はまた言った。「野球。ええ。あまり興味がなくて」エイドリアンとしては真実だったが、私としては嘘だった。野球観戦は昔からドウェインと私の数少ない共通の趣味のひとつで、それは何年経っても変わらなかった。自分がボールを投げることはとっくになくなっていても、彼はテレビに向かって野次を飛ばすのが好きだった。とりわけ球審のストライクゾーン判定が辛《から》いときに。この数日間の出来事がなければ、私たちは今夜の試合も一緒に観ていたはずで、それを見逃したんだと思うと妙な気持ちだった。私がすべてを焼きつくしても、世界は変わらず続いていたんだと思うと。

「コーヒーはいかがです？」フラーが尋ねた。

「いえ、けっこうです」

ほんとうは欲しくてたまらなかった。カフェインが欲しかったんじゃなく、カップのぬくもり、最初のひと口がもたらすあのなじみ深い苦みと安らぎを味わいたかった。どんなに遠くへ来ても、自分が何者であっても、コーヒーはコーヒーだ。でも、私がかつて観たある映画では、警察がそうやって被疑者を騙し、カップについたDNAを解析にまわす場面があった。ほんとうにそんなことがありうるのか、私のDNAを手に入れたとして、それをどうするのかもわからなかったけれど、頭の中の生存者の声が——時間を追うごとにどんどんエイドリアンらしくなっていく声が——用心してもしすぎることはないと告げていた。

「気が変わったらいつでも」フラーはそう言うと、最後まで言い終えることなく背を向け、廊下の先に並んだ椅子を指差した。「ちょっと坐っててもらえますか、ミセス・リチャーズ。お待たせしてすいませんが」

私は咳払いをして言った。

「エイドリアン。エイドリアンと呼んでください」

彼女ならそう言っただろうから。

大して待たないうちに、フラーが別の警官と戻ってきた。高校を卒業したのがつい先週だとしてもおかしくないほど若い制服警官だった。彼の視線が私に向いた瞬間、首の毛がぞわりと逆立つのを覚えた。まるで私の反応を期待するかのような、いわく言いがたい表情をしていたからだ。私たちが顔見知りであるかのような。パニックのさざ波が背すじを駆け上がった——エイドリアンはボストン市警に知り合いがいたのだろうか？　もっと悪い場合、知り合い以上の存在が？　ひょっとしたら、エイドリアンの皿に載っていたサイドディッシュはドウェインだけじゃなかったのかもしれない。唐突にそんなことを思った。ひょっとしたら、彼女はこの童顔のお巡りやその仲間たち全員とファックしたのかもしれない。

「マレー巡査にも同席してもらいます」フラーが言った。

「どうも」私は言った。

「お会いできて嬉しいです」マレーが言い、私は全身がほっとリラックスするのを感じた。この男は彼女の知り合いではない。安堵が顔に出てしまったのだろう。若い警官は首を振り、悔しそうに言った。「いや、嬉しいじゃないですよね。そういうつもりじゃ――」

「気にするな、巡査」フラーが言った。彼が指差した部屋に、私たちはぞろぞろと入った。そこに入れられた人間がさっさと警察の聞きたがっていることを話して出ていきたくなるように設計されたかのような部屋だった。中はがらんとして明るすぎ、薄汚れた窓から廊下が見えた。金属製のテーブルが一台と椅子がいくつか置かれているほかは何もなく、天井の一角にカメラが設置されていた。頭の中でまたエイドリアンの声が高く響いた。〝その角度から撮ると誰でもブスになるのよ〟

　私は身震いした。

「さて、ミセス・リチャーズ」フラーが言い、椅子のひとつに坐った。するとマレーが――非常に礼儀正しい性格なのか、そう振る舞っているだけかはわからないけど――フラーの向かいの椅子を引いて、私に坐るよう身振りでうながした。私は坐った。

　フラーが歯を見せて微笑んだ。きれいな歯だった。顎ひげが汚らしいのがいっそう残念だった。

「これは任意ですから、いつでも帰ってもらってかまいません」彼の言葉に、私はゲラーの指示を思い出した。この瞬間をずっと待っていたのだ。帰っていい。彼はそう言った。でもこのタイミングで立ち去っていいもの？　たったいま坐ったばかりなのに？　エイドリアンは――トラウマを負って怯えながら夫の死の報せを待っているエイドリアンは、誰もいない家に、愛人を撃ち殺したばかりの現場に、一刻も早く帰りたいと思う？　思わないだろう。この時点ではまだ。

「というわけで」フラーは言った。「こんな時間ですし、家に帰りたいのはみんな同じです。われわれも早く終わらせるようにしますが、全員のためにも、まずはあなた側のお話をうかがえますか。記憶が鮮明なうちに」

「あれは正当防衛でした」私は再度言った。これだけ言えばいいはずだったけれど、ふたりともじっと私を見つめ、さらなる言葉を待っていた。気まずい沈黙が長々と漂った。あれは正当防衛でした――ほかに何を言えばいい？　私はごくりと唾を呑み、組んだ腕をきつく抱えこんだ。自分からも質問したほうがいいのかもしれない。

「彼は――あの人は私の夫を殺したと言ったんです。夫は見つかったんですか？　イーサンは見つかったんですか？」

　フラーとマレーは顔を見合わせた。

「それはいま調べているところです」フラーが言った。「しかし、必ずしもそうであるかどうかは――」

「でも、彼は言ったのよ！」私は叫んだ。そしてすばらしいことに、単に疲れきっていたせいか、目に涙があふれてきた。私はすんと鼻をすすって涙を拭った。エイドリアンがやっていたように、下瞼を指で押さえて外側へ引くように。普通の人がやるように目をこすったら、マスカラで汚れてしまうから。フラーが身を乗り出した。

「いいですか、今それについては心配しないようにしてください。われわれがご主人を見つけますから。お約束します。話を戻しましょう。もう少しあなた自身のことをうかがいたいですね。気楽な感じで。ご出身は南部だそうですね？」

私はまた鼻をすすった。

「ノースカロライナです」

「なるほど」フラーは言った。「いいですね。ローリーですか？」

「いいえ」そう答えるなり、エイドリアンの声が聞こえた。最初は頭の中で、次に自分の口から。「西のほう。ブルーリッジ山脈のそばです」

「ふるさとへの道《カントリー・ロード》よ、ぼくを導いておくれ《ティク・ミー・ホーム》」フラーが突然歌いだし――しゃがれ声ながら、驚くほど歌心に満ちた調子で――それから微笑んだ。「すいません、ブルーリッジ山脈と聞いてつい。素敵な土地じゃないですか。よく帰られるんですか？」

私は彼を見つめた。「いいえ」

彼はうなずいた。「ご両親は今もノースカロライナに？」

「母だけです」私は答え、いっとき考えた。この話題についてはよく知っている。エイドリアンは包み隠さず私に語ったから——母親の病状も、それについてどう感じているかも、どうでもいいと思っていることも。とはいえ、彼女はこの男を相手にその話をするだろうか？　いや、しない。絶対に。「母は……施設にいます。認知症で」

「会いにいかれることは？」

私は首を振り、また鼻をすすった。「かなり病状が悪いので。会っても混乱させるだけですから」

「そうですよねえ」フラーは言った。「じゃあ、ほかにご家族は？　近くにもいらっしゃらない？」

「夫だけです」

彼は首を傾げた。「結婚されて長いんですか？」

「十年です」

「長いなあ。私はそんなに長く続いたことないですよ。何か秘訣があるんですか？」

私はうっかり答えそうになった。質問があまりにさりげなく、雑談めいていたので気づたのは幸せなことなのだろうか。いつの間にか話はエイドリアンの結婚生活に向かっていた。エイドリアンの幸せ、エイドリアンのドウェインとの関係に――彼らはふたりの関係を知っている。そうよね？　知っていなければおかしい。私はフラーからマレーに視線を移した。ここでマレーが口を挟むんじゃないかと思ったからだけど、彼はなんの台詞も用意していないようだった。フラーが咳払いをし、別の質問をするために口を開いた――と、誰かが窓をコツコツ叩き、彼は不快そうに瞬きをした。窓の外で私服姿の男が片手を掲げ、親指と小指を突き出していた。〝電話〟を表す世界共通のジェスチャー。

「ちょっと失礼。すぐ戻ります」

フラーはそう言いおくと、部屋を出てドアを閉めた。閉まるまえのほんの一瞬、彼が呼びにきた男に不平を言うのが聞こえた。「よほどのことじゃないと――」そこでドアがカチャリと閉まり、室内はしんと静まり返った。私はマレーとふたりきりになった。彼は緊張と軽蔑を同じだけ込めた目で私を見ていた。まるで私がカーペットの上の吐瀉物《としゃぶつ》で、自分がその片づけを命じられるのではと恐れているかのように。彼は天井のカメラを見上げ、また私に視線を戻した。窓の外の廊下には誰もいなかった。フラーも呼びにきた警官も行ってしまったようだった。互いに押し黙ったまま、長いひとときが過ぎた。私は組んだ腕をさらに強く抱えこんだ。

「寒いですか？」マレーが尋ねた。

「少し」

「ん――」彼はうなると、ドアにちらりと目をやり、次に窓の向こうの廊下を見て――依然として誰もいない――椅子の上でもぞもぞと動いた。喉仏がしきりに上下していた。何か言おうとしてはやめ、決心がつかずにいるかのように。私と口をきかないように言われているのかもしれない。もしそうなら、なぜだろうと気になった。

「あのですね」彼はようやく言った。「おれ、何時間かまえに、お宅の外にいたんですよ。しばらく外で坐ってたんです、実は」

私は無表情を保とうとした。

「あら？　気づかなかったけど」

「おれはばっちり見てましたけどね」マレーはにやりと笑った。「夕食はどうでした？　何を頼んだんですか、日本料理？」

私は嫌な汗をかきはじめていた。彼はいつまで外で見張っていたのだろう？

「ええ。美味しかったわ」嘘だった。私は日本料理を中華料理みたいなものだと思っていたのだ。脂《あぶら》っこくて塩気が強い料理だと。でももちろん、エイドリアンがそういうものを食べるはずはなかった。彼女が頼んだ夕食は生の魚肉だらけの小さなトレイがひとつと、もうひとつは何かわからないぬるぬるしたものでいっぱいだった。たぶん海藻だと思うけど。私はそれをやけになって呑み下したのだった。マレーはまだにやにや笑っていた。

「お巡りと話をするのは今日初めてじゃないですよね？」

胃が痛くなり、あの海藻が逆流してきそうだった。

「なんですって？」私は言った。

「あの州警察官ですよ。まさか、おれたちが知らないとでも思ってたんですか？　あの刑事はあのクリーヴスって男がお宅を訪問しにくるんじゃないかと踏んでたわけですよ。案の定でしたね」

「夜中に家に押し入られることを訪問とは言わないわ」私が語気鋭く言うと、マレーは眉を吊り上げた。

「報告によると、クリーヴスはお宅の鍵を持ってたそうですよ」

「盗んだに決まってる」

「あなたが渡したんじゃないんですか？　関係してたんでしょ？」

「いったい何を――」私は言いかけると同時に気づいた。これでは相手の思うつぼだ。何も言うべきじゃない。と、そのときドアの把手がまわる音がして、ふたりとも振り返った。フラーが部屋に戻ってきた。メモ帳を片手に、奇妙な表情を浮かべていた。ドアを閉めると、椅子に坐ることなく、そのままドアにもたれて言った。

「ミセス・リチャーズ。今の電話はメイン州警察からでした」

私は瞬きをし、慎重に応じた。「ええ」

「このことはおうかがいしようと思ってたんですが」彼は疲れきったような口調で続けた。

「私の理解では、あなたがドウェイン・クリーヴスを撃つまえに、彼を捜している州警察官がお宅を訪ねてきた。そして、あなたとクリーヴスは浮気をしていた。これらの事実をあなたはわれわれにお話しされるつもりでしたか？」

「それは……」私は口ごもり、首を振った。このタイミングでまた泣きだせばよかったのだろうけど、私の目はここへ来て腹立たしいほど乾ききっていた。「よく憶えてないんです。自分が何を言ったかも、言わなかったかも」私は哀れっぽい声で訴えた。「今夜はいろんなことがありすぎて」

「でしょうね」フラーは言った。が、唇を引き結んでこちらを眺めるその顔を見て、私は思った。ほら、その顔。その表情はまえにも見ていた。それこそほんの数時間前に、イアン・バードの顔に浮かんでいた。私のことを見下げた女だと決めつけ、自分のほうが賢いと確信している男の独善的な嫌悪の表情。望むところだ。エイドリアンは馬鹿だとフラーが思ってくれたほうがいい。彼女を――私を――見くびれば見くびるほど、私の魂胆を見抜こうと無駄な時間を費やさずにすむだろうから。

フラーはため息をついた。「いいですか、ミセス・リチャーズ。大変言いにくいことで、申し訳ないんですが。現地のですね、ええと」――彼は手元のメモ帳に目をやった――「カッパーフォールズの警察が、ドウェイン・クリーヴスのトラックと、それから、あー、人間の遺体の一部を見つけたそうです」

私は口があんぐりと開くにまかせ、心の中でつぶやいた。やられた。こうなる可能性自体は想定していた。保険の査定人がたまたま遺体を見つけてしまうこともなくはないだろうと。とはいえ、それには何週間もかかると思っていたのだ。ドウェインと私が姿を消すのに充分な時間が。われながらうまいことを考えたつもりだった。誰もがトラックの中の遺体をドウェインだと思いこみ、疑いもしないだろうとわかっていた。所詮カッパーフォールズではそんなものだ。彼の母親は遺体を早く返してくれと迫るだろう。丘の上の教会の裏にある一族の区画に、その冬最初の氷が張るまえに息子を葬れるように――そして、地元の警察も彼女と一緒になって遺体を取り返し、この惨憺《さんたん》たる事件を忘れ去ろうとするだろう。ここで終わらせなければいつまで経ってもコミュニティ全体の傷が癒えない、などとくだらないことを言って。当然ながら、メイン州の田舎町で起こった無理心中と、何百キロも離れた大都市のいかがわしい億万長者夫妻の失踪を結びつける理由はどこにもない。そしてうまくすれば、そこで終わりになると思っていた。エイドリアンとイーサンは私たちの名前が刻まれた墓に埋められ、ドウェインと私はどこかの沼地で札束の山に腰かけて野ブタのジャーキーを齧《かじ》りながら今後の展望を考える、そういう結末になるだろうと。その計画は脆《もろ》くも砕け散ったわけだけど、私にはかえって都合がよかったとも言える。ドウェイン・バードがあれほど急いで帰っていったのは、これが理由だったんだろう。ドウェインが夜中に戻ってきたとき、バードが家のまわりで張っていなかったのも。

フラーとマレーは揃って私を凝視していた。私は胸のまえで両手を握りしめ、打ちひしがれた表情を装った。

「人間の遺体？」私は言った。「なんてこと。まさか……イーサン？　イーサンなの？」

「確実なことは言えません。火事があったので、遺体は……身元が判明するまで時間がかかるかもしれません。しかしこれまでの状況と、クリーヴスがあなたに言ったということから考えても……」フラーは言いよどみ、いったん唇を閉ざすと、うなずきながら続けた。「ご主人である可能性は高いと思われます」

私は両手に顔をうずめた。涙はまだ出てこない。何もかもが急速に動きすぎていた。あのとき、帰っていいと言われた瞬間に帰るべきだった。それにはもう遅いが、今からでも帰るべきだ。ただちに。

私は両手を落とし、フラーを鋭く見据えて言った。

「いつでも帰っていいとおっしゃったわよね？」

彼は不意を突かれたようだった。「ええ、それはそうですが――」

「もうこれ以上は無理です。眠らないと。供述のまえに弁護士に会わないと。家に帰らないと」

「奥さん、ここはひとつ――」フラーが言いかけたとき、ようやく、ついに、また涙がこみ上げてきた。なぜなら、私の最後の言葉はほんとうだったから。私は家に帰りたかった。どうしようもなく。ただ、私が〝家〟と言ったとき脳裏に浮かんだのは、エイドリアン・リチャーズが住んでいた高級タウンハウスでもなければ、ドウェインと所帯を持っていた薄汚れた小さな家ですらなかった。私が思い浮かべたわが家は、廃品置き場だった。積み上がったガラクタの山のまえで番をしている、私たちの小さなトレーラーハウスだった。中に父さんがいて、テレビのまえでくつろいでいる。夜はいつもそうしていたように、片手にビール缶、腹の上にピーナッツの入ったボウルというふざけた恰好で居眠りをしている。もはやこの世に存在すらしない家。私が燃やして灰にしてしまったがために。

「お願い」私は言った。するとまるで図ったかのように、出来すぎた映画のワンシーンのように、両目から同時に涙があふれ、完璧なふたすじの流れとなって頰にこぼれ落ちた。

男たちがふたりとも苦い顔をし、私は勝利を確信した。

エイドリアンの携帯電話には、車を呼べるアプリが入っていた。使い方がややこしいんじゃないかと思ったけれど、エレベーターが一階に着くころには、携帯電話にメッセージが現れ――〈どこへ行きたいですか？〉――その最初の選択肢をタップするだけでよかった。正直な答え。私の意味するそれがアプリの解釈とはちがうにしても。画面上の小さなグレーの車が、ここへ来るときに通った市内のルートを逆にたどりはじめた。私はどこへ行きたいか？

自宅。

それがどこであれ。

家のまえの通りは閉鎖されているのではと心配したけれど、着いてみれば閑散としていた。検視官のヴァンも大量のパトカーも全部いなくなっていた。残っているのは一台のSUVだけで、鑑識の青いジャケットを着た男と女が車体にもたれかかっていた。女は煙草を吸っており、男は声をあげて笑っていた。車から降りた私を、ふたりともじろじろ見てきた。私は鍵の束を振りかざして言った。

「家に入りたいんだけど」

「ああ」女が言った。「ええ、いいですよ。もう終わったんで、どうぞご自由に」

「どうも」私は言った。手の中で携帯電話が震動し、乗車を評価してくださいとうながした。厚かましい。ドウェインの遺体がまだ冷たくなりきってもいないうちに私に話をさせようとした刑事の言葉を思い出した。〝全員のためにも、まずはあなた側のお話をうかがえますか。記憶が鮮明なうちに〟私は玄関前の階段をのぼり、鍵を錠前に挿しこんだ。

「あのー」鑑識の男のほうの声がした。「中がどんなことになってるかはわかりますよね？」

振り返ると、ちょうど女が肘で彼のあばらを小突《こづ》き、〝シーッ〟と黙らせるのが見えた。

男は顔をしかめた。

「なんですって？」私は訊き返した。

「いや、つまり」男はまた肘鉄を食らわないように離れながら言った。「うちらは証拠を集めるだけなんで。現場をきれいにしたりはしないってことです」

「ああ」私は納得したようにうなずき、鍵を回した。家の中に入ってドアを閉めると、ガラス越しに外をのぞいた。女が煙草を揉み消し、ふたりでSUVに乗りこんでエンジンをかけ、走り去るのをじっと見守った。それから暗い家の中を歩いて階段をのぼった。

数分後、イーサン・リチャーズの書斎のドア口で立ち止まって初めて、鑑識の男の言った意味がわかった。遺体はなくなっていた——ストレッチャーで運び出されるのを見ていたのだから、あたりまえだ——けれど、部屋の中にはまだドゥェインの痕跡が残っていた。マホガニーのデスクの角にべっとりとついた染み、カーペット張りの床の上の小さな、ほとんど完璧な円形の血痕。暗がりからそっと出てきた猫が私の脚に絡みついた。私はその場に立ったまま、夫のわずかな名残を見つめた。血が乾いて赤錆色になったカーペットの上の染み。彼がこの世にぶちまけた最後の汚れ。

もちろん、掃除するのは私でなければならない。

〝それか〟——頭の中でエイドリアンの声があくびをしながら言った——〝お金を払って誰かにやってもらえばいいのよ。それか、燃やすなり捨てるなり、好きにすれば？　どっちみち私は反対だったもの。全面カーペット張りなんて安っぽくて趣味が悪いって〟。

足元の猫が後肢で立ち上がり、みゃあと鳴いた。かまってくれとばかりに。私は屈んで猫をすくい上げると、胸に抱いて顔をすり寄せ、書斎のドアを閉めた。あともう数時間で夜が明ける。そうしたら私にはやるべきことがある。けれども廊下の奥のダークブルーの寝室では、ただひたすら眠るしかない。そうして私は眠った。深く。夢も見ずに。死んだように。

第二十五章　バード

火はその人物を食いつくしていた。お決まりの手順で——外から中へ、末端から広がって。小さなパーツがいつも最初に炎に呑みこまれる。耳、鼻、足の指、手の指。どれもすべて消え失せていた。ドウェイン・クリーヴスのトラックの中にあった遺体は間断なく燃えつづけ、手も足もなくなり、何より不気味なことに、顔までなくなり、目があった箇所にうっすらとしたくぼみがふたつあるだけの、のっぺらぼうの炭の塊と化していた。廃品置き場の東の端に広がる松林の上に陽が昇るころには、鑑識の人員はかじかんだ指で灰を引っ掻きまわし、見落としはないかと確認する以外にやることをなくしていた。彼らはほぼ何も見つけていなかった。何もかもがずぶ濡れで、煙とタールと溶けたゴムの悪臭が漂い、灰の上に灰があるばかりだった。州警察の鑑識班が作業を続けるなか、地元の警官たちは有害な粒子を吸いこまないよう着用させられたマスク越しに、居心地悪そうな視線を互いにちらちら交わしていた。前日の朝の湖畔の現場での雰囲気は、これに比べれば陽気と言ってもいいほどだった。あのブロンドのゲス野郎がほくろの件を周知の事実だと匂わせ、死んだ哀れなリジー・ウーレットをあばずれ扱いしてせせら笑っていたのだ。その男は今ここにいた。そいつの小さな丸い目を見ただけでバードにはわかった。帽子の縁とマスクのあいだからのぞいている顔は青ざめて汗だくになっていた。おやおや、どうした――バードは心の中で意地悪くつぶやいた――こいつはさすがに笑えないってか？

何が地元の連中をより居心地悪くさせているのかははっきりしなかった。遺体の主がよそ者である事実か、自分たちの親友ドウェイン・クリーヴスが正式に複数の殺人を犯し、大都市の遺体安置所に死体となって横たわっている事実か。バードがライアン保安官に伝えると、ライアンが部下全員に伝え、そのニュースは瞬く間に広がっていた。それが何を意味するのか、この先どんなことになるのか、カッパーフォールズの警官たちにもわかったのだろう。メディアはまだ嗅ぎつけていなかったが、それも時間の問題だった。ひとたび報道機関に知れれば、彼らはハゲタカよろしくカッパーフォールズに襲いかかり、町の悲劇を恰好の餌食にして、最後の肉の残りかすまでこそげ取り、骨だけにしてしまうだろう。バードが検視官から聞いた話では、身元確認に使える歯がまだ残っているかもしれないとのことだった。人の顔だった黒焦げの仮面の奥で食いしばった歯が。そうなると検視官が歯科記録を手に入れる必要があるが、バードの考えでは、それは単なる形式的な手続きにすぎない。オーガスタの本部の連中は、すでに自分が知っていることを裏づけるだけだ――この炭化した遺体、まるで襲い来る炎を追い払おうとするかのように手のない腕をよじって死んでいる人物は、イーサン・リチャーズであると。

ライアン保安官は目のまわりを赤く腫らし、前日の朝より十五歳も老《ふ》けこんだかのようだった。マスクを下げ、顎に生えた白髪交じりの無精ひげをこすっていた。

「どえらいことだ」保安官は言った。「誰でもこう言いたがるのはわかってるが、おれは昔からドウェイン・クリーヴスをよく知ってた。みんなそうだ。あの男が自分の嫁を撃ち殺すとは信じられん。それ以上に、こんなことをするとはよけいに信じられん。人ひとりを焼き殺すとは。なんともはや」

「まあ、火が放たれるまえに死んでいた可能性が高いですけどね」バードは言った。「あるいは意識をなくしていたか。でも、おっしゃる意味はわかります」

「ここでの作業はもうほとんど終わりだそうだ。おれは今から一番乗りでデビー・クリーヴスを訪ねる。彼女は早起きだからな。しかし、あの母親にとっては最悪な一日になるだろう」保安官は首を振った。「ボストンか。信じられん。たしかに本人なんだろうな？」

「そのようです」バードは言った。「当然、お母さんが現地へ行って身元の確認をすることになるでしょうが」

「当然だ」

バードは赤く染まった朝日が木々の上に昇るのを眺めた。梢《こずえ》からこぼれた光が悪臭漂う廃品置き場の黒く煤けた焼け跡を照らしだし、儚《はかな》くけむる朝靄を晴らすのを眺めた。鑑識班が撤収し、地元の警官たちが凍えた手をこすりながら互いに視線をそらし、きまり悪そうに肩をすくめるのを眺めた。その中にマイルズ・ジョンソンの姿はなかった。バードはふと思った。ジョンソンはこのことを知っているのだろうか。何があったのかを。彼がドウェイン・クリーヴスと一緒に狩りに行くことはもう二度とない――が、この数日間の事件を機に、ジョンソンはもはや遊びで動物を殺したいとは思わなくなるのかもしれない。バードはひとり肩をすくめた。どのみち自分には関係のないことだ。今日これから思いどおりにいけば、日が暮れるまでにカッパーフォールズとはおさらばできるだろう。最後の車が出ていくのを待ってから、バードは自分のパトカーに乗りこみ、彼らのあとについて町なかへ車を走らせ、地元の法執行機関のオフィスがある庁舎のいちばん遠い端のスペースに乗り入れた。エンジンをかけたまま暖房を強め、目を閉じた。あとでドウェイン・クリーヴスの友人や家族に再度話を聞かねばならず、書類を提出しなければならず、それより何よりまずはコーヒーを飲まなければならないが、少なくとも次の一時間は、仮眠を貪《むさぼ》るだけでよかった。

少しののち、携帯電話が鳴ってバードは目覚めた――寝たりない。そう思いながら時計を見ると、まだ二十五分しか経っていなかった。メールが届いていた。リジー・ウーレットの検視解剖報告書が正式に上がってきたのだ。小さな画面上ですばやくスクロールして目を通した。ほとんどは彼がすでに知っているか、見当をつけていたことをあらためて述べているだけだった。

〈死因――頭部への銃創〉

〈死亡の様態――殺人〉

探していた情報は報告書の終わり近くにあり、彼は読みながら眉をひそめた。

〈左前腕の内側に注射痕と思われる刺創あり〉

注射痕。では、リジーは薬物を使用していたということだ。おそらくは彼女とドウェインのふたりとも――普通はそういうものだ――が、こうして文書になったものを見ると不快だった。彼女に対してほとんど失望に近いものを覚えた。その場面を想像してみようとした。リジーが寝室で腕に注射を打っている。ドウェインがベッド脇に立って銃を手にしている。そしてその絵面《えづら》に、完全に場ちがいなイーサン・リチャーズが転がりこんでくる。

バードはうなりながら目をこすった。やはりコーヒーが必要だ。コーヒーを飲んだところでこの事件の辻褄《つじつま》がまるで合わないことはわかっていたが。車のドアを開け、太腿を叩いて血行をうながしてから、ぎくしゃくと歩いて庁舎に入った。さっそくトイレを見つけ、廃品置き場の現場にいた男ふたりの隣で小用を足した。ふたりともわざと彼を無視し、無言のままジッパーを上げて出ていった。彼は少し間《ま》をおいてふたりのあとをついていき、署内が思ったより静かなことに気づいた。家に着替えに戻った連中もいるのだろう。あるいは灰の中を何時間も歩きまわるうちに染みついた臭いを洗い落としに帰ったか。休憩室に淹《い》れたてのコーヒーのポットがあるのを見つけ、彼はカップをひとつ取ってなみなみと注いだ。それから車に戻ってブレイディに電話した。三コール後に上司のしゃがれ声が応答した。

「よう、どうした、バード」

「お疲れ様です。寝てたんですか？」

「おれはそんなことはせん」ブレイディは言った。「ちょっと待ってくれ」電話がカタンと置かれる音に続いて、トイレを流す音が聞こえた。

「そういうときのためにミュートボタンがあるんですよ、ボス」バードは電話に戻ってきた上司に言った。

ブレイディはふんと鼻を鳴らした。「なるほどな。何かわかったか？」

バードはざっと説明した。現時点でわかっている事実、何かを見落としているとしか思えないもどかしさについて。それから転送した検視報告書に上司が目を通すのを待った。もう一度リジーのことを思い浮かべた。死んだ彼女の青白い腕に残った注射の痕。彼女を解雇せざるをえなかった獣医の、あの弱りきったような口調――〝彼女はそういうタイプには見えなかった〟。

いいや、そういうタイプ。バードは胸につぶやいた。その考えには一理あると思えた。リジーがどういう女か、どういう妻か、どういう被害者かという分類には。それに――

「ああ」バードは言った。「それだ」

「何がそれだ？」ブレイディが聞きとがめて言った。「報告書に何かあったか？　見たところ特に――」

「いや、そうじゃなく。やっと気づいたんです。今までずっと、家庭内の事件として見てたんですよ」

「そりゃあそうだろう」ブレイディは言った。「殺された妻、行方不明の夫。筋は通ってる」

「関わってるのが当人たちだけならそうですが、トラックから見つかったのがイーサン・リチャーズなら――ほぼ確実だと思いますが――おれはこの事件を見誤ってたってことです」

「どういうことだ？」

バードはコーヒーのカップを置き、考えを集中させた。「エイドリアン・リチャーズの話では、旦那は浮気の事実を知らないということでした。でもそれが彼女の思いちがいだったらどうです？　もしリチャーズが知っていて、どうにか片をつけたいと思っていたとしたら？　彼は妻の浮気を嗅ぎつけて、クリーヴスと直接対決しにやってきたのかもしれない。それがこのすべての幕開けだったのかもしれません」

「ほう」ブレイディは言った。「そのリチャーズってのは銀行家かなんかじゃなかったか？　それにしては大胆な行動に思えるが」

「最近誰かが言ってましたよ。人間、恋に狂えば何をするかわからないと」バードが言うと、ブレイディはさもおかしそうに笑った。

「そうだったな。もしくは、金に狂えば。その奥方は写真を撮られていたと言ってたな？　卑猥な写真を？　ひょっとしたら、脅迫沙汰かもしれんぞ。クリーヴスがリチャーズに連絡して言うわけだ。おれたちに百万ドル寄越さなければ、あんたの奥方のいやらしいヌード写真を……あー……」

「ゴシップサイト《TMZ》に送りつけるぞ？」バードは助け舟を出した。

「ああ、よくわからんが、そんな感じだろう。そこでリチャーズが手を打とうと、ひとりで現地へ出かけていき、とんでもない結果になったというわけだ」

バードは携帯電話を耳に押しつけたまま、うなずいた。「それなら筋は通りますね。でもそれだと……リジーも一枚嚙んでいたと思うわけですか？」

「そんなにがっかりした声を出すなよ、バード。完璧な被害者はいない、だろ？　まあ、必ずしも彼女がぐる
だったとは思わんが。たまたま現場に来てしまったのかもしれん。検視報告書に書いてあっただろ？　注射の痕があったと？」

「ええ」

「彼女はヤクを打ちに別荘へ行ったのかもしれん。旦那がそこでリチャーズと会うことになっているとは知らずに。そしてその場で浮気の事実が発覚し、口論になり、ヒートアップして――」

「クリーヴスは散弾銃を手にしており」バードは口を挟んだ。

「そうだな。やつは元からカミさんを殺して、リチャーズの金を奪って逃げるつもりだったのかもしれんぞ」

「ずいぶん愚かな計画ですね」

「そのとおり」ブレイディは言った。「だが、愚かな人間が賢いと思うたぐいの計画だ」

「そういうことなら、まあ」バードは言った。「クリーヴスがここでの生活から抜け出そ

うとしていて、その機会が訪れたのだとすれば……あと、鼻の件がありますよ。誰がやったにせよ、あれは個人的な恨みでしょう」

「たしかにな」ブレイディは言った。「だが、やつがカミさんを殺すほど憎んでいたなら……」

バードはしばし無言でコーヒーを飲みながら考えた。ブレイディも電話の向こうで黙っていた。ふたたび切りだしたとき、バードの口調は半ば瞑想《めいそう》にふけっているかのようだった。

「あの鼻。今さら知りようはないでしょうね。あれが――」

「死後に切断されたかどうか？」ブレイディがあとを引き取って言った。「ああ、知りようはない。顔全体の損傷があれだけひどいとなおさらだ。だが彼女のためにも、死後だったことを祈ろう」彼はそこで間《ま》をおいた。「ちょっと待った。そういえば……」

またカタンと端末が置かれる音がした。続いて引き出しが開く音、紙ががさがさ言う音。それからブレイディが電話口に戻ってきた。

「ボストン市警からの一次報告によると、現場で狩猟用ナイフが見つかった。リチャーズの奥方が言うには、クリーヴスにそのナイフで脅されたそうだ」

「そうか」バードは言った。「やつが同じナイフを別荘でも使ったのだとしたら……」

「そういうことだ」ブレイディは言った。「おれから市警に依頼をかけておこう。向こうで鑑定までして、こっちのコストを省いてくれるかもしれんぞ。賭けてもいい、うちの被害者と一致する血液反応が出るはずだ。それとクリーヴスのトラックにあった散弾銃を合わせれば、凶器は揃ったと言っていいだろう。あっさり事件解決だ。未解決事項なし。おめでとう、刑事」

「ええ。早かったですね」バードは息を吐いた。「でもやはり、正確に何があったのかを知りたいんです。クリーヴスがふたりを殺し、そのあとクリーヴスの愛人が彼を撃ち殺して、すべてきれいに丸く収まった。そして彼女だけが残った」

「チーズはひとりぼっちになった（童謡の歌詞にちなんだ表現）」ブレイディがもったいぶった口調で言った。

「そのチーズですが」バードは姿勢を正して続けた。「旦那がいなくなって、彼女がいくら相続することになると思います？」

ブレイディはがっはっはと笑った。「こいつは意外な展開だ。まさか、彼女が仕組んだと思うのか？」

「いや」バードは答え、一拍おいて言い直した。「どうでしょう。わかりません」仮眠が不充分で頭が働かず、カフェインも効いていなかった。

「辻褄が合うかどうか考えてみよう。仮に自分がエイドリアン・リチャーズだとして、旦那に死んでほしいと思っている。そこで貸別荘の便利屋を色仕掛けで落とし、完全にものにしてから、旦那を殺してくれと頼む。そのあと一緒に逃げる約束までするかもしれない。そうしていざ旦那が死んだら、約束を守らず、かわりに相手を撃ち殺し、残された巨万の富を独り占めする」ブレイディはひと呼吸おいて言った。「大した筋書きだ。まあ、まずありえんな」

「ええ」バードは同意したが、頭の中ではすでにその先を考えていた——ええ、でも、わかりません。ブレイディは正しい。そんな計画はまずありえない。愚かでもある——どこに綻《ほころ》びが出るかわからない危険な仕事をクリーヴスのような男にまかせるなど。そしてエイドリアン・リチャーズは、不愉快で狡猾な悪女ではあるかもしれないが、決して馬鹿ではない。

「そうですね」バードは言った。「実際そうやって言葉にされると、ありえなさそうに聞こえます」

ブレイディは笑った。「おい、わかるよ。未解決事項はつきものだが、だからといって簡単にあきらめられるものでもないからな。追うべきものがあると本気で思うなら、おれは手を貸すぞ」

「ただし？」

「ただし」ブレイディは言った。「誰が、いつ、何を、までしかわからん場合もある。なぜにこだわっても仕方のない場合がな。言うまでもなく、検挙率を気にする連中は理解に苦しむだろう。なぜわざわざ贈り物にケチをつけるのか、ありがたく受け取ってさっさと終わりにすればいいのにと。仕事が足りないわけじゃないんだから。この件があらかた片づくまで黙っていたが、おまえが担当してる未解決事件の関係者から、おととい電話があった。リヒターの件でおまえが捜していた証人が見つかったそうだ。プルマンとか言ったか？」

バードははっとした。「プーレンです」そう言うなり、事件ファイルの中にあった粒子の粗い新聞記事の写真が思い浮かんだ。それは唯一確認されているジョージ・プーレンの写真で、彼はほとんど枠からはみ出しかけていた。その男に目を留める理由があるとすれば、それは彼がひとりだけカメラ目線だからだった。警察が採石場の水たまりを浚《さら》ってローリー・リヒターという失踪した女の遺体を捜している現場で、見物人にまぎれて立っている丸顔の壮年の男。ジョージ・プーレンは警察に二度まで通報し、事件のことを何やら知っていると主張していたが、どういうわけか一度も聴取を受けなかった。一九八三年の時点では見過ごされ、一九八五年にはまったく連絡が取れなくなっていた。警察としては実に手痛い過ちだ。バードが捜しはじめたころには、プーレンはおそらくもう墓場にいるのではないかと思われていた。それが今――

「プーレン」ブレイディは繰り返した。「そう、それだ。聞いて驚くなよ。やつは州東海岸の島にいる。地元じゃ有名人らしい。ストーニントンの老人ホームで最年長の入居者だそうだ」

「嘘でしょう」バードは言った。「ずっと州内にいたってわけですか」

「そのとおり。もし彼に話を聞くなら、すぐにでも行ったほうがいい。よく言うだろう、最高齢記録を持つ者は……」

「あまり長くは持たない」バードはそう返すと、ひとりで小さく笑った。「たしかにそうですね。さっそく行ってみます」

「それがいい」ブレイディは言った。「それに、いいか、理由もなくやめろと言ってるわけじゃない。エイドリアン・リチャーズに反証するにも、決定的な証拠がないかぎり――動かぬ証拠がな――判事は簡単に情報を集めさせてはくれんだろう。あの女にはカネもあればコネもある。この事件には世間の注目も集まる。夫を殺され、押しこみ強盗事件を生き延びたばかりの未亡人を、うちの州警察官のひとりがしつこく攻撃している？　そういうのを〝世間の心証が悪い〟と言うんだ」

バードはため息をついた。「よくわかりました。ちょっと気になったんですが、〝動かぬ証拠〟と言いますと……」

「彼女の生ゴミ処理機の中から見つけちゃいないよな？　切断されたチンポコとタマタマを？」

バードはたまらず大笑いし、なんとかこらえようとしながらも、笑ってしまったことに罪悪感を覚えた。哀れなリジー。殺され、ふた目と見られない顔にされ、今度はジョークのオチにされている。不謹慎きわまりない、ましてや笑うなど言語道断な、警官たちが大好きな下ネタのオチに。たまに下品な冗談でも言わなければ、明けても暮れても人間の暗部をのぞきこむこの仕事はやっていられない。それでも彼女はこんな扱いを受けるべきではない。

だが、もう手遅れだった。リジーは死んでおり、よかれ悪しかれ、彼女を殺した男も死んだ。一方、ローリー・リヒターを殺した男は——まだどこかで生きているかもしれない。事件から三十五年経った今も。これもまた偶然とは思えなかった。一九八三年当時、リヒターの失踪事件には今回と同じようなニューイングランドの田舎町特有の胡散臭さがあった。地元の人々は何かを知っていても話そうとはせず、あるいは自分たちの秘密を隠すために嘘をついた。恋人がいたようだとか、複数の恋人がいたようだとか、ありもしない手がかりが囁かれ、誰かが検証しようとするたびに跡形もなく宙に消えた。噂ではローリーの車はどこかの採石場の湖に沈められたということだった。州の北寄りのグリーンヴィル付近か、それより西のザ・フォークスか、さらに西のレンジリーあたりか。彼女が姿を消したその夏、あちこちの採石場で捜索がおこなわれ、ジョージ・プーレンはその現場のひとつを見物していたのだった。しかし結局、採石場は尽きず、噂はあとを絶たず、人々の口は堅く、扉は閉ざされたままだった。それがここへ来て、ついに正義がおこなわれるかもしれない、長年答えを待ちつづけてきた家族がようやく解放されるかもしれないと思うと……

バードは親指と人差し指を鼻の両側に当て、副鼻腔を揉みほぐした。では、州東海岸の島へ。今の仕事を効率よく終えれば、明後日には現地へ向かえるだろう。ジョージ・プーレンが一九八三年に警察に話したかったことをまだ憶えているかがわかるだろう。帰りにバックスポートの町に寄ってもいいかもしれない。昔よく家族と行った店があるのだ。あそこが閑散期に出すシーフードは最高に美味《うま》かった。ロブスターは冬のほうがずっと甘いのだ。自分たちが何を逃しているか知らないだろう。シーズン中にしか来ない観光客は自分たちが何を逃しているか知らないだろう。

電話の向こうでブレイディが自分のひどいジョークを笑い終え、なごやかな長い沈黙が流れた。それからブレイディが咳をして言った。

「ああ、そうだ」

「なんです？」

「あのリチャーズの奥方」ブレイディは言った。「彼女が暴露本を出すのにいくら賭ける？」

第二十六章　リジー

ここまでずっと、エイドリアン・リチャーズのことはそれなりにわかっているつもりだった。彼女の要求を見越し、彼女の生活をうらやむほどには。その生活にこうして足を踏み入れ、わがもの顔で歩きまわるほどには。そして私は思っていた——思いこんでいた——いい面だけでなく、悪い面についてもわかっていると。彼女の孤独。腹立ち。常に注目され、受け入れられ、守られることへの切望。夫が望んでいないと認めるのが遅すぎた子供への未練。

実際はその半分もわかっていなかった。

エイドリアンの携帯電話が床に落ちる音で目を覚ましたのは正午だった。急いでベッドから体を起こすと、頭がずきずき痛み、心臓が打ちつけ、とっさの本能的な恐怖が胃の中を渦巻いていた。私の太腿とお腹のあいだで眠っていた猫は、憤怒《ふんぬ》の鳴き声をあげてベッドから跳び降り、部屋の外へ駆け出していった。私は二日続けてこの部屋で、彼女の部屋で目を覚ましたわけだけど、むしろ昨日よりいっそう不安で場ちがいに感じていた。あの最初の朝は、ドウェインが隣で眠っていた。私たちは私たちのままで、私は私のままだった。けれど今はちがう。私はもう私じゃない。この部屋全体が地雷原のようだった。ドレッサーひとつとっても、知らない場所の写真、身につけたことのないジュエリー、記憶にない思い出の品で埋めつくされていた。それらを見つめていると肌がぞっと粟立った。重そうなガラスの瓶に入った香水が五つ、小さなトレイに寄せ集められていたけれど、どんな匂いかをまったく知らないことに気づき、ばかげているとわかっていても強烈なパニックに襲われた。あれからまだ二日しか経っていないのが信じられない。私を指差したエイドリアン・リチャーズに散弾銃を向けてから。あの血の海から、あの火の海から、カッパーフォールズを闇の中に置き去りにしてひたすら黙って南へ車を走らせたあの夜から。

両脚を振ってベッド脇に下ろし、深呼吸して気持ちを落ち着かせようとしたものの、息を吸うごとに自分のものではない香りが鼻腔を満たすだけだった。シーツも、着ている服も、自分の髪でさえも——私の髪はあの美容院の匂いがした。エイドリアンの外見に近づけるために髪を染めてもらった店。スタイリストの男に渋い顔をされ、ほんとうにいいんですか、地毛の色がこんなに素敵なのに、と念を押されたことを思い出した。Tシャツを鼻まで引っ張り上げて、もう一度深々と息を吸いこみ、安堵とともに大きく息を吐いた。

自分の体臭を思いきり嗅いでしまったけれど、それはどこまでもなじみ深いものだった。酵母に似たどこか酸っぱいにおい。自分の体内でわずかに発酵した何かが毛穴から滲み出はじめているかのような。少なくとも私の腋の下は、持ち主を見失ってはいなかった。

携帯電話はベッドと壁のあいだの狭い隙間に落ちてしまっており、ベッドの下にもぐって取り戻したときにその理由がわかった。画面は通知だらけで発光していた。絶え間ない震動で端末がじりじりとナイトテーブルの端に追いやられ、しまいに落っこちたというわけだ。携帯電話が自殺を図ったのね。出し抜けにそんなことを思い、笑いそうになったとき、画面がまた明るくなり、新たなメッセージが届いた。

大文字で書かれていた――〈死ね〉。

「何よ、これ?」思わず声が出た。けど、もちろん返事はなかった。私はエイドリアンの自宅にひとりきりで、世の中が彼女に向けたメッセージは私が受け取るしかなかった。もう一度室内に目をやり、私のものじゃないのに私のものになってしまったすべてを見まわした。体の横に垂らした手の中で、携帯電話はひっきりなしに震えつづけている。私は廊下に足を踏み出し、家の正面に向かって歩きはじめた。

外で何かが起こっていた。キッチンの手前まで来たとたん、下の歩道からざわめきが聞こえてきた。窓に歩み寄って外を見ると、騒々しい記者の一団が家のまえに詰めかけ、玄関ドアに近い位置を奪い合っていた。彼らのひとりが顔を上げ、窓から見下ろしている私に気づいた。彼が大声をあげて指差すと、十数人がいっせいに窓を振り仰いで私を見た。私はさっとうしろに引っこんだけど、遅かった。見られてしまった。恐れていたことが起こったのだ。私が眠っているあいだに、誰かがドウェインの話をメディアに漏らしたにちがいない。私は延々と連なるメッセージを無視して、携帯電話のブラウザを開いた。ひと晩で拡散された記事はすぐに見つかった。〈発砲事件のあったイーサン・リチャーズ邸に駆けつける警察〉。おそらく近所の住人が撮ったのだろう、夜中に警察に取り巻かれ、毛布にくるまって縁石の上に坐りこんだ私の写真が載っていた。遠くから撮られた低画質の写真で、かろうじて認識できるのは顔の両側にかかったローズゴールドの髪だけだった。キャプションには〈イーサンの妻、エイドリアン〉とあってほっとした。いまだに世間の興味が彼女自身より夫の悪名にあることに、エイドリアンなら憤慨しただろうけど。

「そして彼は死んでしまった」私はひとりつぶやいた。ニュース記事はその点に関しては曖昧だった。写真を撮った人間は遺体のことを知っていたものの、それが誰かはわからず、記者はあくまで〝～とされる〟といった言葉を使って慎重に推測を伝えていた。もっとも、記事にコメントしている人々は――まったく慎重ではなかった。彼らはエイドリアン・リチャーズが夫を殺したのだと決めつけ、彼女がみずから命を絶たなかったことを不満に思

う人々も少なくなかった。〃あのクソ女も旦那と同罪なんだから〃

私はふと思った。これで真相が明らかになったら、事態はましになるのか、それともさらに悪くなるのか。もちろんほんとうの真相じゃない。セレブ女と田舎男の浅ましい不倫がもたらした一連の惨事という、世間向けの〃真実の物語〃だ。たぶん事態はもっと悪くなるだろう。エイドリアンはある一点については正しかった——たしかにこれは大した事件だ。でも彼女の想定では、彼女自身は被害者になるはずだった。事件を生き延びたヒロインになるはずだった。

彼女ならそうなっていたのかもしれない。本物のエイドリアンなら、彼女が苦しむのを見たがる世間の人々を逆に味方につけるすべを見つけていたのかもしれない。けれども手の中で震えつづける携帯電話に悪意の奔流のように押し寄せるメッセージを見ていると、彼女は自分を騙しつづけてたんだろうとしか思えなかった。ドウェインをファックし、麻薬に溺れていたのも無理はない。湖畔の家で携帯電話サービスもＷｉ－Ｆｉも使えないことに、文句ひとつ言わなかったのもなんの不思議もない。あの場所だけだったんだろう。彼女が自分自身から逃れられたのは——あるいは他人が思い描く彼女のイメージから逃れられたのは。それはグロテスクでおぞましくて本物のエイドリアンとはかけ離れた、赤の他人からなんの迷いもなく〃死ね〃と言われるほど醜悪な女のイメージだった。気づくと私は首を振っていた。エイドリアン・リチャーズは特権階級のクソ女ではあっても、怪物じゃない。彼女の携帯電話を光らせつづけるメッセージを、私は他人の家が燃えるさまを見守るかのように眺めた。といって、ただ呑気に眺めていられる立場ではなかった。その燃える家の中にいるのは私自身だった。焼けるように熱いのは私の顔で、火ぶくれができはじめているのは私の肌だった。

手の中で携帯電話がせっつくように震えはじめた。部屋の隅に投げつけようかと思ったとき、それが電話の着信だと気づいた——画面にカート・ゲラーの名前が表示されている。私は床の上に坐りこみ、画面をタップして電話に出た。

「もしもし？」

ゲラーは不快感もあらわに訊いてきた。「エイドリアン、どうなってるんです？　何度かメッセージを入れたんですが」

「ごめんなさい」私は震える声で言った。「その……まだ見てなくて。昨夜、警察と外にいるときに誰かが写真を撮って、ネットに上げたんです。それから携帯が通知だらけで——ほんとにひどいのよ、ひどい言葉ばっかり送られてきて」

「ああ」ゲラーはすぐに口調を和らげた。「それはお気の毒です。大変残念ですが、当然のなりゆきではありますね。イーサンのときのことを憶えているでしょう」

イーサンのときのことなど、私はクソほども知らなかった。

「忘れようと努力してたの」慎重にそう言うと、ゲラーはくすりと笑ってみせた。

「では、今回も同じようにやりましょう。うちの運転手がお宅へ迎えにいきます。彼が玄関からエスコートしますから。午後三時に私のオフィスに来られますか？　今朝、地方検事局にいる知り合いと電話で少し話をしましてね。いくつか問題はありますが、私は楽観しています」

「わかりました」私は言った。「報道陣には――」

「何も言ってはいけません」ゲラーは言った。「誰とも口をきかないように。午後の相談のあとで、私があなたの発言をすべて用意します」

通話を終えると、私はその場に坐りこんだまま、携帯電話の画面が通知で発光しつづけるのを力なく見守った。不意にテーブルの上の固定電話が鳴った。急いで膝立ちになり、受話器を上げて耳を澄ますと、女の声が聞こえた。「ミセス・リチャーズ？　報道記者のレイチェル・ローレンスと申しますが――」

私は電話を切った。それから電話線を抜いた。

エイドリアンに届いたメッセージをさかのぼるうちに、そういえば彼女の携帯電話にいっこうに電話がかかってこないのは妙だと気づいた。連絡先は何百件と登録されているのに、カート・ゲラーからの三件の不在着信と二件の留守電を別にすれば、エイドリアンの電話番号を直接知る相手の誰ひとりとして、電話でもメッセージでも彼女に連絡を試みてはいなかった。かわりに彼女のもとには見ず知らずの他人からのメッセージが殺到していた。私が昨日エイドリアンのSNSアカウントにアップした写真には、何十件というコメントがついていた。未読メールが百件以上あり、いちばん最近のものは報道記者やテレビプロデューサーからの取材の依頼がほとんどだった。警察は今のところ何も発表していないようだったけど――どのニュース記事にも、現場で身元不明の男性の死亡が確認されたとしか書いていなかった――それも長くは続かないだろう。状況はこのまま悪くなる一方にちがいない。長年カッパーフォールズで過ごしてきて、嫌われ者の気持ちはわかっていたつもりだった。それでもこれは……

〝驚いたわよねえ〟頭の中のエイドリアンの声が言った。〝今のあなたの顔、傑作よ〟

カート・ゲラーの車は二時四十五分きっかりに到着し、記者たちが押し合いへし合いするなか、歩道の縁石に寄せて停まった。私はすっかり準備を整えていた。シャワーを浴びて着替え、エイドリアンのクローゼットで見つけたつば広のフェルトの女優帽とオーバーサイズのサングラスを身につけていた。どちらも彼女が数年前に身につけていたのと同じものだった。イーサンの金融スキャンダルの最中、夫妻が家を出るところを写真に撮られたときに。なぜ知っているかというと、ほんの一時間前にネットで調べたから。言わば変装に変装を重ねるようなものだった——エイドリアン・リチャーズに扮した私が、誰だかわからないように扮する。見るからにばかげた恰好だったけど、それは彼女のときも同じだった。私たちはどちらも帽子が似合わなかった。それでも今後しばらくは、外へ出かけるたびにこの帽子をかぶる破目になるだろう。報道陣が玄関先に張りこんでいるかぎり。

その数年前の写真では、エイドリアンとイーサンはひとりの男によって部分的にカメラからさえぎられていた。濃い褐色の肌に丸刈り頭の、肩幅が広くがっしりとした巨漢。窓からのぞくと、その同じ男が——こめかみに白髪が交じり、当時より胴まわりに肉がついているけれど——歩道脇でアイドリングしているタウンカーの運転席から降り立つのが見えた。男は人混みを難なく肩で押し分けて進み、玄関前の階段をのぼってきた。携帯電話がまた鳴りはじめ、私は窓から外を見下ろしながら電話に出た。彼は階段の上に立って自分の携帯電話を耳に当て、私のほうを見上げていた。彼の口が動くと同時に、受話口から声が聞こえてきた。

「ミセス・リチャーズ？　運転手のベニーです」

「準備はできてるわ」

「降りてきてください。車までエスコートします」

私は手すりにしっかりつかまり、そろそろと階段を降りた。エイドリアンのハイヒールを履いているので不自然な足取りだった。こんなこともあろうかと彼女の靴をすべて履いてみて、うまくフィットする一足を見つけたまではよかったものの、それを履いて歩かなければならないことを忘れていたのだ。よろけないように歩くのは至難の業だった。外に出ると、私は思いきりベニーに寄りかかり、いっせいに群がる報道陣が口々に質問を浴びせながら私の顔にボイスレコーダーを突きつけてくるのを首を振ってかわした。全方位からカメラのシャッター音が速射砲のように襲ってきた。私は生きた心地もせず、下を向いて自分の足だけを見つめながら石段の下までたどり着き、歩道を横切った。気づくと車のドアが目のまえにあり、無意識にドアハンドルに手が伸びた。

「マダム？」

私は顔を上げた。左に立ったベニーが私のために後部座席のドアを開け、妙な表情を浮かべていた。

「ああ。そうよね。ありがとう」私がそう言うと、彼はまばたきをして眉根を寄せた。まるで私がおかしなことを口走ったかのように――なぜならもちろん、私がおかしなことを口走ったからだ。エイドリアンは〝ありがとう〟なんて言わない。頭の中で彼女のあきれた声がした。〝いつから他人が仕事をしただけで感謝するようになったの？　お金はそのために払うんでしょうが〟けれども気まずい瞬間は一瞬のことで、ベニーはすぐに脇へどいた。私は後部座席に文字どおり飛びこみ、ずきずきと痛む足を引っ張りこんだ。ドアが閉まった。私はもう一度安全を手に入れた。スモークガラスに守られ、外からは見えなくなった。車の前部で運転席のドアが開き、また閉まった。

「あの」ベニーの声がした。顔を上げると、バックミラー越しに目が合った。彼は眉根を寄せたまま尋ねた。「私を憶えてないんですか？」

肝がぞっと冷えた。最後にこの男に会ったとき、エイドリアンは何を言ったのだろう。想像もつかないけど、ひどいことにちがいない。だとしても、エイドリアンなら自分が何を言ったかなんて思い出そうともしないだろう。エイドリアンならまったく意に介さないだろう。私は肩をすくめ、視線をそらして言った。

「さあね。憶えてなくちゃいけない？」

ベニーがまだじっと私を見つめているのを感じた。やがて彼は肩をすくめ、車のギアを入れた。

「いいんじゃないですか」彼は言った。「それはあなたの仕事じゃないんでしょうから」

ダウンタウンにあるカート・ゲラーのオフィスまでは二十分かかった。歩道に降り立ったベニーが車のドアを開け、後部座席から降りる私に手を差し伸べたとき、またもやぎこちない瞬間が訪れた。私は今度こそ礼を言いたい気持ちを呑みこんだ。ゲラーは帰りの運転手もつけてくれるんだろうかと疑問に思い、もしそうならますます先が思いやられた。エイドリアンはその人のことも無下《むげ》に扱ったかもしれない。もっとひどい仕打ちをしたかもしれない。早くもロビーのドアを通り抜けた時点で、私の足はまた痛みはじめていた。エイドリアンの名前が呼ばれて振り返ると、スカートスーツ姿のすらりとした女が手を挙げて私に挨拶した。

「私はイラナ。ミスター・ゲラーのアシスタントです。階上《うえ》までご案内しますね」

「まえにお会いしたかしら?」私はおそるおそる尋ねた。まだベニーとの一件で疑心暗鬼になっていたけど、彼女は礼儀正しく微笑んだだけだった。

「いいえ、お会いしていないはずです。当時まだここに勤めてはいなかったので。ご主人の……」彼女は言いかけてはっと口をつぐみ、同情するような困り顔になって続けた。「失礼しました。このたびはほんとうに……。大変なときにお越しいただいて」

「ありがとう」私は言った。

「こちらへついてきてください」イラナはそう言うと、エレベーター乗り場を示した。私たちは一台に乗りこみ、階上に着くまでの長いあいだ無言だった。ドアが開くと、私はまた彼女のあとについて歩いた。ちらりと顔を上げた受付係のまえを通り過ぎ――私がうなずいてみせると、彼女も心得たようにうなずき返した――カート・ゲラーのオフィスに入り、デスクの奥で立ち上がった彼と握手を交わした。ゲラーの写真もネットで調べてあったけれど、それでも生で見る彼の外見には面食らった。カッパーフォールズでは誰もが若者か中年か老人で、誰がどの年代かは見ればわかった。毎年の苦労が爪痕のように顔に刻まれるからだ。ところがゲラーは別の惑星から来た何物かのようだった。若くして白髪が交じりはじめた三十五歳にも見えれば、歳のわりに若々しい六十歳にも見えた。これまで現実にお目にかかったことのない、年齢不詳の美男子。彼がイラナに向かってうなずくと、彼女は退室し、ドアを閉めた。

「お掛けください」ゲラーに言われ、私は手近な椅子にくずおれるように坐った。帽子とサングラスを取っても、まだ疑心暗鬼に陥っていた。『SF／ボディ・スナッチャー』のラストシーンの主人公ばりに、ゲラーが私を指差して叫びだすんじゃないかとすら思った。彼は指差しはしたものの、その指は私の隣の椅子に向けられていた。

「お荷物はそちらへどうぞ」彼は言った。貼りつけたような笑みがいくらか和らいでいた。

「またお会いできて嬉しいですよ、エイドリアン。もちろん、このような事態になって大変残念ではありますが。ご主人とは貴重なお付き合いをさせていただいてましたから、奥様個人のケースもお引き受けできればと思っています」彼はいったん唇を引き結んだ。

「私の理解では、イーサンは……見つかったと考えても？」

「まだ確実なことはわからないそうです」私は言った。「でもドウェインが——私が撃った相手、私の家に侵入した男が——彼の話では——」

「承知しました」ゲラーは言った。「心からお悔やみ申し上げます。そういったことももちろん、すべて話し合う必要がありますが、まずはビジネスの話を片づけてしまいましょう。ご主人のケース以降、当事務所の公判前の費用は少々上がっておりまして——」

「お金はどうでもいいの」エイドリアンの声が私の口から出てきた。彼女はその言葉を私に向かって何度となく発し、そのぞんざいさ、あまりの異質さに私は毎回ショックを受けたものだった。けれど、ゲラーはただうなずくと、一枚の紙切れに数字を走り書きし、それをテーブルの上にすべらせて寄越した。私はゼロを数えながら無表情を保ち、目のまえの男が寝室が三つある家と同じ値段であることにまったく動じていないふりをした。

「今すぐ小切手を書きましょうか？」私は言った。

彼はこともなげに手を振った。「その必要はありません。着手すべき問題がたくさんありますので。まずは、昨夜何があったかを初めから教えてください」

そうして私は語った。すべてをではなく、あるひとつの物語を。真実ではないにしろ、よくできたおとぎ話を。美しいお姫様が夜中にお城でたったひとり目を覚ましたら、侵入者が喉元にナイフを突きつけていたというお話。ただし、大衆が喜びそうな現代版になっている。このお話では王子様は亡き者にされ、お姫様は自分で窮地を脱しなくちゃならない。とっさの機転と、狙いすました一撃で。

〝あの人はイーサンを殺したと言いました〟

〝金を出せと言いました〟

〝私たちが金庫に銃を保管していたのを、あの人は知らなかったんです〟

私はその物語を語った。まことしやかに語った。それが実際に起きたことなんだと自分で錯覚するほどに。無理もない。私が昔から何より好きだったのは、廃品置き場での退屈な夏の日々に何時間でも没頭していられたのは、この手の遊びだったのだから。私はいつでも自分が別のどこかの誰かだと思いこむのが得意だった——そして、ひとりでそれを愉しむほうが好きだった。他人はいつも何かと空想のあらを突いては、すべてをぶち壊しにした。他人はいつも、なぜその物語がおかしくて偽物でばかげているのかを言いたがった。私が自分で思いこもうとしているだけで、いくら思いこんだところで実際の私が変わることはないんだと教えたがった。お姫様？　勇敢なヒロイン？　めでたしめでたし？　いやいや、ないだろ。百万ドルかけて整形でもすりゃ別だけどな。

カート・ゲラーは私の話に耳を傾け、ときおりメモを取りながら、ほとんどずっとうなずいていた。話が終わると、走り書きしていた紙にペンを打ちつけながら尋ねた。

「銃はいつ購入されたんです？」

私は顔を曇らせた。話のあらを突こうとして、私が知らないことを訊いてくるこの高額な男に無性に腹が立った。

「わかりません」私は言った。「私たちは合法的に銃を所持していました。大事なのはそこでしょう？」

「あなたが撃ったとき、相手はどこに立っていましたか？　あなたから見てどの位置にということですが」

「一メートルくらい離れたところ、私とドアのあいだに立っていました」

ゲラーはうなずいた。「あなたが出られないように立ちはだかっていたということですね。よろしい。そして、あなたは相手の胸を撃ったわけですか？」

私は目を閉じ、まえによろめくドウェインを思い浮かべた。彼のスウェットにあいた穴の縁がみるみる赤く染まるのを。「ええ」

ゲラーは再度うなずいた。「よろしい」それからまたメモに目をやった。「この事件が起こるまで、あなたは、ええと、二日間近く？　ひとりで家にいたと。その間《かん》、イーサンがどこにいるのか、なぜ連絡がないのかとは考えなかったんですか？」

「別に珍しいことじゃありませんから。ありませんでしたから。夫はしょっちゅう家を空けていたし、特に数日程度の小旅行なら、連絡をまったく寄越さないこともありました」私はためらいがちに続けた。「それに私自身、夫に連絡してほしくないときがありましたから」

とんとんと紙に打ちつけるペンの音が途絶え、ゲラーが眉を上げた。私はふたりのあいだの沈黙を二拍よけいに引き延ばした。エイドリアンとしては次の部分は話したがらないのが自然だったけれど、わざわざためらうふりをする必要はなかった。私自身が話したくなかったから。それを話すということは、思い浮かべなければならないということだ。ふたりが一緒にいるところを。私は落ち着きなく身をよじった。

ゲラーが身を乗り出した。もはや笑顔はどこにもなかった。「エイドリアン」彼は言った。「これはすべてのクライアントに申し上げていることです。私に嘘をついてはいけません。クライアントに嘘をつかれた弁護士は、その場でいちばんの間抜けに成り下がるだけです。この場だけでもそんなことになっては問題なのに、裁判でとなったら最悪です。私に隠していることがあるなら――」

「私が浮気していたのはご存じでしょう」私がたまりかねたようにそう口走ると、ゲラーはゆったりと坐り直して言った。

「続けてください」

「私はドウェイン・クリーヴスと浮気していました。彼は私たちが夏に滞在していた湖畔の便利屋でした。私は退屈していて不幸で、あれは衝動的な振る舞いでした。私はただ……自分でもよくわかりません」なぜそれを早く言わなかったのかとゲラーに叱られるんじゃないかと思ったけれど、彼はただうなずいただけだった。

「なるほど。それから昨日、メイン州警察が訪ねてきたそうですね？　なぜならドウェイン・クリーヴスがすでに、奥さんを殺害したかどで指名手配されていたから。ちがいますか？」

「その刑事の話ではそういうことでした。イアン・バードという刑事です」

ゲラーはすぼめた唇からふうっと息を吐いた。

「なるほど。いいですか、エイドリアン。はっきり言いましょう」彼は椅子に深く坐り直し、何を考えているかわからない不気味な表情で私を見つめた。私は胃が縮む思いで自分の両肩を抱いた。今にもあの人差し指が持ち上がり、彼は私を指差して叫ぶだろう――はっきり言いましょう。あんたはエイドリアンじゃない、い、い、い、いい。

かわりに彼は肩を軽くすくめて言った。「私は何も心配していません」

私は目をしばたたいた。「心配……していない」

「ドウェイン・クリーヴスはあなたのご主人を含め、ふたりの人間を殺害した。彼はイーサンの車でこの街へやってきて、盗んだ鍵で家に侵入し、あなたを凶器で脅し、金を奪おうとした。これ以上なく明白な正当防衛です。弾道検査からも同じ結論が導き出されるとして、検事局にいる私の情報源から今朝聞いたところによると？　そう、心配はしていません。来月再選を目指す地方検事は、夏に司法改革に乗りだしてから早くも上層部の支持を失いかけています。彼女としても、これ以上蜂の巣をつつくような真似だけは避けようとするでしょう。わざわざ警察を巻きこんで、注目度の高い事件のあら探しを始めたりはしないということです」

「よくわかりません」私は言った。実際理解できなかったからだけど、ゲラーは肩をすくめた。

「無神経な言い方をするつもりはありません。ですが、あなたは誰もが同情するであろう被告人です。夫を亡くしたばかりの若く美しい女性であり、夜中に自宅に押し入った殺人犯を果敢に撃ち殺した勇気ある女性なのです」

「浮気については？」

「これもまた微妙な言い方になりますが……今は#MeTooの時代です、エイドリアン。誰かがあなたの不利になるようにその件を持ちだそうものなら、われわれが徹底的に叩きのめします」

私は椅子の肘掛けをぐっと握りしめた。ゲラーは同情するような目で私を見た。

「すぐには気持ちが追いつかないでしょう」彼は言った。「ティッシュをお使いになりますか？」

私は黙ってうなずいた。

でも、私は涙をこらえているのではなかった。笑いださないよう我慢しているのだった。

ゲラーは室内を横切って棚からクリネックスの箱を取り、私のまえに差し出した。

「ご主人のことはほんとうにお気の毒です。あなたが大変な思いをされたことも。この場の会話も簡単ではなかったでしょう。正直にお話しくださったことに感謝します。これほど早いうちから率直でいてくれるクライアントも珍しいですよ」

「ありがとう」私はティッシュを取りながら言った。それを顔に持ってきたとき、ゲラーがまだ私のまえに立って、上からじっと見ていることに気づいた。

「いったいなぜでしょうね」彼はそれ以上ないほどおだやかな口調で言った。「あなたがまだ何かを隠していると思えてならないのは」

世界が一気に縮んで小さな点になった。頭の血がどくどくと滾《たぎ》り、耳が燃えているかのようだった。私は目を瞠《みは》り、口を開けてゲラーを見上げた。ティッシュが手からはらりと床に落ちた。彼は屈んでそれを拾い上げ、そっと私の手に戻した。私の指は勝手にティッシュをつかんだけれど、そこだけが体の中で唯一まともに動いているようだった。顎ははずれたままで、両脚は完全に麻痺していた。ゲラーは何も言わずに歩いてデスクの奥に戻り、ふたたび椅子に腰を落ち着けた。その年齢不詳な、どこまでも整った顔が、今はとてつもなく恐ろしく思えた。それが単なる仮面で、その奥から本物のカート・ゲラーがじっと私を見ているかのように。私を見抜いているかのように。すべてを見通しているかのように。ただ、その懐疑的な目つきには見覚えがあった。いま思えば、それとまったく同じ表情を私は見ていた。ベニーの顔にも、警察の人々の顔にも、通りで立ち話をしたアナの用心深そうな顔にも。私は自分自身の嘘に気を取られ、正体が露呈するのを恐れるあまり、彼らの目つきの意味を理解できずにいたのだ。今やっとわかった。なぜ気づかなかったのだろう――彼らが信じられずにいるのは私ではない。エイドリアンなのだ。

〈ソウルサイクル〉仲間から弁護士まで、エイドリアンの知り合いはもれなく彼女を信用せず、端《はな》から毛嫌いしているのだった。

「先ほども申し上げたように」ゲラーは言った。「あなたのケースそのものについては、何も心配していません。仮に地方検事がこの件を追及しようとしても、阻《はば》む手立ては片手に余るほどあります。それでも、私は真実を知る必要があるのですよ、エイドリアン」

そこでようやく顎を閉じることに成功し、私はぐっと唾を呑みこんだ。

「お言葉ですけど、あなたは何もわかっていないようね」そう言い返すと、瞬時にゲラーの両眉が吊り上がった。私の声は激しい怒りに満ちていた。それはまるっきり私自身の怒りの声で、まったくエイドリアンらしくなかった。でも、もう抑えることはできなかった。抑えるつもりもなかった。この役を正しく演じなければどうなるのかを知る必要があった。人々は常にエイドリアンがどう振る舞うべきかを彼女に教えたがった。もし彼女がその期待に背《そむ》いたら？

「たとえすべてをあなたに話したくても、そんなことは無理よ」私は言った。「イーサンがド田舎の廃品置き場の焼け跡で死んだことは知ってる。ドウェインが彼を殺したことも知ってる。でも私は真相を知らない。なぜそんなことになったのかを知らない。今となっては誰にもわからない。なぜならドウェインが動機を説明したり言い訳したりするのを待たずに、私がさっさと引き金を引いたから。すべての事情を知りたい？　それを教えてくれたかもしれない唯一の相手は死んだ。私はそれでかまわない。でもあなたがその不確かさに耐えられないと言うなら、私は別の弁護士を探すべきかもね」

ゲラーが目をぱちくりさせた。私は息を詰めて待った。
するとと彼は微笑んで――驚きの表情を顔からきれいに消し去って――言った。「いえ、そんな必要はありませんよ。ではやはり、今すぐ小切手をいただくとしましょう」

相談が終わり、小切手がゲラーの手に渡り、あとはまた身を隠して待ちながら祈るほかにすることもなくなってから、私はあの弁護士事務所での向こう見ずなひとときを何度も思い返すことになった。私が古い人生の扉をこじ開け、その隙間からリジーが顔をのぞかせ、言葉を発し、姿を現すのを許したあのひととき。まったく不必要で危険きわまりないリスクだけれど、あえてそれを冒さなければならなかった――真実を自分自身に証明するためだけにでも。なぜならそこに隠れている彼女の姿は誰にも見えないと、実証する以前にわかっていた気がするから。それこそずっとまえから、あの散弾銃の引き金を引くまえから、それ以前にエイドリアンが私の人生に現れるまえからわかっていたような気がする。私はなりきるのが、想像するのが得意だったから。私は自分の中にさまざまな可能性を見ていた。だけど、他人は誰も見ていないとわかっていたのだと思う。
ひとたび誰かを知ったつもりになると、人はその相手を見たいようにしか見ない。彼らの偏見は薄汚れた亡霊のようにあらゆる部屋に先まわりして漂い、本人がやってくるのを待って体じゅうにまといつく。それは長年にわたって本人のまわりにくすんだ層のように積み重なり、やがてそうした偏見によって築かれたまぼろしの姿だけが人々の目に映るようになる。ど田舎のあばずれ。廃品置き場の悪女。特権階級のクソ女。そして本人はその真ん中で囚《とら》われたまま、誰にも見えない。私はここよと叫んでも、すでにまとっている悪評の声が大きすぎて、誰の耳にも届かない。リジー・ウーレットがあの散弾銃を手にするころには、彼女は脱げない衣装のようになっていた。そして、それを着ていた本人の死を惜しむ者は誰もいない。存在すら知られていなかったのだから。

私には新しい衣装のほうが似合うかもしれない。

エイドリアン・リチャーズ本人より、私のほうがよりよいエイドリアン・リチャーズになれるかもしれない。

私は彼女の携帯電話を手に取った。画面を一度、二度タップし、躊躇した。さまよう指の下で、ダイアログボックスが尋ねた――〈ほんとうによろしいですか？　この操作は取り消せません〉。私はまたあの〈アスタイリスト〉を思い出した。私がこんな髪色にしてほしいと説明すると、渋い顔で念を押してきた男。ほんとうにいいんですか？

わからない。ほんとうにいいのかはまったくわからなかった。これは未知の領域だ。この瞬間までずっと、私は〝エイドリアンならどうしただろう〟の問いを指針としてきた。

それがなんであれ、エイドリアンになりきった行動が重要だったから。それははっきりとわかっていた。あの散弾銃の引き金を引いた瞬間から、逃げおおせるには最後まで徹底するしかないとわかっていた。徹底してなりきるしかないと。エイドリアンになるなら、自分ではなくエイドリアンとして選択しなければならない。そしてこの選択は、この取り返しのつかない操作は、エイドリアンならしなかったはずだ。絶対に。何があっても。

とはいえ、ここ最近のエイドリアンは本来の彼女ではない。エイドリアンはショック状態に陥っている。エイドリアンはトラウマを経験しているのだ。そんな彼女が突然妙な振る舞いをしても、それは許容されるべきだろう。誰が彼女を責められる？　何をしても不思議はないはずだ。

「なるようになれ」私は声に出して言い、画面に指を押しつけた。ダイアログが消え、新たなメッセージが表示された。

〈あなたのアカウントは削除されました〉

第三部　半年後

第二十七章　バード

ナイフはビニールの袋に収められていた。上から事件番号のスタンプが押され、前年から開封されていないことを示す赤いセキュリティシールが貼られていた。証拠品袋に入れられ、保管されたまま、忘れられていた。どこにでもある普通の狩猟用ナイフに見えた——それがほんの半年前にひとりの女の鼻を削ぎ落とすのに使われたことを、バードのように知らないかぎり。

デスクにいる女性警官はきちんと制服を着ていたが、髪を低い位置でタイトなお団子にまとめ、大きな目の上に小さな丸い眼鏡をかけたその外見は、警官というより図書館員のようだった。彼女はバードのまえにクリップボードを押しやって言った。

「サインだけいただければ、あとはおまかせします。取りにくるまで長かったですね」

バードは肩をすくめた。「近くにいるわけじゃないんでね」彼は言った。「そちらの保管棚で邪魔になってたんじゃなければいいんですが」

彼女はにっこり笑った。「大丈夫です。あとはもういいですか？　証拠保全の記録は要ります？」

「いや、けっこう」バードは言った。「事件は解決済みなんで。やり残したことを片づけに来ただけです。ここにいるこいつは」――彼はナイフをかざしてみせた――「保管箱に直行ですよ」

ひんやりした四月のその日、ボストン市内は薄曇りで風が強かった。午後の太陽は雲間から顔をのぞかせては引っこみ、薄い紅茶のように淡色で生ぬるかった。バードはそれでも太陽に顔を向けた。メイン州では長く厳しい冬のあとまだ雪解けが続いていたが、数百キロ南のこの地では春の訪れが感じられた。長めの日照時間、よりおだやかな気温、大気に漂う湿った土のにおい。フェンウェイ・パークではレッドソックスが本拠地開幕戦に臨んでいた。バードは帰路のどこかで早めの夕食に寄り、そこで試合の終盤を見届けようと思った。それでも暗くなるまでに帰れるはずだ。

ボストンの帰宅ラッシュの渋滞を避けて、車で市外へ出た。ちょうど半年前のこの日、彼は同じルートを運転していた。エイドリアン・リチャーズの自宅をあとにし、北へ車を走らせていた。そのあいだに彼女がドウェイン・クリーヴスを撃ち殺したのだった。極めて明白な正当防衛であると、ボストンの法執行機関が即座に断定した事件。バードは当時、その注目度の低さに驚いたものだった。とりわけメディアにおいて、何よりエイドリアン・リチャーズのような不愉快で目立ちたがりでテレビ向きの生存者がその中心にいるというのに、ほとんど話題にならないのが意外だった。〝おいしい話〟であることは否定できなかった。カッパーフォールズの住人は連日メディアの攻勢にさらされ、リジーの友人や身内からコメントをもらおうと北へやってきた記者の鼻先でドアを閉めることが続いた。取材に応じる者はいなかった、もちろん。やがて記者たちは去った。が、エイドリアンは――彼女ならこの事件をとことん利用し、つかの間の名声を得ようとすると誰もが思っただろう。ところが本人は取材の申し込みをすべて断り、事実上、世間から姿を消してしまった。彼女はどこにいるのか、何を隠しているのかとタブロイド紙は騒ぎ立てたが、しばらくすると飽きて、別のネタを追いはじめた。騒動は収まり、人生は続いた。むろんイーサン・リチャーズの人生は別だが、それをわざわざ悲しんでみせる者はいなかった。

バードがずっとそういった動向を注視していたわけではない。リジー・ウーレットの事件を終えてから何カ月も、ジョージ・プーレンとの面会から得られた手がかりを追うのに手一杯だった。百歳を超えるプーレンは、その朝自分が何を食べたかは憶えていなかったが、一九八〇年代初頭とローリー・リヒターのことは実に鮮明に記憶していた。何より憶えていたのは、その夏、親友の様子がどうもおかしく、若い女性の失踪事件のあとでいよいよおかしくなったことだった。うわの空で宙を見つめ、ひと晩じゅう起きていたかと思えば、何日も行方が知れなくなることもあった。彼の奇行をいったいどう解釈したものか、プーレンにはわからなかったという。親友がローリーと知り合いだったのかどうかもわからなかったという。

彼女は自分たちよりずっと年下で、人との付き合いもほとんどなかったそうだから。しかし、いつもどこへ雲隠れしているのかと尋ねたとき、親友の反応は明らかに不審だった。たちまち目つきがおかしくなり――〝おったまげた競走馬みたいに〟というのがプーレンの弁だった――実はザ・フォークスのそばの採石場の湖へ釣りに行っているのだと打ち明けた。彼はその場所の様子を細部にわたって、ほとんどおごそかなまでの口調で説明した。水の清らかさ、岩石のまだらな色合い、露出した岩に腰かけてまっすぐに深淵《しんえん》を見下ろせること。安らげるんだと彼は言った。心から安らげるんだと。プーレンが魚について尋ねると、親友は妙な顔をして言ったそうだ――わからない、魚を釣り上げたことは一度もないから、と。

その会話をもとに、バードはその地域のめぼしいスレート採石場を四つに絞りこんだ。警察はその三つ目の場所で、湖底に沈んだローリー・リヒターの車を見つけた。彼女の遺体の残骸は、ロックされたトランクの中から見つかった。

バードがすべてを解き明かすには、それからさらに数カ月かかった。厄介なことに、ジョージ・プーレンの親友はプーレン自身とちがってすでにこの世を去っており、本人の口から洗いざらい話を聞くことはできなかったからだ。それでも、車が見つかったことで事件はふたたび注目を集め、ジョージ・プーレンも長生きした甲斐あって、最後には真相を知ることになった。親友自身にはなんの罪もなく、彼はただ愛する妹を悲しませたくなかっただけだったのだと。

一方、親友の甥――その愛する妹の息子――は、まぎれもない人殺しだと判明した。もっとも、大した嘘つきじゃなかったが。バードはそう思いながら皮肉な笑みを浮かべた。いったん身柄を拘束されると、男は数分と経たずに自白した。もう疲れたんだと警察に言った。長年恐ろしい秘密を抱え、いつか誰かが突き止めるのではないかと待ちつづけることに疲れたんだと。真実を白状し、ようやく心の重荷を降ろせたのだった。

バードはこの半年分の記憶に心をさまよわせながら――リジー・ウーレット、ドウェイン・クリーヴス、エイドリアン・リチャーズ、ローリー・リヒター――幹線道路を降り、チェーンレストランの案内板をたどって店に着いた。それなりのハンバーガーとテレビが見える席を高確率で確保できる店。今しがた彼女のことを考えていたのでなければ、彼はカウンター席にいる女に気づかないまま席に着き、飲み食いして店を出ていたかもしれない。彼女は四つ離れた壁際の席で、わずかに体を彼のほうに向け、顎を上に向けて、瓶ビールを飲みながらテレビを見ていた――ソックスが一点差で負けている試合を。彼女の髪は半年前からがらりと変わって、今は肩の高さで切りそろえられ、赤みのあるブラウンになっていたが、顔は見まちがえようがなかった。バードはあっけにとられて首を振った。エイドリアン・リチャーズが世間から姿を消したとき、誰もが彼女はどこかの海辺のリゾートで贅沢な隠遁《いんとん》生活を送っているのだろうと思いこんだ。しかし今、彼女はここにいる。郊外の〈チリーズ〉で、クアーズを飲み、野球の試合を観ている。

バードはもう少しで踵を返して店を出ていくところだった。彼女に気づかれたら気まずいからというだけではない。彼女の表情を見て心が揺れたのだ。幸せそうとは言わないまでも、心地よさそうな、自然とくつろいだ表情。おかしな話だが、自分が邪魔者のように感じたのだった。

それから彼女が顔を上げ、その目が丸くなり、飲もうとしていたビールがこぼれて彼女のシャツの前面を汚した。

「最悪」彼女はつぶやき、ビールのボトルを乱暴に置いて、紙ナプキンに手を伸ばした。

バードは彼女に歩み寄り、詫《わ》びるように両手を挙げて言った。

「や、申し訳ない」

彼女はシャツにこぼれたビールを拭きながら、ちらりと視線を上げて彼を見た。

「こんにちは、バード刑事」そう言って口角を下げた。彼に会えて嬉しくないようだった。

「どうも、ミセス・リチャーズ」バードがそう返すと、彼女は慌てたように首を振り、さっとカウンターのまわりに目をやった。人目を引くのを恐れるように。

「やめて。今は〝スワン〟だし。私の名前」

バードも周囲を見まわした。彼女の緊張感は店内に伝染してもおかしくなかったが、ほかの客はみなテレビか飲み物に視線を据えていた。それでも彼は声を抑えて尋ねた。

「名前を変えたんですか？」

「旧姓に戻したの。エイドリアン・リチャーズはさすがに……お荷物だったから」彼女がそう言うと、バードは思わず笑ってしまった。

「エイドリアン・スワン」彼は声に出して言ってみた。「なるほど。いい名前じゃないですか。白鳥《スワン》。きれいな鳥ですしね」

「たまに人を襲って殺すそうよ。毎年十人くらい」

「それは嘘でしょう」バードはそう返したものの、実際どうなのかわからず、わからないことが気に障った。半年前にこの女を聴取したときは、顔色を容易に読み取れたはずだった。あのときのことはいまだに憶えていた。彼女が自分を制御できなくなり、口をすべらせたあの瞬間、自分は真実をとらえたと確信していた。しかし今、同じ相手の顔を見つめても、冗談を言っているのかどうかわからなかった。彼女はじっと見つめ返してきた。無表情で——と、その口の端がぴくりと動き、彼女は肩をすくめた。

「嘘だと思うなら調べてみたら？」そう言うと、ビールを長々とあおり、彼に向き直って顔をしかめた。「ああ、ごめんなさい。これってそもそも……許されるの？ 私があなたに話しかけたり、あなたが私に話しかけたりしていいものなの？ なんだか変よね」

バードも渋い顔をした。「いや、こっちこそ申し訳ない。ほんとうに。すぐに立ち去ればよかった。正直、帰ろうかと思ってたところで、あなたかどうかもわからなかったんですよ。見た目が……変わってたから」

「ええ、それはもう、さんざんな半年だったから」彼女は言った。「この手のクソじわはね、どんなにボトックスを打っても消せないの」

「そういうつもりで言ったわけじゃないんですが」バードは言ったが、彼女はまた肩をすくめただけだった。「とにかく、驚かせて申し訳なかった。ほんとうに。それじゃ、おれはこれで」彼が背を向けて去ろうとしたとき、肩越しに彼女の声がふわりと飛んできた。

「いま来たところでしょう？」

「店ならいくらでもありますから」

「駄目よ」バードが振り返ると、彼女はどうしたものかと迷うように唇を噛み、それから急にうなずいて自分の隣の椅子を示した。「いい？　私は絶対誰にも会わないと思ったからここに来たの。まさか偶然あなたに出くわすなんて——普通ならありえない。なんだか試されてるような気がするのよ。宇宙か何かに。だから、よかったらどうぞ坐って、私に一杯奢《おご》らせて。あなたさえよければ。仕事中なら仕方ないけど」

バードは躊躇した。たとえここでエイドリアン・リチャーズに、いや、スワンに会うことを予期していたとしても、まさか一緒に飲もうと誘われるとは思わなかっただろう。まえに会ったとき、自分は決して彼女に親切ではなかった。そのことに悪びれる気持ちもなかった。事件は解決済みだが、思い返してみると——実際、しょっちゅう思い返していた——彼女は警察に話した以上のことを知っているのではないか、今も何かを隠したままなのではないかという気がした。

しかしまた、当時こうも思っていた。こいつは不快な女だと。どうにも好きになれない、傲慢なクソ女だとすら思っていた。

今は、どう思うべきかわからなかった。

「それじゃ、お言葉に甘えて。愉しそうだ」バードは言った。そして驚くべきことに、ほんとうにそう思っている自分に気づいた。

エイドリアンはバーテンダーに合図し、バードが注文するあいだ、試合から目を離さなかった。

「彼女と同じものを」バードはそう言うと、次の展開を興味深く眺めた。バーテンダーが「はいよ」と応じ、すぐ隣に坐っている二流の有名人には目もくれずに、細長いボトルを彼のまえに置くのを。気づいている様子はまったくなかった。ボトルからひと口飲んで隣を見ると、じっと見ているエイドリアンと目が合った。

「私に気づかないのが不思議だと思ってるんでしょう」

「ちょっとね」バードがそう返すと、彼女はふっと笑った。

「人は相手を期待したようにしか見ない」彼女は言った。「そして何を期待していいかわからなければ、見せられた姿を真実だと思いこむ。それがわかるまで少し時間がかかったけど。事件の直後は四六時中メディアに追いまわされてたから、パパラッチ対策でいつも同じ恰好をしてた。大きなサングラス、大きな帽子。毛布でできたセーターみたいな、大きな毛織のストール的なもの。いわゆる〝お忍びルック〟ね」彼女は両手の指で引用符をつくってみせた。「なぜか、それが名案だと思ったのよ」

バードが含み笑いを漏らすと、彼女も小さく笑った。

「ほんと、馬鹿みたいだった」そう言うと、彼女はモデルのように顎を斜めに上げ、手の甲を顔に当ててみせた。「ああ、やめて！　お願い、写真は撮らないで！　私は有名人よ！　私を見ないで！」

「効果絶大ですね」バードは言った。

「ある種の裏技みたいなものよね。写真を撮られたくなさそうに写真を撮られるためには、どんな恰好をすればいいか」

「で、今はすっかりうまくやってるわけだ」

「どうやらね」彼女は言った。「少なくとも今のところは。もう半年もすればきっと、私のことなんて完全に忘れ去られて、隠れる必要もなくなるでしょう」

「まるでそれが残念みたいな言い方ですね」バードが茶化すと、彼女は首を振った。

「冗談じゃないわ。早くそうなってほしい。私が望むのはそれだけ」そう言うと彼に向き直り、まじまじと相手を見て尋ねた。「バード刑事、あなたのファーストネームは？」

「イアン」

「イアンね。イアン、どうしてここにいるの？」

「やり残した仕事を片づけに」バードは言った。証拠品袋に収まったまま、パトカーのトランク内の金庫に入っているナイフのことを話すつもりはなかった。ふと思った――彼女が見たら、あのときの凶器だとわかるかもしれない。市警の捜査報告によると、エイドリアンは午前二時ごろに目を覚まし、ドウェイン・クリーヴスが寝室にいることに気づいた。クリーヴスは銀色に光る刃物を手にして彼女を見下ろしていたという。

「その仕事って、もしかして――」

「ええ」バードは言った。

「そういう話はしちゃいけないんでしょうね」

「したいですか？」

「いいえ」彼女は長々とビールをあおった。「その話は二度としなくていいわ。そういえば、おめでとう」

バードはビールを飲み干した。「ありがとう。何に対して？」

「ローリー・リヒターだっけ？　あなたが犯人を捕まえたって、どこかで読んだ。あの事件は……」彼女は続く言葉を見つけられず、首を振った。何を言いかけたのだろうとバードは思った。そもそもなぜあの事件のことを知っているのだろう。エイドリアン・リチャーズは犯罪ドキュメンタリー好きには見えないが、それは自分がそう思いこんでいるだけかもしれない。人は相手を期待したようにしか見ない――彼は心の中でつぶやいた。

「そうなんですよ、あの事件。まあでも、たまたま運がよかっただけです」

するとエイドリアンは訝るように彼を見た。「運だけじゃないでしょう。ビールをもう一本どう？」

バードは腕時計に目をやってから、彼女の顔を見て言った。

「あなたが飲むなら飲みますよ」

別の事件について語ることで、会話はさらに打ち解けていった。ローリー・リヒターについて、一連の思いがけない幸運について——まあたしかに運だけではなく、何時間も何十時間も地道な捜査に費やしたわけだが——それによってまずローリーの遺体を見つけ、やがて彼女を殺したクソ野郎にたどり着いたこと。男が自白したときの様子についても語った。老いた彼がわずかに姿勢を正し、若いころからずっと抱えていた恐ろしい秘密を吐露して、ようやく重荷から解放されたときのことを。

「三十五年でしょう」エイドリアンは言った。「想像もつかない」

「あの手の罪を抱えて生きるには長すぎる時間だ」バードはうなずきながら言った。「それはともかく、あなたは？　この半年間、いろいろ大変だったのでは？」

「弁護士がほとんどやってくれたから」彼女は言った。「イーサンはかなり几帳面でね、何かあったときのために、全部あらかじめ計画してくれてたの。遺体の身元が証明されれば、あとは私が書類にサインするだけでよかった」

「葬儀は？」

彼女は首を振った。「密葬。私と弁護士たちだけ。なんていうか、あれほどのことがあったのに……」

「無理に話すことはない」バードはすばやく言ったが、彼女は聞いていないようだった。

「すごく不思議だった」彼女は静かな口調で言った。「お悔《く》やみのカードや花が大量に送られてきて、でもそれって全部……企業からなのよ。イーサンのお金を失うのが残念だった人たち。彼の死を惜しむ人なんて、ひとりもいなかったんだと思う」

バードは何も言わなかった。彼女はビールをひと口飲み、かたんと音を立ててボトルを置いた。

「とにかく、それはもう全部終わり。終わりになるはず。じきに片づくって弁護士は言ってるわ」

「クリスマス休暇はどうしてたんです？」バードが話題を変えようと尋ねると、エイドリアンの口元がぴくりと引きつった。

「しばらく南に行ってた」彼女は言った。「母に会いにいったの。母にはわからないけど。施設にいるのよ。認知症で」

「それは残念だ。お母さんの具合は？」

「悪くはないわ」彼女は言った。「でも、私としては……別の施設に移そうと思ってる。もっと環境のいいところに。もっと素敵なところに」

やがてバードはちらりと外を見て、陽が完全に沈んだことに気づいた。今やカウンター席は仕事帰りの客で混み合い、昼間からいたスポーツ観戦組はソックスの負けに落胆してとっくに帰ってしまっていた。彼もエイドリアンもその敗戦の瞬間は見逃していた。それぞれビールをもう一本ずつ頼み、さらにもう一本——途中でエイドリアンは水に切り替えたが、バードは後先考えずウィスキーを注文した——そしていつの間にか椅子が回転し、互いの距離がぐっと狭まっていた。膝が擦れ合うほどに、彼女の香水の匂いを嗅げるほどに。いい、い、いい、これはなんだ？　何が起きてるんだ？　バードは自問し、自分の妄想だろうかと思った。現実には何も起きていないのかもしれない。自分がほろ酔いなだけで、いや、それ以上か——〝ほろ酔い〟はバックミラーの中で遠ざかり、自分は角を曲がって〝酩酊《めいてい》〟へと続く最後の長い直線を突っ走っていた——けれども、彼女は目を見開き、唇をうっすら開けてこっちを見つめており、それはたしかに現実だった。何やら本能的にそそるような、下腹部に訴えるような感覚も。バードは手を持ち上げ、それがまるで自分のものではないかのように緩慢に動いて、すぐそこにある彼女の膝に触れるのを眺めた。彼女は視線を落とし、膝に置かれた手に目をやり、顔を上げて彼を見つめた。うっすら開いたその唇が動きはじめた。

彼女は言った。「ここを出ましょうか？」

何が起きてる？　どういうことだ？　いったい何が起きてるんだ？　バードの脳内は騒いでいた。

「ああ」彼は言った。「そうしよう」

手の下から彼女の膝が消え、エイドリアンは立ち上がってジャケットを羽織った。バードは彼女のあとについて店を出た。ふたりとも駐車場でぎこちなく立ち止まり、彼は行き先のあてがないことに気づいた。沈黙のなか、近くの道路を行き過ぎる車の音、信号がカチカチと青から赤に変わる音だけが響いた。

「きみの家は？」バードは尋ねた。

「駄目」彼女は言った。「あの家は駄目。無理なの。どのみち、遠いし」

「おれの……車？」彼は自分の言葉に笑いだし、彼女も笑い、ふたりのあいだの緊張は溶けていった。寄りかかってきた彼女を、バードは腕をまわして抱き寄せた。

「後部座席での栄光の日々はとっくに終わったけど」彼女は言った。「ねえ、あれを見て」彼女が指差したほうを見ると、前方の頭上の電飾看板に、おなじみの格安チェーンホテルのロゴが輝いていた。すぐ隣の建物で、五十メートルと離れていなかった。

「運命だ」バードが言うと、彼女はげらげら笑った。

「宇宙的なジョークね」

「もっと高級なほうがよかったか？」

「くそくらえよ」彼女は言った。「寒いから、早く入りましょ」


十分後、バードは電子錠にカードキーを通した。エイドリアンはすぐ背後でうろうろしていた。彼はまた冗談を言いそうになった――ここのルームサービスのメニューにシャンパンとキャビアはなさそうだとかなんとか――が、ドアを開けて彼女を部屋に通そうと振り返ったとき、彼女はすぐそこに、すぐ隣に立っており、それからドアが閉まって施錠され、バードの体に彼女の体が押しつけられ、互いの唇が互いを貪るように行き交い、彼は暗がりで明かりのスイッチを探った。

「点けないで」

窓の外にホテルの看板が楕円形の月のように浮かび上がっていた。彼女はつとバードから離れ、窓を背にしてシルエットになると、両腕を上げてシャツを頭から脱いだ。彼はジャケットを脱いだ。

「見たいのに」バードが言うと、彼女は笑った。

「私は見られたくないのかも」
バードは歩み寄って彼女の両肩を探り、その手で今度は腰を包みこんだ。香水かシャンプーのふわりとした香りの下に、温かく甘やかな彼女の体の匂いがして、下腹部の訴えるような感覚が激しい疼きに変わった。彼女を引っ張りながらベッドに倒れこんだ。彼女のやわらかな肌が唇に触れ、モーテルの安物のベッドカバーが背中にこすれた。彼女の手で腰のベルトがはずされ、ズボンがするりと脱がされた。指先でなでられた瞬間、彼は「ああ」と声を漏らし、それからはもう言葉はなかった。

ことが終わると、彼は手を伸ばしてベッドサイドランプを点けた。彼女はここでは抗わず、バードの腕の中に収まったまま、さらに深く身を寄せてきた。彼はその頭頂部を見下ろした。赤褐色の髪はなかなか魅力的だったが、こと髪色に関しては、男と女でこうも自由度がちがうのはおかしいと常々思っていた。生まれつきの髪の色が気に入らない女は、なんでも好きな色を選んで染めればいい。が、男はそういうわけにいかない。髪を染める男はどこか軽薄で鼻につく。たとえそれが白髪隠しのためであっても、男として威厳がないということになる。バードはあくびをした。ぬくもりと眠気に包まれながらも、頭痛の予兆がこめかみのあたりに忍び寄りはじめていた。あのウィスキーは失敗だった。とはいえ、ウィスキーを飲んでいなければ、ここでこうして思いもよらない奔放な情事の余韻に浸ることもなかっただろう。実際、なんとも言えず満ち足りた気分だった。この数カ月間、仕事は充実していたが、プライベートは淋しいものだった。何人かとデートには漕ぎつけたものの、いずれもひと晩のありきたりなセックスどまりで、二度目のデートはなく、これはおそらく自分のせいだという気まずい思いが残っただけだった。彼はまたあくびをした。ここで少し眠ってから帰ろうかと思った。隣でエイドリアンもあくびをした。

「今のはあなたのせいよ」彼女は言った。「あくびって伝染《うつ》るから。もう行かなきゃ。ここでは眠れない」

「眠ろうと思えば眠れるよ」

彼女は微笑んだ。「いいえ。やめておくわ」

「せめてもう少しだけじっとしててくれ」バードは言い、相手を強く抱き寄せた。「きみとこうしてると気持ちがいい。きみはすごく……温かい」

「五分だけね」

彼はうなずいた。「わかった。五分だけ」しばらくのあいだ、どちらも無言だった。バードはもぞもぞと向きを変え、彼女の頭に顎をのせた。

「で、きみはこれからどうするんだ?」彼はようやく尋ねた。

「そうね、今から五分間は、何もしないかな」

「そういう意味じゃなく――」

「どういう意味かはわかってる」彼女はため息をついた。「これからどうするかは、わからない。みんないろいろ言ってくるのよ。ああしろこうしろって。でも、どれも気に入らない」

「おれの知り合いは、きみが本を出すんじゃないかと言ってたよ」バードが言うと、彼女は笑った。

「数ある選択肢のうちのひとつね。オファーはあったけど、きっぱり断った」

「有名になりたいとは思わない？」

彼女はしかめ面をした。「絶対に嫌」

「またまた。本音はどうなんだ？」

「これが本音よ。あなたには妙に聞こえるかもしれない。でも、有名になりたかったのはエイドリアン・リチャーズという女なの。私はもうその女じゃない。それはもう過去に置いてきたから」

バードは目を閉じた。呼吸が次第にゆっくりになり、このまま眠りに落ちてもそれほど悪くはないような気がした。眠りに落ちて、ひとりで目覚めても。自分がねだった五分間は刻一刻と減っていき、ふたりとも口には出さなかったが、その場の雰囲気は下降しつつあった。何かの始まりではなく、終わりの気配が漂っていた。起きて最後まで見届けるべきだったが、瞼があまりにも重かった。

「正直な話をしましょうか？」エイドリアンが言った。「ほんとうにひどい話だけど聞きたい？」

「んんん」バードはうなずいた。

「過去に一度、夫に言ったことがあるの。死ねばいいのにって」

とたんにバードは目をこじ開け、くるりと横を向いて彼女を見た。彼女は仰向けになって天井を見つめていた。

「おいおい、ほんとに？」

「それがね、いまだにわからないの、自分が本気で言ったのかどうか。本気じゃなかったはずなんだけど。でもそれから、何もかもが駄目になった。そしてもう、彼はいない」

「自分のせいだと思ってるのか」

「まちがいなく私のせいよ」彼女があまりに淡々と言うので、バードは黙ってその言葉を受け入れるしかなかった。イーサン・リチャーズの死がすべて彼女の責任ということではなく――あれは決してそういうものではない。とはいえ、結果がちがっていたかもしれないというのはわかる。彼女が別の選択をしていれば。誰かが別の選択をしていれば。責任はいくらでも転嫁できる。

「彼が恋しい？」バードが尋ねると、彼女はやっと天井から彼に視線を向けた。

「なんともまあ、おかしな質問ね」

「たしかに」彼は言った。「自分でもなんでそんなことを――」

「ううん、訊いてくれて嬉しい。これは言いたいから。誰かに聞いてほしいから。ええ、私は夫が恋しい。これはほんとう。私は夫が恋しくて、でも同時に、あのまま一緒にはいられなかったとわかってる。遅かれ早かれ何かあったはず――今回のことがなくても、何かが。私たちは手製の爆弾みたいなものだった。わかる？　ふたつの原料があって、ひとつずつならそれ自体なんでもないけど、一緒にすると猛毒のヘドロになって、触れたものを全部殺してしまうの」

「うああ」バードがうめくと、彼女は笑って首を振った。

「そう、とんでもないでしょ。それが私たちの結婚。でも、もう一緒になっちゃってたのよ。それが問題だった。たとえ別れても、今さら……個別の存在には戻れなかった」

「死がふたりを分かつまで」バードは言った。

「ええ」彼女は言った。「最後のそのときまで。もう行くわ」

ベッドカバーがずり落ち、彼女は上体を起こしてバードに背を向けた。彼はその背中に手を置いた。

「つらいだろう」

「何が？」

「ご主人を亡くして。それがきみにとってどんな意味があるにしろ」

彼女はまっすぐ彼に向き直ると、身を乗り出し、彼の唇に唇を触れた。

「ありがとう」

バードは彼女が立ち上がり、ブラのストラップを肩にすべらせ、背中のうしろでホックを留める様子を眺めた。右の胸の内側にごく小さな傷痕があった。周囲の皮膚より白く、わずかにしわが寄っていた。

「水ぼうそう？」彼は指差して尋ねた。

「戦いの傷よ」彼女はさらりと答えた。

「前世の傷痕か」バードは冗談を返したが、次に起こったことは――それだけ頭がぼうっとして眠かったのかもしれないが――彼の理解を超えていた。彼女は目をぱちぱちさせて彼を見つめ、それから派手にのけぞって笑った。まるでこの世でいちばん笑えるジョークを聞いたかのように。少なくともこの夜彼にわかったのは、エイドリアン・リチャーズはとらえどころのない女だということだった。彼が見ているまえで彼女は靴を履き、ジャケットを肩に羽織った。そのポケットからヘアゴムを取り出し、頭の上で髪をねじってまとめると、最後に部屋を見まわした。

「じゃあ、来月も同じ時間に？」バードは言った。何か言わなければと感じたからだが、彼女はもう笑わなかった。

「そうなったら素敵ね」彼女は笑みを浮かべて言った。その笑みはこう言っていた――そう、そうならないかもしれないけど、そうならないのはお互いわかってるけど。いっとき彼女は動きを止め、足を踏み替えた。やっぱり電話番号を訊いてくるのかもしれない。せめて別れのキスはしにくるだろう。バードはそう思ったが、彼女は肩をすくめて踵を返し、ドアを開けた。

「エイドリアン」呼び止めると、彼女はドアノブをつかんだまま立ち止まった。体を向けることなく、肩越しに顔だけ振り返った。薄く口を開け、頬をまだ上気させたままで、ねじり上げた髪はくしゃくしゃに乱れていた。濃く長い睫毛に縁取られた淡いブルーの目が大きく見開かれていた。不意を突かれたかのように。

「幸運を祈る。心から」

彼女はうなずいた。

それからドアが閉まり、彼女は姿を消した。

第二十八章 リジー

私の名前はリジー・ウーレット。かつてはそうだった。私がその名を手放すまでは。今、その名は別の女のものになっている。カッパーフォールズの墓地に眠る彼女の頭上二メートルの墓石に刻まれている。彼女は葬儀屋の妻が最もふさわしいと判断した服を着せられている。老いたミセス・ドーシーが私のクローゼットを漁って、ずっと昔に私の母のクローゼットを漁ったときのように、埋葬時の服を見つくろったのだろう。関節炎を患った指で候補の服を品定めし、そのあいだ私の父は黙ってうなずき、何を提案されても賛成したのだろう。彼女は念入りに服を選んだにちがいない。誰が見るわけでもないというのに。私が新たなリジーの顔をめちゃくちゃにしたあとでは、棺《ひつぎ》を閉じたままで葬儀をおこなうしかなかっただろうから。それでもときどき、選ばれたのはどの服だったのだろうと思うことがある。ミセス・ドーシーはあの緑のシルクドレスに指をすべらせ、ラベルに目を凝らし、こんな上等なものをあの子が持っていたなんてと訝ったただろうか。町の人々は私のクローゼットの中にあるはずのない数々の美しい高級服について、葬儀のあとでひそひそと囁き交わしただろうか。私が持っていた上品な服はすべてエイドリアンのお下がりだった。結局、それが彼女の最後だったのだろうか――他人に押しつけようとしたドレスを着せられ、他人の名前の刻まれた墓の下で朽ち果てているのだろうか。私が着せ替えごっこをする少女のように彼女のアイデンティティを身にまとい、盗み取った暮らしを続けているあいだに。

私がカッパーフォールズに舞い戻ったのは、墓地の草地が青々と芽吹いた春の終わりのことだった。〝変装したエイドリアン・リチャーズ〟の変装をして、彼女のばかげた高級車で乗りつけた。よくある殺人ドラマのお約束さながら犯行現場に戻るのは危険だとわかっていたけれど、いずれ戻ることになるとはずっと思っていた。戻らなければならないと。私にはやるべきことがあり、証明すべきことがあった。リジーがとっくに死んでおり、この世のどこにも存在せず、本人が香水の匂いを撒き散らしながら愚かな彼らの鼻先を通っても誰にも気づかれないことを、この目で確かめる必要があった。自分はもうほんとうの意味で故郷には戻れないのだと思い知るだけになったとしても、あの町に戻る必要があった。墓石に手を置いて、自分が二度と綴ることのない名前の文字をなぞるためにも。そのすぐ隣に並んだふたつの墓石――大小ひとつずつ、いずれも同じ名前――を見て、ふたりが一緒にいることに切ない満足感を覚えるためにも。昔からのなじみの場所をすべて車で通り過ぎ、自分はもうここにいないのだと理解するためにも。私抜きで続いていく日常を他人の目で眺めるためにも。

そして、私は半分正しかったとわかった。その日は誰もリジーに気づかなかった。私が以前、イライザ・ヒギンズを怒鳴りつけて恥をさらしたスーパーマーケットの通路でも。いまだにマギーが不機嫌な顔でアイスクリームをすくい、試食したいと言った客に嫌な顔をするアイスクリーム店でも。ぐずぐずしてはいけないと知りながら、わが子の墓のまえで立ち止まって、ツリフネソウとクローバーの花束を供えずにいられなかった墓地でも。ポストカード一枚と大量の現金を入れた封筒を、ひとまわり大きな別の封筒に入れて投函した郵便局でも。封筒には差出人の名前も住所も書かなかった。投函してから、すべきじゃなかったかもしれないと思った。彼にはわかるかもしれないし、わからないかもしれない。自分はどちらをより恐れているのだろうと思った。

誰もリジーに気づかなかった。でも、私はすっかり忘れていた。あのこれ見よがしな女優帽と巨大なサングラスで変装したエイドリアンが、自分とは比べようもなく人目を引くものだということを。

私は町を出るところだった。メルセデスに給油しようとガソリンスタンドに立ち寄るまで、あとをつけられていることに気づかなかった。背後から近づく彼女の足音が聞こえず、「ちょっと、あんた」と呼ばわる声が自分に向けられたものだとも思わなかった。けれど、そのあと肩甲骨を指で強く突かれ、振り返るとジェニファー・ウェルストゥッドがそこにいた。両手を腰に当てて仁王立ちし、憎しみの表情で私を睨みつけていた。

「私を憶えてる？」彼女が言い、私は笑いたくなる衝動と闘わなければならなかった。憶えているに決まっていたから。憶えているに決まっていたし、私はこう言ってやりたかったから――〝馬鹿じゃないの？　全部憶えてるに決まってるでしょうが〟

〝あんたが私の結婚式の日に、私の髪を巻きながら頰の内側を嚙んでたのを憶えてる。私のドレスを見て、白じゃないけど素敵だと思う、って言ったことも憶えてる〟

〝あんたが私の旦那といるのを私に見られたときの阿呆面も憶えてる。そのあとひとりでブチギレるのをやめたら、今度は笑いが止まらなくなったことも憶えてる。なんであんたは両手で男をいかせようと思ったんだろうって〟

〝あんたがいつかのパーティーで酔っぱらって、ジョーダン・ギブソンに背中の剛毛をワックス脱毛させせろって迫ったら、彼もべろんべろんに酔ってて、マジであんたに脱毛させたことも憶えてる〟

〝なんだかんだ言って、あんたを嫌いじゃなかったことも憶えてる〟

〝あんたがほかの大勢よりはまともだったことも憶えてる〟けれどもエイドリアン・リチャーズならジェニファーを憶えていないだろうし、憶えていても認めるはずがなかった。だから私はエイドリアンお得意の唇を閉ざした笑みを彼女に向け、エイドリアンのサングラスをかけたまま、エイドリアンのこのうえなく気取った口調で言った。「あら、ごめんなさい。悪いけど、憶えてないわ」

ジェニファーは嘲るような笑い声をあげ、歯を食いしばりながら言い返した。「そう言うと思った。こっちはあんたを憶えてんのよ。お高くとまったクソ女。よくも平気でこの町に戻ってこれたわね。もういいかげんにしてくれない？」

「なんですって？」私は言った。

彼女は今や叫んでいた。「リジーとドウェインはあんたのせいで死んだ。あんたはこの町の疫病神なのよ。わかったらとっとと車に乗って出ていって、二度と戻ってこないで！」

「あら、そのつもりよ」私はつくり笑いを浮かべて言った。心臓は激しく乱れ打っていたけれど。「心配しないで、あなた。二度と私に会うことはないから」

私は背を向け、車に乗りこんだ。エンジンキーを回したとき、運転席の窓にバシンと誰かの手が張りつき、思わず悲鳴をあげた。見上げると、ジェニファーが車の脇に立って、ガラス越しに私を睨みつけていた。その顔が奇妙にゆがむのを見て、一瞬ぎょっとし、気づかれたのではないかと思った。けれど、彼女は口を開けてわめいただけだった。「あんたの髪、何やったってクソだから！」

町を出るまで、私はほとんど笑いつづけた。

少しだけ泣きもした。

カッパーフォールズは私を嫌っていたけど、それ以上によそ者を嫌っている。でもそれは仕方ない。それくらいは我慢できる。すでに死んでいるからこそ断言できる。私はもう何も気にかけなくていいのだ。あの人たちのことを。ただひとりを除いて——彼についても心配は要らない。私が心配ないようにするから。私がよりよい場所にいると、彼にはきっとわかっているから。

ただ、この場所がこれほど孤独でなければいいのにと思う。

エイドリアンの母について、私がイアン・バードに言ったことは嘘じゃなかった。私はほんとうに会いにいった。会いにいきたかったのだ。感謝祭のころにはもう、メディアは私につきまとうのをやめていた。十二月の中ごろには地面に雪が積もり、ほんのときたま、家に出入りする私の写真を撮ろうとするカメラマンの足跡がつくだけになっていた。遠からず誰もがエイドリアン・リチャーズのことなど忘れ去る日がやってくると、私にはわかっていた。カート・ゲラーは私の計画を聞いて不審そうな顔をしたものの、そうした反応には慣れていた。エイドリアンの世話を焼く人々が彼女の予期せぬ行動に眉をひそめるのには。そういう場合は押し返せばいいのだと学んでいた。

「母を訪ねてはいけない理由でもあるの？」私が尋ねると、ゲラーは黙って唇を引き結んだ。

「いけないということはありませんが」彼はようやく言った。「私があなたの立場なら、今はまだ国外へ出ることはしません。ですが、サウスカロライナなら――」

「ノースカロライナよ」私は間髪を容れずに言った。

「失礼」ゲラーはよどみなく応じた。「私の勘ちがいでした」

私は微笑を浮かべ、謝る必要はないと告げた。でも、いつものように自問せずにいられなかった。この男は何かを疑っているのだろうか、私を試しているのだろうか、私を弄《もてあそ》んでいるのだろうかと。カート・ゲラーが一度でも私を信じたことがあるとは思えないけれど、彼はおそらくエイドリアンのことも信用していなかった。どのみち深くは気にしていないはずだ。小切手が問題なく現金化されつづけるかぎり、そしてイーサンの遺産分割にかかる手数料が得られるかぎり。それにその日、私が帰るまえに彼が言ったことを思うと——あれは天の恵みだった。彼には知る由もないけれど。

「ひどくお疲れの様子ですね、エイドリアン」彼は言った。「もちろん、常に完璧ではいられないからといって、誰もあなたを責めたりはしません。悲しい出来事は人をどっと老けさせるものです。とはいえ、たまにはボトックスを取り入れてみてはどうですか？ もう一度あなたらしさを取り戻すためにも。よかったら腕のいい皮膚科医を紹介しますよ」

「そんな必要はないわ」私は気分を害したと言わんばかりの口調で言い返した。女の外見を気にかけるふりをして侮辱するのは、エイドリアンのやり口そのものだった。〝お疲れの様子〟がすなわち〝くすんでる、たるんでる、老けてる〟のかなり露骨な言い換えであることは私でも知っていた。でも、実際に気分を害したわけじゃなかった。私が感じたのは安堵だった。それまでずっと恐れていたから。いつか誰かがエイドリアンの髪や服やサングラスの奥を見透かして、別の女が入れ替わっていることに気づくんじゃないかと。誰かが目をすがめて私の顔を見るたびに、誰かが不自然なほど長く私を見つめるたびに、私はぞくりと恐怖を覚えていた——ばれている。

でももちろん、ばれてはいなかった。彼らは目のまえの女の顔が常に進化しつづけていることを知っていて、今度はどこをいじったのだろうと訝っているだけだった。エイドリアンは週末に街を離れては、顔を〝微調整〟して戻ってくるタイプの女だった。どこがどうとはっきりわからない程度に。顎のラインが細くなった？　額がなめらかになった？　だから、ゲラーの提案は実にすばらしいブラックジョークなのだった。エイドリアンはとっくの昔に彼女らしさを見失っていたのだから。

大丈夫。私はそう確信した。

そしてまた、やっと理解したのだった。なぜこの男の完璧に整った若々しい顔が、仮面のように張りついたまま動かないのかを。

南へのフライトで、私は生まれて初めて飛行機に乗った。車輪が滑走路から浮き上がった瞬間、怯えると同時に高揚感を覚えた。無重力感を。座席はファーストクラスにした。エイドリアンならそうしたからというだけでなく、自分がそうしたかったから。客室乗務員の女性がグラスにシャンパンを注ぎ、クリスマス休暇で帰省するのかと訊いてきた。私は母に会いにいくのだと答えたけれど、奇妙なことに、それは嘘だという気がしなかった。いまだに嘘だという気がしない。介護施設の責任者が入口で私を出迎え、娘さんにはつらい面会になるかもしれませんと念を押した。ある意味そのとおりだったけど、施設側が懸念していたようにではなかった。マーガレット・スワンは満面の笑みでひしと私に抱きつき、「来てくれたのね！」と感極まった声をあげた。私もお返しに彼女をしっかりと抱きしめた。胸の中で何かが張り裂けそうだった。彼女の肩に顔をうずめ、ひび割れた声で

「母さん」と呼んだ。エイドリアンが昔から〝お母さん〟と呼んでいたのは知っていたのに。

エイドリアンが厄介払いしたすべての物や相手やお下がりのなかで、これだけが私に怒りを抱かせる。感謝を抱かせる。恐れを抱かせる。

面会時間が終わったあと、私はトイレに立ち寄った。最初に私を案内した職員のひとりが、全身白のナース靴と介護着姿で洗面台のまえに立って、爪で前歯をこすっていた。彼女は私を見ると、冷ややかな目つきのまま、唇だけで意地の悪い笑みを浮かべて言った。「お母さんのあれは演技だってわかってますよね？　みんなそうですよ。これから誰々さんが来ますよーって面会のちょっとまえに教えておくと、みんな自分の娘だか息子だか奥さんだかを憶えてるふりをするんです。それくらい知ってますよね？」

そうなのだ。私は知っていた。そんなことは言われなくてもわかっていた。私を抱擁する直前のマーガレットの目の奥に、恐れを見て取っていた。まちがうことへの恐れ。どう振る舞うべきかわからないことへの恐れ。それはたとえば、みんなで歌を歌うときに、歌詞を憶えていないのをごまかそうとする者の目だった。あてずっぽうで発した音がそれらしく聞こえることを願いながら、〝アーーー〟であるべきときに〝ウーーー〟と発声してしまい、口の形でばれているんじゃないかと恐れる者の目だった。そう、私は取りつくろおうとする者がどう見えるかを知っていた。

けれども、そんなことはわかっていても人に言うものじゃない。声を大にして、こういう場所で、他人の母親について言うべきじゃない。エイドリアンなら激怒しただろう。母親のためにではなく、自分自身のために。なんて失礼な言いざま。敬意のかけらもない。彼女なら高貴な氷の女王のようにすっくと立ちはだかり、軽蔑の目で相手を見て命じただろう。「カレン、責任者を呼んでちょうだい」

エイドリアンならそう言っただろう。

私はこう言った。「ごちゃごちゃうっせえんだよ、腐れマンコのクソが」

いまだに頭の中ではエイドリアンの声が聞こえるけど、だからと言っていつもそれを使うわけじゃない。

もっといい施設に彼女を移したいとはほんとうに思っている。マーガレットを。お母さんを。

母さん、でもいい。

最後の面会の日、別れ際にマーガレット・スワンは身を乗り出し、私の両手を握って言った。

「あなたは優しい子ね。娘を思い出すわ」

こうしてこのまま生きていけると、私は自分に言い聞かせている。じきに遺産問題は決着がつくとリック・ポリターノは言う。ひとたびイーサン・リチャーズの資産が分配されれば、どこへでも自由に行けるのだと。安心すべきなのはわかっている。胸を躍らせたっていいんだとわかっている。けれど、その〝どこへでも〟という言葉にはあまりに多くの可能性が含まれていて、どうしていいかわからなくなってしまうのだ。とりわけ〝どこへでも自由に〟と言われると。まるで私が自分の望みをわかっているかのように。自分が何者であるかをわかっているかのように。私はリジー・ウーレットの夢を追いかけても幸せになれるのだろうか？　それを知るのが怖い。表面を引っ掻いてみるのが怖い。エイドリアンの皮をかぶって着せ替えごっこをしているあいだに、ほんとうの自分がその中で小さくなって忘れ去られ、息をふさがれて死んでしまったのではないかと思うと怖い。表層を剝ぎ取ろうとしたら、光が触れた瞬間に彼女がばらばらに朽ちてしまうのではないかと思うと怖い。

エイドリアンが暮らしていた家で、ドウェインが死んだ家で、私は今も寝起きしている。そう、それも怖いのだ。ここにとどまるのが怖い。ここを離れるのも怖い。引っ越さずにいるなんて病的だと自分でも思うけれど、今となってはここだけなのだ。少しでもわが家のように、自分の家のように感じられるのは。ドウェインとここにいたのはほんのいっときだったから、彼の思い出が家じゅうを追いかけてくることはない。書斎のドアは閉めきっている。その奥には何もないと思うことにしている。血の痕は結局一度も掃除しないいま、時間が経ちすぎてしまった。カーペットは張り替えるべきだし、床は血が染みこんだところを塗り替えないといけない。

とどまるべきじゃない。それはわかっている。この街にもいないほうがいいのだろうけど、何をおいてもこの家にいるべきではない。エイドリアン・リチャーズがいまだに愛人を撃ち殺した家に住んでいるのを人々が妙に思っていることも知っている。暮らしを縮小させるべきなのもわかっている。私にあれこれ提案したがる人々の話に耳を傾け、彼らの言うとおりにするべきなのだろう。アドバイザーやコンサルタント、不動産業者。何年もまえにこの家をイーサンに売った不動産屋は、新聞に死亡記事が載った翌日に私に電話してきた。お悔やみを言いに……それと、この家がひとり住まいには広すぎるという正直な意見を伝えるために。私はまだ日が浅いからと彼に言い、どの壁にも思い出がいっぱいだとかなんとか、エイドリアンがたまにSNSでネタ切れのときに投稿するような感傷的なたわごとをつぶやいた。でもほんとうのことを言うと、私はこの家の空虚さが好きなのだ。このがらんとした空間には心安らぐものがある。世間と自分とのあいだの緩衝材のようで。夜にはワインをグラスに注いで、窓の外の煌《きら》めく夜景を眺める。私はここで自分を見失うかもしれない。あるいは自分を見つけるかもしれない。

あるいは誰かが先に私を見つけて、このすべてに終止符を打つかもしれない。私はジェニファー・ウェルストウッドのことを思う。私を睨みつけ、私に気づくことなく私を罵った彼女のことを。私はイアン・バードのことを思う。私の体に触れ、切迫した熱い息を吐きながら、私の耳にエイドリアンの名を囁いた彼のことを。私は彼が捕えた犯人のことを思う。ローリー・リヒターを殺し、長年の罪の重みに絶望し、自白によって解放された男のことを。

私が運命を信じる人間なら、あの話を宇宙からのメッセージだと思っただろう。来たるべき出来事への警告だと。とはいえ、運命を信じるなら、私はきっとこう考えるはずだ。このすべてが定められた運命だったのだと。初めから私はあの銃の引き金を引き、そのあともう一度引くことに決まっていたのだと。エイドリアンが私の人生に現れたのも、私が彼女の人生を乗っ取る運命だったからで、そんなふうにあらかじめ敷かれた道をたどっているだけなら、それはそもそも私の責任と言えるのか？

けれども私はそういうことを信じていない。銃を握ったのは私自身の手であり、この人生を乗っ取ったのは私自身の選択だった。私は状況に巻きこまれた犠牲者じゃない。そして、これより耐えがたい重荷を何度も背負ってきた。

それでも、あの〈チリーズ〉にはあれきり行っていない。念のため。

これがいつまで続くかはわからない。今までは運がよかった。このまま運よく生きていけるかもしれない。この広すぎる家でひとり、死んだ女のサンセールを飲みながら。雄猫をなでながら。この子は私が家族になったことをまったく気にしていないようだ。名札も何もついていなかったので、私が名前をつけることにした。以前なんと呼ばれていたにせよ、今の名前はバクスターだ。あなたの予想はおそらくちがっただろう。そう、私はこの子をラグスとは名づけなかった。名づけるわけがない。冗談じゃない。猫缶を開けるたびにあの記憶をよみがえらせるなんて。ラグスのことを、あの廃品置き場のことを、ドウェインのことを思い出すなんて。

ドウェインのことは今でも思い出す。

エイドリアンのトートバッグはあのままクローゼットの中に置いてある。現金とダイヤモンドと歯ブラシを入れたまま、いざというときのために備えてある。逃げるなら北がいいと思っている。なんだかんだで、私はやっぱり寒いほうが好きだ。厳しい冬が好きだ。暗く凍てつく朝、刺すような冷たい空気、明けそめた東の空。うなりながら凍る湖。木々の枝をたわませ、世界を純白に輝かせる、ふかふかの新雪の毛布。この猫も一緒に連れていく。それ以外は何もかも置いていく。私はきっとそうするだろう。そうすると決めていいる。誰かが疑いはじめたら。もしくは、自分がうっかりへまをしたら。もしくは、もうそれ以上耐えられなくなったら。

でも、私はやってみるつもりだ。私が引き継いだこの人生は、誰かが生きるべきだ。それが私であってもいいだろう。そしてリジー・ウーレットはどうかと言うと、これだけは言っておきたい。彼女は厄介者でしかなかった。彼女はとっくの昔に始末されるべきゴミだった。ど田舎のあばずれ、廃品置き場の娘。彼女はこの世を去り、誰もがせいせいしている。

誰も彼女を懐かしんだりはしない。私でさえ。それが真実。

そう思うようにしている。

エピローグ

バード

リジー・ウーレットの実家だった廃品置き場は今では完全な空き地と化し、腐った歯が抜け落ちたあとの歯槽《しそう》のように黒々とむき出しになっていた。バードは路肩にパトカーを寄せて車を降り、車体にもたれて、狭い通りの向こうのぽっかりと黒い空間を見つめた。その場所が打ち捨てられているのは、それ以上近づかなくてもわかった。そのうち周囲の森林にじわじわ呑みこまれていくはずだ。敷地の境界に緑したたる木々が生い茂り、雑草の茂みからちらほら伸びた巻きひげが、かつてスクラップの山の下に埋もれていた地面の割れ目に早くも足がかりを得はじめていた。じきにここは空き地ですらなくなり、自然の風景の一部になるだろう——昔からいる町の住人だけが、この場所のかつての姿を記憶にとどめることになるだろう。バードは深々と息を吸いこみ、ふうっと息を吐いて微笑んだ。最後にこの場にいたとき、あたりは大量の灰が立ちこめ、マスクを着けていてもまともに息ができなかった。今はまったくちがう匂いがした。七月の太陽で一日じゅう暖まってい た芝生を刈ったときのような、なんとも言えずかぐわしい香りがした。

アール・ウーレットは今も町にいた。マイルズ・ジョンソンの自宅の車庫の上の小さなアパートメントに身を寄せていた。車から降りたバードは、家の玄関の汚い網戸の奥に立っている人影を見て、あれはジョンソンではないかと思った。手を振ると、人影は消えた。あいつはどうしているのだろうとバードは思った。そんなことは気にするだけ無駄だとわかっていたが。ここへ来るまえに会ってきた警官たちはみな礼儀をわきまえていたが、その社交辞令の裏でバードに消えてほしいと思っていることは手に取るようにわかった。彼の存在は町の人々が懸命に忘れようとしていることを蒸し返すだけなのだから。上等だ。バードは思った。うまくいけば、カッパーフォールズに来るのはこれが最後になるだろう。

アパートメントのドアへと続く階段をのぼっていると、アールが出てきて挨拶がわりに手を挙げた。バードは顔を上げ、太陽の光に目を細めた。

「アール。その後どうですか？」

アールは肩をすくめ、脇にどいて彼を通した。「なんとかやってるよ。刑事さんは？」

「おかげさまで。お時間をいただき感謝します」

バードのあとからアールも部屋の中に入った。アパートメントは全体に薄汚れてはいたが、きれいに片づいていた。壁際にへたったソファが置かれている以外、家具はひとつもなかった。アールがソファの一端に腰を下ろし、バードは室内を見まわした。片隅に畳んだ衣類が積み上げられていた。正面の壁沿いのカウンターの上に書類がいくつか積み重なり、電熱器とシンク、それに小型の冷蔵庫が設置されていた。バードは書類にさっと目をやり——保険証書のようだ。それと、大きな白い封筒。隅に〈ポリターノ・アソシエイツ〉と社名のスタンプが押されている——それから身を屈めて冷蔵庫の前面を観察した。保険査定員の名刺と、〈ノースカロライナ州アシュヴィルからこんにちは！〉と書かれたレトロなポストカードに挟まれて、二枚の写真がマグネットで留めてあった。その一枚は以前に見たことがあった。黄色いドレスを着たリジーが肩越しに振り向いている写真。もう一枚はもっと幼いころの写真で、膝にかさぶたをつくった小さなリジーがトレーラーハウスの階段に腰かけ、にこりともせず、みすぼらしい猫を腕に抱いていた。

背後でアールが咳払いをし、バードはちらりと振り返って相手を見た。

「いい写真ですね」

「エイヤ。その二枚しかない」アールは言った。

バードはポストカードを示して尋ねた。「アシュヴィルにご縁が？」

アールの口元がぴくりと妙な動きを見せた。まるでいったん笑いかけたのを、思い直て引っこめたかのように。

「昔なじみがね」

バードはそれ以上の説明を待ったが、アールはただじっと坐ったまま、沈黙が流れるにまかせた。世間話が苦手なタイプか。バードは思った。別にかまわないが。自分の父親もそうだった。ここに長居するつもりもない。彼は脚の重心を移し替え、ポケットから一枚の封筒を取り出した。

「さっそく本題に入りましょう。電話でお伝えしたとおり、被害者補償がようやく認められました。遅くなって申し訳ない。普通はこんなに長くはかからないんですが」

アールはうなずいて封筒を受け取り、中身を確認しようともせず脇に置いた。

「ありがたい。わざわざ来てくれんでもよかったのに」

バードは肩をすくめた。「このほうがいいんですよ。ご家族とじかにお会いできて、その後どうされてるかがわかりますから。ともかく、この補償金が助けになれば幸いです」

アールはまた口元をぴくりと引きつらせると、うなずいて言った。「どんなはした金でもありがたいもんさ」彼はやはり小切手を確認しようとしなかった。まるでどうでもいいと思っているかのように。バードにはそれがどうも気になった。他人の車庫の上に住み、ソファで寝起きしている男にしては、妙に自信ありげな振る舞いに思えてならなかった。

バードはまた冷蔵庫に目をやった。

「火災保険のほうはどうですか、仕事場に掛けていたほうは？　無事に下りました？」

「まだわからんそうだ。放火の場合は通常より時間がかかるんだと。自分がやったんでなくても」

「元は取れると思います？」

アールはそこでようやく笑みを浮かべた。ごく小さな笑みではあったが。「どうかな。思い出がいっぱいあったからな。そういうものに値段をつけるのは難しい」

「まあ、もしほかにこちらでできることがあれば……」

「心配要らんよ、刑事さん。世話を焼いてくれる連中がいるんでね」そう言うと、彼はぎゅっと口を結び、わずかにうなずいてみせた。

「それは何よりです」バードは言ったが、アールは聞いていないようだった。まだひとりでうなずいていた。

「おれのリジーはいつも世話を焼いてくれた」彼はつぶやいた。

バードもうなずいた。

「ほんとうに残念です」

アールは「エイヤ」と返し、立ち上がった。

これで終わりか。バードは思った。短い会話。あれだけのことがあったというのに。とはいえ、こういう場合も珍しくはなかった。地元の警官だけでなく、遺族も彼に会いたがらないことがあるのだ。まだ日が浅いうちはなおさら。遺族の中には、ひととおりの挨拶にも難儀する者もいる。彼らは何かの拍子に目の色を変え、気づくとバードはドアから追い出されている。そもそも最初からドアを開けない者もいる。それは理解できた。誰もが失ったものを回顧したいわけではないのだ。人によっては過去を捨て去り、死者を眠らせ、ひとりでまえに進むしかないこともある。アール・ウーレットはそうしていた。バードもそうするつもりだった。もっとも、町を出るまえにもう一箇所だけ立ち寄るつもりだったが。ほんのいっとき、彼女が埋葬された場所に。再会と別れの挨拶をし、哀悼を捧げるために。

〝安らかに、リジー〟

彼は室内を横切り、小型冷蔵庫のまえを通り過ぎた。最後にもう一度、あのポストカードと二枚の写真に目をやった。「お元気で、アール」そう言いながら、目はまだリジーの結婚式の日の写真を追っていた。肩越しに振り返った顔、不意を突かれたように半分開いたロ。その表情は控えめだったが、淡いブルーの目には力強さがみなぎっていた。はっと見開かれた、生きている者の目。と、彼の記憶の周辺で何かがちらりと動いた。いつかどこかで見たような、女の人影らしきもの。ねじり上げた髪、上気した頰。けれども彼女はすでに遠ざかり、薄れつつあった。幻影。亡霊のまぼろし。

「刑事さんも元気でな」アールが言った。ドアが軋みながら開いた。

バードは暖かな午後の戸外に足を踏み出した。ふと、訊きそびれた質問が喉まで出かかった。結局一度も触れられなかった、重要かもしれないことが。だが、もう遅かった——ドアはすでに閉まっていた。熱い陽射しが照りつけ、あまりのまぶしさにくしゃみが出そうになった。彼は目を細めて鼻をすすると、階段を降りて車に乗りこみ、エンジンをかけた。ドライヴウェイを出て左に曲がり、もう一度左折して町のメインストリートに出ると、一直線にひた走った。カッパーフォールズ名物のアイスクリーム店を通り過ぎた。不機嫌な顔をした老女が窓越しに注文を受けていた。町の庁舎を通り過ぎた。表に立っていたライアン保安官が、通り過ぎるバードのパトカーを見て片手を挙げた。丘の上の教会と、その横の日陰になった墓地を通り過ぎた。ほんとうはそこで足を止める予定だったが、バードはかまわず車を走らせた。なぜか急に、リジー・ウーレットの墓に立ち寄る行為が無駄に思えたのだ。誰もいないとわかっている家のドアを叩くのと同じ、形だけの虚しい行為のように。立ち寄ろうと思っただけで充分だ。彼は自分をそう納得させ、ぐんとスピードを上げた。先へ、先へ。

〝安らかに、リジー〟

カッパーフォールズをあとにするとき、その感覚はもう一度だけ訪れた。心臓がどくんと跳ねたわずかな一瞬、忘れていた何かが脳裏をよぎった気がした。が、ちらりと動いたそれを探そうとしても、そこにはもう何もなかった。

謝辞

この本の執筆中にお世話になった友人たち、同業の作家たちに感謝する。リー・スタイン、ジュリア・ストレイヤー、サンドラ・ロドリゲス・バロン、フィービー・モルツ・ボヴィ、エイミー・ウィルキンソン、ケイティ・ハーツォグ、ジェシー・シンガル、ニック・ショーンフェルド——原稿を読んでの貴重なアドバイスや基本的なチェック、応援と励ましをありがとう。

私の母、ヘレン・ケリーに。一般読者の代表として、完成前の原稿に世界一熱心なフィードバックをくれてありがとう。

特定分野の専門家である次の方々に多大な感謝を捧げる。元ニューヨーク州警察官のレニー・ダニエルズは、田舎の閉鎖的な地域における犯罪捜査や法執行手続きに関する質問に答えてくれた。刑事弁護士のアンドリュー・フライシュマンは、ツイッターで常に有益な発信をしてくれるとともに、法的な専門知識を提供してくれた（カート・ゲラーの最高のセリフも）。ジョシュア・ローゼンフィールド（私の父でもある）は、医学的な知識で作品の完成度を高めてくれた。作中に不正確な記述や創造的な逸脱があるとしたら、それらはすべて私の責任である。

マーガレット・ガーランドに感謝を。レニーを紹介してくれてありがとう。

イファット・ライス・ゲンデルにはひとかたならず感謝している。複数のジャンルと二度のコミコン、そして世界的なパンデミックを経験したこの七年間、ずっと私のエージェントでいてくれてありがとう。

レイチェル・カーンとお仕事できたことをこのうえなく光栄に思う。彼女の見識と熱意がこの物語をよりよいものにしてくれた。乱雑な原稿を一冊の本にしてくれたウィリアム・モローのすばらしい編集チームのみなさんにも感謝する。

私の弟、ノア・ローゼンフィールドに（この本は彼に捧げる）。いつも積極的にアイディア出しに協力してくれてありがとう。こんなテレビ番組のアイディアはどうかな。警察官の犬と、ただの犬が出てくるやつ——使えない？

そして最後に、ブラッド・アンダーソンに感謝を。あなたはこの本に登場するさまざまなダメ夫たちとはまったく似ても似つかない。ひげは別として。愛してる。

解説――特異で現代的で刺激たっぷりのサスペンス

ミステリ評論家
村上貴史

■リジー

私の名前はリジー・ウーレット。あなたがこれを読んでいる今、私はもう死んでいる。

これが本書『誰も悲しまない殺人』の冒頭の一行だ。ちなみにリジーは本書の主人公。その主人公が、自分の死について語るところから、この物語は始まるのである。本書の特異性を象徴するような一行である。特異性の詳細は是非本文でお愉《たの》しみいただくとして、それを損なわない程度に特徴を紹介しておくとしよう。

繰り返しになるが、リジー・ウーレットが主人公である。メイン州のカッパーフォールズという田舎町で生まれ育った彼女が、思春期をどう過ごしたか、十八歳で結婚した夫との出会いやその後の生活を含め、本書では「リジー」というタイトルの章（「第四章　リジー」「第六章　リジー」など）において、彼女の回想という視点で語られている。リジーの章で強調されているのは、彼女が幼いころからカッパーフォールズで疎外され、ときに同い年の子供達からは攻撃され、町の人々もそれを容認してきたことだ。その状況は彼女が大人になっても変わらず、嫌われ者のままだった。夫のドウェインは町の人々に慕われていたにもかかわらず、だ。本書では、彼女の二十八年の人生が、リジーの章で、ゆったりと語られていく。このパートは、特に前半は謎や事件を描くというより一人の少女の成長を読ませる小説なのだが、それでも時折サプライズが仕込まれていて嬉しい。

リジーの章とは対照的なのが「湖畔」「都会」と題された章だ。「湖畔」の章では、主にイアン・バードというメイン州警察の刑事の視点から、カッパーフォールズで起きた殺人事件の模様が語られる。地元の保安官補による死体発見のシーンからバードによるリジー殺害事件および夫のドウェイン失踪事件の捜査の詳細へと進むこちらの章は、リジーの章とは異なり、分刻み、時間刻みで克明に描かれていく。克明な描写なので序盤では相当に酸鼻《さんび》なシーンもあるが、それが連続するわけではないのでご安心を。バードはカッパーフォールズの面々、すなわち町民のみならず同じく捜査側である保安官たちから、よそ者として扱われる。読者はそれ故に、彼の捜査活動を通じてこの町の閉鎖性を、そしてその閉鎖的な町でのリジーの嫌われっぷりを知っていくことになるのだ。リジーの章とあわせ、著者はコミュニティを内外の両面から描いているわけで、読者の胸の内で閉鎖性と嫌われっぷりがしっかりと像を結ぶ。そのうえでもちろん事件の真相究明が進められる。酒場を訪ねたり夜に四時間も運転したりなど、バードの精力的な活動を味わえるのだ。

それと並行して、同じペースで、時間的にもほぼ同期したタイミングで語られるのが「都会」の章だ。都会というだけあって舞台はカッパーフォールズではなく、マサチューセッツ州のボストンだ。高級タウンハウスに暮らすエイドリアン・リチャーズという女性が視点人物である。エイドリアンはインスタグラムを駆使するインフルエンサーとして活躍しており、さらに夫は十億ドルもの資産を持つ大金持ちだ。だが、平穏無事な日々を過ごしているかというと全くそうではない。夫は、特権階級の立場を徹底的に活用して罪に問われずに済んでいるものの、その大金は、多くの人々の人生を破滅させて手にしたものであった。しかもこの二人は、直近で発生した惨殺《ざんさつ》事件に深く関与しており、警察からの追及を怖れているようでもある……。

本書は、リジーを軸に、これらの章を重ねながら三部構成で進んでいくのである。それぞれの記述がどう重なっていくのか。読者はそれを頭の片隅に置きつつ、各人のストーリー毎の刺激を堪能していくことになる。

そんな読書の途中で、ミステリを読み慣れた方であれば、なにかに勘付くかもしれない。もしかしてああなるんじゃないか。そしてその勘は的中するかもしれない。しかしながら、だ。本書はそこからまだまだ先に続いていくのだ。勘の的中は、せいぜい第一の山場を当てたに過ぎないのである。そこから先に待つ新たな緊張に満ちたストーリーや、第三部のバードの意外な行動、そしてそれに伴うギリギリのスリルまで予見できる方は皆無だろう。本書は、そんな絶対的に特異なサスペンス小説なのである。

■キャット

本書は、キャット・ローゼンフィールドの第四作であり、初めて単独で著した大人向けの小説である。一九八二年生まれの彼女は、フリーランスのポップカルチャー及び政治コラムニストとして、《ニューヨーク・タイムズ》紙などに寄稿する一方で、現在は小説家としても活躍している。最初の二作品 ***Amelia Anne is Dead and Gone***（二〇一二年）と ***Inland***（二〇一四年）は、ヤングアダルト向けの小説だった。前者はニューイングランドの田舎町から抜けだそうとするベッカという少女を主人公に、ベッカの暮らす町で死体として発見されたアメリアの物語を重ねて語る小説だった。後者は、肺疾患に悩むカリー・モーガンという女性を主人公とした作品。幼いころに母親の溺死を目撃したカリーが、内陸へ、さらには海岸へと住処を変え、健康状態や社交性が変化する様を描いたファンタジーとのこと。ちなみに前者は二〇一三年のエドガー賞において、最優秀ヤング・アダルト部門の最終候補となったという。

この二作品をもって、キャット・ローゼンフィールドの小説家としての活動は一旦停止する。次に彼女が作品を発表したのは二〇一九年のこと。*A Trick of Light* は彼女単独の著作ではなく、アメコミ界の超大物、スタン・リーとの共著だった。『スパイダーマン』『ハルク』『アベンジャーズ』等々、スタン・リーが原作を手掛けたアメコミの人気作品は枚挙に暇がない。そんな大御所に、キャット・ローゼンフィールドはコンビを求められたのだ。その経緯は不明だが、なんにせよ大抜擢である。彼女がスタン・リーと組んで仕上げた *A Trick of Light* は、オーディオブック及び音声コンテンツの制作配信サービスである Audible 向けの作品として世に送り出された（書籍版もある）。音声コンテンツには日本語版もあり、花澤香菜の朗読で愉しめる。

そしてこの抜擢に続いてキャット・ローゼンフィールドが発表したのが、この『誰も悲しまない殺人』だったのである。本書は二〇二二年のエドガー賞最優秀長篇賞にノミネートされるなど、高く評価されることとなった。

本書に関するCulturally Determinedというポッドキャスト番組のインタビュー(https://www.youtube.com/watch?v=SiR_jUFrrK0)において、キャット・ローゼンフィールドは、本書について、〝ギグエコノミーの『ゴーン・ガール』〟と紹介している。『ゴーン・ガール』とは、ギリアン・フリンが二〇一二年に発表した小説である。一組の夫婦を巡る事件を双方の視点から描いたこの小説と、二組の夫婦を三つの視点から描いた本書には、確かに重なる要素も見え隠れするので、本書を愉しんだ方は『ゴーン・ガール』も読んでみるとよかろう。共通点と同時に、本書の独自性がよりクッキリ理解できるはずだ。

とはいえ、本書は『ゴーン・ガール』を出発点として書かれた小説ではないとのこと。プロットからなのかキャラクターからなのか、どこから本書は生まれてきたのかと問われた著者は、本書の途中にある〝行き詰まった瞬間〟を着想し、それがどうすれば生じるかを考え、すぐに二組のカップルが頭に浮かんだのだという。リジー夫妻とエイドリアン夫妻というわけだ。著者はまた〝異なる視点で遊ぶのが好き〟と語っており、バード刑事を含め、その趣味を全開にした作品でもある。

なお、ギグエコノミーとは、インターネットを通じて、単発・短期の仕事をオンラインで受注する働き方によって成立する経済活動をいう。本書においては、インスタグラムを活用して企業案件をこなすエイドリアンがそうだし、リジーもインターネットを通じて湖畔の家を貸し出して収入を得ている。二人ともギグエコノミーの一員なのだ。そのギグエコノミーとしての特徴が、本書で描かれた犯罪の成立に絡んでいる点にも注目されたい。

本書に続いて、キャット・ローゼンフィールドは二〇二三年一月に、再び大人向けの小説を発表した。*You Must Remember This* である。舞台は本書同様にメイン州、著者が長い時間を過ごしたという州だ。八五歳でミリアムは死んだ。事故か、自殺か、殺人か。ミリアムとともにクリスマスを祝おうと集まっていた娘や孫娘、その恋人や元家政婦などは、ミリアムの遺言の内容に衝撃を受ける……。著者のウェブサイトの概要などを読むと、裕福な家庭での悲劇を描く王道のミステリであるようだが、そこは曲者の著者のこと、どうなのだろう。枠組みが枠組みだけに、余計に期待が膨らんでしまう。

この『誰も悲しまない殺人』が高評価を得て——この特異で新鮮な刺激故に、きっとそうなるだろう——、*You Must Remember This* や、あるいはエドガー賞候補となった *Amelia Anne is Dead and Gone* の翻訳が進むことを望みつつ、解説を終えることにしよう。

二〇二三年十一月

訳者略歴　大阪府生まれ　訳書『匿名作家は二人もいらない』アンドリューズ，『すべての罪は沼地に眠る』ウィリンガム（以上早川書房刊），『不協和音』ベル，『偽りの銃弾』『ランナウェイ』コーベン（ともに共訳）他

HM=Hayakawa Mystery
SF=Science Fiction
JA=Japanese Author
NV=Novel
NF=Nonfiction
FT=Fantasy

誰《だれ》も悲《かな》しまない殺人《さつじん》

〈HM513-1〉

二〇二三年十二月　十　日　印刷
二〇二三年十二月十五日　発行
（定価はカバーに表示してあります）

著者　キャット・ローゼンフィールド
訳者　大《おお》谷《たに》瑠《る》璃《り》子《こ》
発行者　早川　浩
発行所　株式会社　早川書房
郵便番号　一〇一 - 〇〇四六
東京都千代田区神田多町二ノ二
電話　〇三 - 三二五二 - 三一一一
振替　〇〇一六〇 - 三 - 四七七九九
https://www.hayakawa-online.co.jp

乱丁・落丁本は小社制作部宛お送り下さい。
送料小社負担にてお取りかえいたします。

印刷・中央精版印刷株式会社　製本・株式会社フォーネット社
Printed and bound in Japan
ISBN978-4-15-185851-2 C0197

本書は活字が大きく読みやすい〈トールサイズ〉です。